左丘萌 著

负笈道人 绘

到长安去

汉朝简牍故事集

上海古籍出版社

日不显目兮黑云多，月不可视兮风非沙。

从恣蒙水诚江河，州流灌注兮转扬波。

辟柱榹到忘相加，天门俫小路彭池。

无因以上如之何？兴章教诲兮诚难过。

敦煌汉简《风雨诗》

自序：古史长流水 人情作扁舟

写这本书的最初目的，是想在日复一日阅读出土文献的过程中苦中作乐。

那些被时间隐藏的、带着简帛陈腐气息的文字，除去因语言古奥难懂形成的隔阂，余下的大部分只是古人琐碎的日常生活图景。好不容易在残帛旧简中寻得一二古人，与他们接谈片时，竟渐渐有了沉浸之感。

从此不再是坐在船上以观望的态度望向历史长河，不再只偶尔从河中掬起一抔来抒发好古之幽情；而是没入其中，与那些淹没在历史角落的小人物们一并沉浮，同宏大历史叙事背后空阔的虚无对峙。甚至到了最后，他们仿佛成了我熟悉的老友，同今人一样，面对着人生的各种不圆满，经历着各自的苦难。

通过情感的相通，我试着以他们的眼光打量过去的世界；但作为今人，我还需时刻警觉、作好从共情中抽离的准备，以免同他们一样被苦难淹没，窒息于其中。他们早已被时代和命运的洪流冲过，因此才有了某种无可弥补的客观。但我还可以与人生讨价还价、彼此较量或和解，还可以通过故事的方式给他们一个略好些的结局。

自作多情地同古人叙旧，带来的只是自身情感上的宽解。碌碌五年，其间数度搁笔，至今终于完成此稿，未免存了田夫野人献曝献芹的心思；

同时也希望以这些故事，为如今的人们寻着一些应对人生的方式。

本书是我的探险与发现。敦煌出土汉代简牍上的一首短诗能很好地形容这次经历，因此将全诗抄录在这里：

日不显目兮黑云多，月不可视兮风非（飞）沙。

从（纵）恣蒙水诚（成）江河，州（周）流灌注兮转扬波。

辟柱槙到（颠倒）忘（妄）相加，天门徕（狭）小路彭池（滂沱）。

无因以上如之何？兴章教诲兮诚难过。

——敦煌汉简《风雨诗》

目 录

引　言

在地下出土简帛文献材料日益丰富、秦汉史研究与出土文献研究日益合流的今天，对作为重要史料的简帛文书的释读仍是一个艰苦的过程。研究者将在获得史料的基础之上，仍强调运用现代史学逻辑考察史料，以进一步揭示历史规律。

在研究者注意规律的同时，有时不免忽略了个体的命运——真实存在过的汉朝人不得不投身于其中的命运。他们可以作为今人历史研究的对象；但当时的他们，也认识和构成着自己的历史。

于是，本书虽依托出土文献，但暂时放下现代史学的学术立场，回归到"讲故事"的方式。通过推测，重构当时究竟发生了什么，试图了解发生原因，听听当时人怎么说、如何做。经过这一番长久的思考后，试着坦实叙述，让事件合理并且充实。我相信这与既往的历史叙述方法和既有的研究内容相去不远。历史研究常常以事件中所有人都在理性和逻辑之内行动作为假设，但本书试图更多揣测他们情感的动向。

书中作为主体的，是汉朝小人物的故事。八个故事横跨两汉时代，自西汉初到东汉末，发生在汉统治的广阔地域之内。这些故事的讲述者，包括汉帝国统治下的奴婢、庶民、戍卒、宗室、官吏、侠客等人。他们中的大部分人都真实存在过，其余则是汉朝人自身书写的故事中的人物。于他们而言，大历史只是画布的底色，其上的图案反而是寻常而琐碎（即便具有冲突也不被他人关注）的生活。

写这些故事的目的，并不是为了探求唯一的"历史真相"，或往旧有的历史研究框架添上多少新的内容。只是希望以一个完全个人的、也许并不客观的视角去再度审视大历史下被忽略的小人物的命运。同时，也希望透过来自汉朝的这几位小人物的眼光，对留有记载的历史大事件进行重述。

日月易逝，寿命无常，他们的悲欣，对今人而言，究竟是"可畏"还是"可怀"，或许很难以说清。若各位读者希望了解更多关于他们的故事，可以对照本书正文中各类出土文献原本的释文，那更接近真实的他们。

每个故事之后的"余话"中，先讲述故事的缘起和一些相关的史事。接下来则更为具体，是与所述故事相关的一个小专题，包括当时人衣食住行、婚丧嫁娶以及律令刑罚、赋税徭役、官制、兵制等方方面面。这一部分，本书尽量做到可靠、真实。不过由于作者的学识尚很浅薄，天分有限，错误难免，挂一漏万，只能尽力将立论所依据的史料出处一一标注于文下，书末亦附有主要参考书目，以便诸位读者对照参考。

第一章

一曲難忘

念与君离别，气结不能言。
各各重自爱，道远归还难。
妾当守空房，闭门下重关。
若生当相见，亡者会重泉。

——汉乐府《艳歌何尝行》

南感觉着他温热的气息与均匀的心跳，想起几十年前的那一次别离，想起那个同样名为南的女子，在几十年后却成全了她和千秋。

【1】

从长安城出来，过了横桥往北走，到长陵那一带的路虽挺长，可白日里喧闹的市声是远远就能听见了。"若不到旗亭关市的时候，陵邑里大概比长安城都热闹吧。"甚至有乡下人这样说道。

自高皇帝起，便在陵园旁划地，徙民起邑以奉山园，便有了如今这长陵邑。其余如安陵、霸陵、阳陵，再如今上所置的茂陵，皆亦类似。住在陵邑的人五方杂错、身份复杂：有好礼文的世家大族，有商贾力利的富人，而游侠通奸的豪杰亦不少。因此这一带的风俗亦有别于他处，即使令人侧目，倒也奈何不得。

可各家的子弟们倒是出奇的一致，平日里赌博游戏倒也罢了，还常作攻剽椎埋、劫人作奸、掘冢铸币之类的恶事，连朝廷颁布的法禁都不避。在这众多纨绔中，唯独有个田氏名千秋的少年，倒是温和敦厚的脾性，唯一爱好便是搜集古时的佚书。可同邑的少年们亦乐于趋奉他——因为长陵邑最有名的"素封之家"，便是田氏了。

何谓"素封"？便是指这家虽无国家给予的封邑俸禄，然而财雄势大，家赀巨万，完全可以和朝廷的封君媲美。这田氏是昔日齐国宗室之后，秦灭六国后凭借近海的盐渔之利，威势不减；汉兴，其被迁往长陵后，仍是以经商广积财富，远近闻名。

如此说来，千秋之妻南，曾经也是因此才认识了他。

南一家是元朔二年才从齐地迁到茂陵邑来的，大概祖先曾与长陵田氏有旧交，虽已不知是哪一辈的事。可宴会上，南那位一向自诩为齐国豪杰的父亲大人，却特意邀了千秋来。

南仍记得那日自己穿着一身华丽的齐紫乘云绣丝衣——虽高皇帝时便有令禁止商人衣丝衣、乘高车，且南之父兄恰恰便有商人的市籍。但经文帝、景帝苦心经营，大汉国势如今日渐兴盛，甚至达到了太仓里的积粟陈陈相因、京师之钱累巨万的程度，昔日国家草创时立下的禁令如今可不算得禁令了。现在是商通难得之货，工作无用之器——父亲甚至开玩笑地对南说道，"即使为父想买寻常的麻布，可市中售卖的全是缯帛啊！"

宴上南偷偷在屏风后窥去，千秋不止身长八尺余、体貌甚丽，那温柔吟赋的模样，真是令她倾心。

南虽谨慎，但父亲早已发现屏风后有裙幅飘闪、环佩叮当。可他亦不为忤，倒好似猜中了南的心思一般，对宴上众人道："今日让小女为诸君鼓瑟一曲助兴，何如？"

南只好含羞从屏风后出来，伏席稽首，听命行事。一曲之后，众人都哄然叫好，南用余光看向千秋，他仍旧只是微笑着不发一语。南自幼是娇惯的脾气，哪里见得被人轻视如此，那时心中一气，移柱调弦，在瑟声中轻唱起昔日在齐地学的歌谣：

南山有鸟，北山置罗。

念思公子，毋奈远道何！

安得良马从公子，

何伤公子背妾……

彼时汉家风俗，女子并不甚忌讳向中意之人直接表达爱慕之情。于是果真一曲难忘，相思又倍相思，不久后田家便遣人委禽提亲。一切繁琐的昏仪自不消说，转眼已是南归宁的时候。

母亲为她梳妆，还不忘笑她："咱们茂陵邑的司马相如，曾有琴挑文君的佳话，不想吾子鼓瑟一曲，倒亦寻得了良人！不过你大父生前占卜，倒是决然地说你要嫁与田氏的。"

南听着母亲的话，揽镜自照，只见镜中的女子肌肤白皙，长眉纤纤，嘴虽不甚小巧，带着些男子气，可上了铅粉涂了唇脂倒也俏丽。不由乐道："那女儿便问问他，到底是看上女儿何处了。"

于是当千秋走近来时，南便这样地问他。

他膝行到南身侧，拂去她额上垂下的一缕发丝，道："我无数次在梦里见过你！面容虽不清楚，可也是穿着宴上那一领齐紫的绣衣，对我唱着同样的歌。"

梦里？南有些疑惑了。"可妾那时远在齐国，君怎会梦见呢？那歌是妾早已物故的大父教的，君怎会听到呢？"

"这可不知道了！"

南得到这样一个不得要领的回答之后，心中生出了万般疑问。

【2】

又是数年过去，千秋已凭家赀在长安任"郎"，官俸虽不高，却是天子近臣，公务甚多，休沐日也难得归家。南成了一个勤于持家的小妇人，虽已怀胎数月，仍旧忙于整理夫君平日读书的房间。

然而南对于千秋所梦之事却始终未尝忘怀。尽管那可能只是千秋自己编造出来哄夫人高兴的，只是一个无稽的传说，可南觉得，既已听到了，就在心中真实存在着。

侍女送上一笥梅子，南拣了一颗含在嘴里，真酸！南扶着腰探出窗外吐核，不想却撞翻了角落里一个存旧文书的、不起眼的漆箧。侍女急忙扶南坐下，又去收拾地上散乱的竹简。南也定睛向漆箧中看去：箧内共分五格，一格里绘着防虫蠹的玉蟾，一格放着避火的贝壳，两格空着，一格堆满了残断的竹简——它们虽陈旧，但显然是被人精心收藏着的。

"这难道是夫君搜集的什么古书？"南随手拿起一支，可那简上分明写着：

"妾南伏地再拜请公子足下。"

是不认识的女人的笔迹！这下南心里可真是酸酸的了。她曾经随时留意夫君的行动，却从未发现有一处值得怀疑的地方。因此南也颇为自得——千秋是个好夫君，连纳妾的心思也无。这下可好——可是不对，她怎么能叫"南"呢！再看下一支简：

"妾徒处长安，甚念临淄故地。闻公子去，中心不乐，为此悲书，以启公子，愿相图虑。同心而离居……"

名既与南相同，地方亦符合，可字迹偏偏不是自己的！难道真有第二个南？

起先就是若有若无的疑心，可偏偏在如今，在南觉得自己最幸福的时候，却知晓了竟真有这么一个女子！她还亲昵地称千秋为公子。她是谁？千秋是抛弃她了么？南很想再多知道一点她的身世。

南斥退侍女，自己继续翻找起漆箧里的文书。原来这正是存放那女子书信的地方，虽陈牒旧简悉皆散乱，笔迹亦潦草，南还是试图在只言片语间钩稽出此女的事来。

"妾有遗公子绁小裙一，公子又弗肯有应。妾非爱此也，直欲出妾之所着，以傅公子身也。"

她甚至曾把贴身的小裙送与了他，希望以此束缚他的行程。

"公子纵不爱妾之身，独不怀乎？"

她被公子抛弃了，还悲切地请求他的怜悯。

"公子何之不仁！孰为不仁？爱人不和，不如已多，爱人不怀，如南山北坏，坏而堤之。"

她指责公子的无情，感慨两人间的隔阂，如南山崩坏又形成堤坝阻隔一般。

"军中及舍人之所，嫠女弗欲也！死即行，吾不死，嫠女不能两见！"

她希望公子不要爱上别的女子，除非她死去。

"南山有鸟，北山置罗。念思公子，毋奈远道何！安得良马从公子……何伤公子背妾……"

这句倒真是眼熟，南记得是在哪里看过。

"妻未尝敢得罪，不中公子所也。"

她在感慨自己的无能为力。

"妾送公子，回二百余里，公子不肯弃一言半辞以居妾。妾去公子西行，心不乐，至死不敢忘也。"

她亲自送爱人离去。

"妾闻之曰：朝树栯樟，夕楬其英。不仁先死，仁者百尝。"

生命朝生暮落，多么无常！

这是那女子写给公子的情书，语极哀怨，看起来是公子欲要抛下她去远方了，她才以书札一封寄与公子。南仿佛看到了那个与自己同名的可怜女子，她正望着自己深爱的夫君远去——最后一支简上写着：

"妾非敢必望公子之爱，妾直为公子不仁也。有虫西蜚，翘遥其羽，一归西行，不知极所。"

——她最卑微的请求仍旧没有回应……

南恍惚着把散简装入箧中，心中大乱：千秋竟然曾经是如此薄情的人，自己一片痴心莫不是错付了！

这可如何是好，是等夫君归来，立即下堂自请求去么？但如今朝廷讨伐匈奴，征召士卒，南的自家父兄身处商人市籍，是首要被征发的；朝廷更是选用酷吏，专行镇压豪强大商；兵役虽已花钱雇人代庸，可他们经此一事却免不了低头小心，不复昔日的豪杰模样。自己即便归家，连个可踏实倚靠的人也无！

再说如今已有孕在身，更是牵连一生，不知如何才好。可恨可恨，妾身不幸！

可南再想想千秋同自己数年夫妻恩爱的场景，仍是清晰如在眼前手边，怎会有假？思前想后，总觉不顺。若不是腹中孩儿踢了一脚，南一时难受，恐怕她会一直这样想下去。南随口哼了个曲调，只觉孩儿似乎也在响应着节拍动弹，心情终于晴爽起来。

可是等夫君休沐返家的日子，她终究还是按捺不住，带着怒意向千秋询问起来："君什么都瞒着妾，难道是与妾见外么！"

千秋正换下一身皂衣官服，漫不经心道："我怎会和夫人你见外呢？家中一切可都交与夫人打理——除非是宫中的事，那是不能说与你听的。呃——夫人求也不行！漏泄禁中语可是大罪啊！"说罢径自笑着挪到瑟旁随意拨起弦来。弹的是南熟悉的曲调："南山有鸟，北山置罗。念思公子，毋奈远道何！"

这真叫人受不了！南扶腰起身转入后室，拿出了那装情书的漆箧，放到瑟旁。

"夫君竟是这般寡情的人！"南冷冷地说。

千秋愣了一愣，拾起一支竹简仔细辨认起字迹："哦？原来是它！竟然是它！"看罢却大笑起来。他侧身到南腹前："哎！哎！家里大概只有这腹中的孩儿能安慰我了！可为父的怎么偏偏就娶了你那多疑的母亲啊！"他捻着胡须，重新坐回瑟旁，"愿意听这位与夫人同名女子之事么？"

听千秋如此说，南百思不得其解，只红着脸愤愤点头。

"此女同夫人一样，也是齐国人。"眼见南脸色一变，满是醋意，千秋又忙补上一句，"我可没见过她，这书简亦不是她写与我的！她是高皇帝时候的人了，是我大父的女弟——"

【3】

数十年前，这位南是齐国旧王族田氏一族中最小的女儿。若非暴秦灭了齐国，她或许就是一位翁主了。

不管怎样，南在齐地最华丽的宫室中出生。然而她的父母皆在秦末战争中死去，是长兄抚养她。岁月流逝，无可阻挡。南渐由裹在阿缟之饰、锦绣之衣里那个瞪着好奇眼睛的女童，长成了娇俏可爱的美貌少女。

后来高皇帝平定天下，建立大汉之后又恐各地大族再生叛乱，便迁徙楚地的昭、屈、景、怀和齐地的田氏几家大族到关中来，南与长兄亦在其中。

虽说"七年，男女不同席，不共食"，长兄亦对此十分谨慎，只想着迁往关中后为她寻得一门好亲事。可迁移途中一切从简，南也常常掀开安车之窗与他人交谈。那时她便爱上了负责遣送田氏一族到长安的狱史，名为阑，甚至在遣送的途中就与他私下结为夫妇。

田氏一族既已被遣送至长陵，那小吏自然得回齐国去复命。谁知南为了一时的恋爱，竟离弃了抚养自己长大的长兄夫妇，径自与阑私奔了。

但那时为防诸侯国谋反，汉设了武关、函谷关、临晋关、扞关、郧关来拱卫关中，平日连金铜马匹都不许出关，寻常百姓也需符传才可出入。

至于齐国，是兵家必争的重地，东有琅琊、即墨之饶，南有泰山之固，西有浊河之限，北有渤海之利，地方二千里，持戟百万。因此即便齐王是刘家天子的亲子弟，不同于那些异姓王的，可汉廷仍旧不得不对其死守严防，甚至不允掖庭所出的宫女嫁到诸侯国去。

南盗用了他人的符传，穿着男人的冠服，欲要蒙混过函谷关，与情人逃到临淄去。可惜不幸，二人过函谷关时被守卫识破！

此时再后悔已属徒然，那时还不是文皇帝治下，肉刑未废，刑法严苛：南伪造符传，阑出入关禁，还是与人私奔，大约是黥为舂的罪名；而南已属汉人，阑却是齐人，因此他是"从诸侯国来诱及奸"的大罪，被判了弃市死罪！

后来是南的长兄以金赎罪，她才得以免于肉刑，回了长陵邑……

【4】

"后来呢？"

"什么？夫人你问后来——后来她积思成疾，家人只好哄她，称那小吏丢下她去了远方。她却请来同族习《易》的田生占卜，称是来日定能同爱人相见。此后便日日写信欲寄往彼处，然而一个死人又如何能收到呢？幼时家中讳言此事，我还是偶然听家父说，大父那时欲为她再寻良人，她却疯癫地编了歌来唱，唱的便是什么'南山有鸟，北山张罗。鸟自高飞，罗当奈何'……那小吏死得冤屈，每日出现在她梦中。大概是伤心过度，没过几年她便病故了……"

千秋以一声长叹结束了故事。

这真是一个荒诞不经的故事！南一时竟无法信其真实。然而见证就在眼前，她不能不信。尽管眼中噙着泪水，却不欲夫君看见。心中五味杂陈，一则喜夫君并无背弃之事，一则悔己疑心太重，一则悲他人之憾事。

这时腹中又是一阵胎动，南轻声哼唱熟悉的曲调，欲安抚不安的孩儿，却心中一惊，忙对千秋道："夫君，那女子所唱为何？"

"南山有鸟，北山置罗。念思公子——往昔初见时，夫人在宴上也唱过？"千秋也回过神来，"这是旧时什么地方的古歌吧？"

"可后一句，那是妾大父在齐国时编的，远在长安的女子怎会唱？夫君，你说梦里见过妾，真是不真？"

"怎会有假！夫人难道又疑心么？"千秋皱眉苦笑。

"妾那物故多年的大父，名讳便是'阑'啊——妾幼时只知大父曾犯死罪，幸蒙宽恕，只在脸上刺了字，倒不知竟有这般奇诡的事。妾名亦是他取的，大概便是追思这远在关中的恋人吧。"南叹一口气，心中的云翳已渐渐散去。

千秋无言，移身将南揽入怀中。南感觉着他温热的气息与均匀的心跳，想起几十年前的那一次别离，想起那个同样名为南的女子，在几十年后却成全了她和千秋。

其真邪？不过是得位乘时的帝王一时施政的巧合罢了——因为他们，相爱的人分隔千里；可也因为他们，相隔千里的人又突破重重关山阻隔，成了夫妻，在此共话旧事。其梦邪？两个不得不分离的恋人，终于以另一种方式结合在一起……

    风声清清，唯有一只小小黄雀飞入室中，在瑟上蹦跳着，摇颤出微微的弦音：

    南山有鸟，北山置罗，

    念思公子，毋奈远道何。

    安得良马从公子，

    何伤公子背妾……

【余话】别离与重逢

本篇故事缘起，需要先从函谷关说起。

函谷，是深横于崤山之下的一条狭窄谷道，战国时代便正处于秦与中原各国之间的交通要道上。秦占据崤山与函谷的险要地势，于此设置了关口，便是函谷关。

关于此时的函谷关，最著名的一个历史故事是关于齐国孟尝君田文的[1]：

孟尝君为秦昭王所囚禁，设法出逃，一路奔驰，更易通关的封传，改变名姓，于夜半时分到了函谷关。过了函谷关便可离开秦国，可要到鸡鸣的时候来往旅者才可过关，身后还有秦昭王派来的追兵。在此焦急之时，随行宾客中有个平日不受重视的，学了几声鸡鸣，引得附近的鸡随着齐鸣。鸡鸣开关，孟尝君出示封传，安全逃出函谷关。

随着秦汉王朝的"天下一统"，按理说，这处关卡是很没有必要了。不过秦及西汉都建都关中，对于关东的反抗势力仍不得不加以提防。

汉高祖刘邦采用的对策，一是以建设陵邑、充实关中人口为名，将战国时齐楚遗留的宗室贵族后人和豪强大族迁往关中，赐以良田美宅，加以安抚，以便管控；二是分封同姓王，原本的关东六国地区，多分封给了诸同姓诸侯王。但汉廷也并没有就此放松警惕，对各诸侯国仍严加防范，态度有如对待敌国一般。

孟尝君家族的后人，也再度上演了一次逃出函谷关的情节，这便是

《一曲难忘》中所讲述的一出爱情悲剧。这是张家山汉墓竹简《奏谳书》中所记载的、发生于汉初的真实事件[2]：

> 女子田南原是由齐地临淄的狱史阑遣送前往长安的齐国旧王族之一。他俩在路途中私自结为夫妇，为了恋情又从长安私奔至函谷关，欲要逃回当时的诸侯国齐国，最终却被守关者识破抓获。

当时审判此案的官员，就此产生了争论：若这对恋人结为夫妇时，田南已经算是汉朝廷辖区内的人，那么她的丈夫阑就要承担"从诸侯国来引诱汉朝妇女"的死罪；若田南那时候还只算来自齐国的迁徙者，阑的罪名则是"隐匿逃亡者"。依汉律，没有凭证私自出入关守的女子是"黥为舂"罪，隐匿她的男子也会受到同一等级的处罚"黥为城旦"[3]。最终案件上报到中央的廷尉，由当时代理廷尉事宜的太仆不害[4]审定为后者。

汉廷迁徙郡国豪强入关中的做法仍没有停止，时有为之。如武帝元朔二年（前127年）"徙郡国豪杰及訾三百万以上于茂陵"[5]。也正因如此，故事中这对恋人的后人才有了相遇的机会。

至于千秋之妻南所发现的那一封古早的情书，是依据北京大学藏秦简中的一篇改编而来。原简为秦朝时一个名为牟的女子寄与自己所爱、从军的"公子"的书信。虽简文目前尚未得全识，但这些参差并不影响对全篇作大致的理解。[6]

其中"南山有鸟，北山置罗"一句，又见于一个汉朝时流行的传说[7]：

> 韩朋少年丧父，独养老母。因将远仕，娶贤妻贞夫以奉母。夫妇情投

意合，立誓约定相守一生，不再娶、不另嫁。不久韩朋远仕宋国，长期不归。贞夫念之，致书与朋。韩朋得书展阅。信中最末，便写着：

> 南山有鸟，北山张罗，
>
> 鸟自高飞，罗当奈何，
>
> 君但平安，妾亦无他。

鸟在南山，罗网在北山；有情人早已高飞而去，严苛律令编织的罗网也不能奈何他们。这般深情令人动容，然而却正是这一封家书引来了事端：

> 韩朋得书心悲，意欲还家却无因由。怀书不谨，遗失殿前，宋王得书，甚爱其言，遣臣往韩朋家，夺贞夫入宫，拜为王后。又残害朋身，落其齿，毁其容，贬为囚徒，罚筑青陵台。
>
> 贞夫听闻，乞往青陵台观看，远与韩朋相望。又裂裙帛，以血作诀别之书，缚在箭上，射与韩朋。朋得书自杀。贞夫登台，自投台下而死。

死生契阔，前路难料。《公子从军》这封寄与爱人的书信，除了有故事中那般不顾君王——这一绝对权力者与悲剧制造者——的意志的深情之语，又有"妾有遗公子绌小裙一……直欲出妾之所着，以傅公子身也（从军远行路，如妾裙带长。将以遗所思，缚在君身上）"

南山有鸟，北山置罗，念思公子，毋奈远道何！安得良马从公子……

秦简《奔送公子从军书》，北京大学藏
北京大学出土文献研究所编：《北京大学藏秦代简牍书迹选粹》，人民美术出版社，2014年，第5页

韩朋故事图（西汉壁画），美国波士顿博物馆藏
左侧服褚衣囚服者为韩朋，中央裂裙帛、张弓者为韩朋妻贞夫。右侧第二人为宋王，宋王两侧为侍儿。表现的正是贞夫射诀别书的场景。

的女儿痴语，更有"产为材士，死效黄土，安能葬此象湿之下（生为军人，死当归葬黄土，安能葬在南方战场低洼潮湿之地）"诸语勉励爱人。

恋人分别时多半悲苦，汉朝女子在无法把握命运的时候，仍能在痴怨中生出慨叹来。正如汉时的歌谣所唱：

艾而张罗，行成之，四时和。（刈除野草张设罗网，行动能成功，在于四时和顺。）

山出黄雀亦有罗，雀以高飞奈雀何？（也有罗网想捕捉山里的黄雀，但黄雀已高飞，能奈雀何？）

为此倚欲，谁肯磷？（猎人作了这般捕鸟的准备，但谁肯束手就擒呢？）

有一首汉乐府："念与君离别，气结不能言，各各重自爱，远道归还难。妾当守空房，闭门下重关。若生当相见，亡者会重泉。"[8]离别时的情意仍旧是大致相合的。女子善怀，亦各有行。她将满怀希望地等候爱人的归来，"君亮执高节，贱妾亦何为"[9]。但与此同时，她绝不束手就擒。哪怕关山阻隔、身份悬殊、律令严苛，也无法阻止他们重逢。

送别之中这一段深情载沉载浮，大约算是那时人的本色了。

【专题】生于汉朝

编户齐民

汉朝庶民百姓的生活，都与朝廷的施政密切相关。甚至如故事里那样，具体到一次恋爱，也被限制在当时的诸多制度与律令之中。因而便不能忘怀对世事的关注，了解当时的制度成为必然。

与汉朝人生活关系最密切的一项制度，是"编户齐民"，即天下苍生万民都有相应的"名数"或曰"户籍"，以便朝廷管理、征役赋税。

每年仲秋八月，便是全国上下调查登记户籍的时候。百姓无论男女老少，都需要前往乡部负责之处，将家中的情况主动向上报告，即所谓"自占"；接着又由负责户口登记的乡啬夫配合县廷官吏审核户籍真伪，即所谓"案比"[10]。

广义的户籍需要登记的内容有很多，包括：宅园户籍（住宅、园圃、资产）、年细籍（家人的身份、年龄、性别、相貌特征、状况）、田比地籍（每户田地比邻的状况）、田命籍（田地数量、爵位等级）、田租籍（自家这一户人应交的田租数额）等。

接下来选择汉朝户籍登记中比较有意思的内容来讲讲。

首先是人们的年龄，分为大（十五岁以上，需要向国家提供赋税、参与徭役）、小（未成年人，又可细分为小于六岁的"未使"、七岁至十四岁的"使"）。大人中的老人又会额外注明为"老"（老人可免除劳役）。年老或年小之人即便犯罪，在汉朝也能得到宽大处理。

若身体有残疾，会登记作"罷癃"，在劳役上获得一定减免。

内文二：
新安户人大女燕，关内侯寡
大奴甲、大奴乙、大婢妨

家优不算不颗

M18:35-丙

内文一：
七年十月丙子朔庚子，中乡起敢言之，新安大女燕自
言，与大奴甲、乙，大婢妨徙安都，谒告安都，受名数，
书到，为报，敢言之。
十月庚子江陵龙氏丞敬移安都丞亭手

M18:35-乙

封检：
安都 江陵丞印

M18:35-甲

汉代户籍迁移证明木简（含封检一枚，内文二枚）
湖北省荆州博物馆编著：《荆州高台秦汉墓》，科学出版社，2000年，彩版二〇

　　肤色也需登记在案。富贵出身、不需要劳作的人家，肤色往往姣好，登记为"白色"；农人需要常日在田地里劳作，风吹日晒，大多只能登记为"黑色"了。

　　成年男子还需要登记爵位（女子的地位比照她丈夫的爵位）。西汉初的爵位制度是继承秦朝的军功爵而来，共有二十级（见表1）。爵位越高，地位越高，享受的特权和优待越多。不仅国家授予田宅的限额是参照爵位而来，连国家的物质赏赐、服徭役的期限、刑罚的轻重，都与爵位相关。没有爵位的人属于"公卒"、"士伍"、"庶人"之类。

　　在汉朝很长一段时间里，公乘以上的爵位属于高爵，有免除兵役一类

的诸多优待，因此轻易不会赐与人；公乘及以下的
爵位属于民爵。其中爵位在不更以上者可以免除每年
被征发为官府劳作一月的更役。更役的具体种类包括
修桥补路、治河筑堤、修筑宫室、转输、官营作坊劳
作以及诸多杂役差使等。汉朝有"吏民爵不能过公
乘"的限制。随着卖爵、赐爵的情况大量发生，公
乘以下的爵位日渐轻滥，渐渐变得毫无特权，只是
徒有虚名；再加上汉文帝后不再为土地占有设置限
额，按照爵位授予田宅的制度名存实亡。到了东汉
时，朝廷随意赏赐没有实际意义的民爵，百姓全不在
乎，甚至已不知爵为何物[12]。许多高爵也渐渐不复存
在，只剩下列侯、关内侯之类的贵族爵位还有实际
地位。

　　户籍登记完毕，便会封存好，一份存在乡里，另
一份副本上交县廷存入专门库房，有专人保管。需要
取阅时也必须由令史和主管官吏共同勘验无误后才能
打开；使用完毕便再度封存。户籍是朝廷行政、征发
劳役、收取赋税的重要参照依据，因此管理的法律也
极为严格，谎报户籍、不报户籍的人都会受到惩罚。

　　在户籍确定的基础上，普通百姓的住宅、田地都
由国家来分配。许多户人家聚居在以县、乡为单位的
城中，城中又分为若干"里"，里的四周修筑围墙，同

表1

汉代爵制	
侯	彻　侯[11]
	关内侯
卿	大庶长
	驷车庶长
	大上造
	少上造
	右　更
	中　更
	左　更
	右庶长
	左庶长
大夫	五大夫
	公　乘
	公大夫
	官大夫
	大　夫
士	不　更
	簪　袅
	上　造
	公　士

里居住的人家需要互相监督，一旦发现邻居偷盗、逃亡，必须及时向官员告发。[13]

加上汉朝尚处于定居的农业社会，百姓们原本也都安土重迁，固居一地。哪怕遇着饥馑，往往是能忍则忍。毕竟背井离乡、远离田原庐墓、抛开亲朋故旧，是挺难受的事。汉时古歌唱道："高田种小麦，终久不成穗。男儿在他乡，焉得不憔悴。"[14]的确是这样。不到万不得已，一般百姓绝不会迁徙。

即便想迁徙，也需要先向当地官员提出申请，待确认税赋已经交清，由所在乡向将迁往的乡移送各类户籍信息并出具证明后，才能顺利搬家。

一旦未经申报便脱籍流亡，就成了"流民"。

固定居住的地域既定，当时因为地域也闹了不少笑话。最有意思的是"关东"（或称"山东"、"关外"）、"关西"（或称"山西"、"关中"）之争。汉朝人口中的"山"和"关"，即崤山和函谷关。西汉时，因为定都函谷关以西

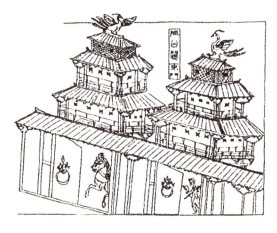

函谷关东门（东汉画像石摹本），美国波士顿博物馆藏

的关中长安，百姓们总以隶籍关中为荣，瞧不上关外人，认为那些地方多出鄙儒[15]。

汉武帝时一度将函谷关的地址往东推进，在汉朝人的记录中，编派出的迁关原因颇为可笑：

当时一个名叫杨仆的将军，立下大功，却不求赏赐，只上书祈求将函谷关东迁，甚至愿意以家财供给迁徙关的经费用度；原来他家乡是在距离原本函谷关不远的关西新安，深以自己是关外人为耻。武帝因此同意了迁关的事。[16]

到了东汉时，迁都于关东洛阳，关东人又转而瞧不起关西人，认为关西人都是舞刀弄剑的莽夫。这时候也有和事佬出来说一句："自秦汉以来，山东出相，山西出将。"[17]无论关东关西都是汉家，自然是要"将相和"才好。

与此同时，汉朝也进行过几次大移民。一类是前文中所提到的，把天下郡国豪强、高赀商人、二千石高官的家庭迁入关中，以便管控。这一类移民一般都能得到金钱与田宅的赏赐作为补偿。另一类是徙民实边，即大量迁徙贫民、灾民，甚至是罪犯，到国家的边陲定居、开垦；通常也会分配田地，借出犁、牛、种等供百姓开垦耕种。这样做的目的，仍旧是竭力使百姓安定下来，最终在边陲建立起稳定的农业社会。

律令刑罚

汉高祖打天下、初入关中的时候，废除了秦朝的严刑峻法，只与父老百姓约法三章，即"杀人者死，伤人及盗抵罪"，百姓们都大为喜悦[18]。

但三章之法只能暂时安抚百姓，等到天下一统，汉王朝建立，就显得颇不足用。于是时任相国的萧何参照秦朝法律并加以增删，制定了《九章律》，是为汉朝法律的基础。[19]

汉律的篇目除了萧何的《九章律》作为正律之外，又有一些辅助的律，如汉惠帝时叔孙通作《傍章》十八篇，武帝时张汤作《越宫律》二十七篇、赵禹作《朝律》六篇等，增益律所不及。至此，汉律篇目基本定型。[20]

但具体的律条也并不是一成不变的。随着社会具体情况及帝王施政观念的变动，朝廷对现行法律也不断进行着修正增补。帝王以诏书令的形式颁布对律所不及之处进行修订和补充；直到下一任帝王时，这些"令"中仍旧实用、有意义的，才得以有机会编入"律"。

因此，在汉朝人口中，往往将成文的"律"和帝王诏所增损的"令"并称为"律令"[21]。

与律令相对应的，是各种针对人们违背律令的刑罚，汉初的刑罚基本还是延续秦制（见表2）。

表2

罚金（针对过失、小罪）	罚金若干两
赎刑（适用于犯罪者并非直接责任人的情况）	赎迁（金八两）
	耐（金十二两）
	黥与劓（金一斤）
	腐与斩（金一斤四两）
	鬼薪白粲与城旦舂（金一斤八两）
	死（金二斤八两）

迁刑	迁居他处服役、戍边	
耻辱刑/肉刑＋ 身份劳役刑	耐（剃去鬓须）	为司寇（往边远地区戍边或服苦役）
		为隶臣妾（男子为隶臣，女子为隶妾）
		为鬼薪白粲（男子为祠祀鬼神伐山之薪蒸，女子为祠祀择米）
	完（不附加肉刑，但需要附加剃去鬓须的耻辱刑）	为城旦舂（男子旦起治城，女子舂米）
	黥（面上刺字）	为城旦舂
	劓（割鼻）	为城旦舂
	斩左趾（砍断左脚）/斩右趾（砍断右脚）	为城旦
	宫（腐刑）	
死刑	弃市（绞杀于市）、腰斩（斩腰）、枭首（斩首挂在高处）、磔（分裂肢体而死）	

针对极端的罪恶，还一度有诛杀犯罪者父母、兄弟、妻子三族的连坐刑罚。

人们若是犯了罪，可凭借自身的爵位，得到减免处罚的优待；若身份已是隶臣妾之下，再次犯罪，相应的处罚也会严重得多。

汉初的刑罚基本延续秦制。其中最为残酷的是肉刑，轻则黥面毁容，重则断足毁伤肢体。受过肉刑的人，即便最终能够获得释放，但因为肢体残废，也不便再和庶人一同做事，只能在官府特别设置的隐蔽场所"隐官"劳作。

这一套刑罚体系，逐渐变得不再适用于承平已久的汉朝。因此在汉文帝的时候，终于废除了肉刑。提到废除肉刑，需要讲讲当时齐国少女淳于缇萦的故事。

缇萦的父亲淳于意是当时齐地临淄名医，因不肯趋奉权贵，被人罗织罪名陷害，判入长安受肉刑。淳于意只有五个女儿，没有儿子能替他奔走赎罪。于是十四岁的小女儿缇萦随同父亲一起西行到长安，上书汉文帝，表明父亲为吏廉平而坐法当刑，并痛陈肉刑的不合理，人死后不能复生，肉刑过后肢体不能复原。她甚至愿做官婢来替父亲赎罪。[22]

汉文帝感动于缇萦之心，决定废除肉刑。最终，肉刑中的斩左趾被归入死刑，斩右趾和劓分别用数目不等的笞刑代替，黥刑改用髡钳（剃去须发，戴上枷锁）代替。而诸身份劳役刑也都规定了具体期限，"有年而免"。

不过，这一改动却因量刑不合理带来了一些问题。以往罪犯虽受肉刑毁伤肢体，还可以活下去；改动后被笞三五百下，反而会被打死。直到汉景帝时，终于详细规定了行笞刑的刑具和执行方法，并大大减轻了刑罚。[23]

这是汉朝律令刑罚大体的情况。无论如何变化，基本的目的始终有二：维护皇权统治、维系家庭伦理秩序。

依律令办事的观念深入人心，西汉时"如律令"已逐渐成为一种人们习用的命令语气词，但凡是上告下的公文，都常使用——即"依律办理"的意思，而不具指某条律令。甚至到了东汉时，百姓们书写辟邪的符咒、墓中随葬的券书，也会仿效官府文书写上"如律令"一类的字样。后来兴起的道教符咒"急急如律令"，也是自此而来。

农人的家计簿

在田间耕作的农人们，构成了汉朝庶民里人数最大的群体。

依照汉初的情况来看，一个五口之家的农人家庭，其中能从事耕作的不少于两人，能够种的田地不超过一百亩。而一百亩田收获的粮食，不超过一百石。

农人们春耕夏耘、秋获冬藏，又要采伐柴薪、修理官府，应付官府征发的"力役"公差。他们春不能避风尘，夏不能避暑热，秋不能避阴雨，冬不能避寒冷，一年四季都难以休息。[24] 即便这样辛苦，收入的一部分还要上缴。

先是"田租"。朝廷根据每户人家田地的面积来征收，人们需要上交粮食实物；交奉谷租后，又得交纳一定数额的"刍藁"，刍是饲草，藁是粮食收获后余下的禾秆，都用作牲畜的饲料。在征收足够量的实物后，余下部分折算成钱来征收。

还有按人数来征收钱财的，如对大人征收的"算赋"、对小孩征收的"口赋"[25]。

牛耕图
陕西靖边杨桥畔东汉墓出土，陕西考古研究院藏
陕西省考古研究院编著：《壁上丹青：陕西出土壁画集》，科学出版社，2009年，第111页、112页

锄禾图（东汉壁画）

更有综合的"户赋"。以每户人家为单位征收,汉初的要求是五月时每户出十六钱,十月每户出刍一石。[26]

即便在风调雨顺的丰收年,收获去除了全家人的吃穿用度和上交的赋税后,所剩无几。此外又有人情来往、婚丧、疾病、养老育小之类的开支。当时人们能够寄以希望的,是朝廷所施加的善政。

其一是增加农耕收获。朝廷也乐于兴建水利、粮仓,推广新的耕作工具与耕作法,在安定百姓的同时,也获得更多的赋税。

其二是朝廷减免赋税。汉初从高祖刘邦时,便不断减免田租。汉景帝时,甚至只需微不足道的"三十税一"。

但若是哪一年遭受到旱涝蝗震等自然灾害,粮食收成不好,哪怕只三十税一,对农人而言也是极大的负担。更别说有时还遇着急征暴赋、不依照农耕时节征敛赋税、朝令夕改的情况。这时,那些有存粮的农人,尚可半价贱卖粮食以缴纳赋税;没有粮食的农民,只有向人借贷,付加倍的利息。于是就出现了农人出卖御寒的衣履、炊煮的釜鬻,甚至最终卖掉田宅、卖掉子孙以还债的惨事。

因此在西汉后期,出现了朝廷在灾年探视灾情,视灾民家产多少特别免去当年部分田租、赋税的做法,并逐渐成为一种制度。如西汉成帝时定为"什四免租"制(对灾害导致田亩收获减少十分之四以上者免除田租)[27];东汉时在其基础上又常有"以实除之"的制度(灾害导致减产若低于十分之四,也按照实际受灾比例减免)。[28]

东汉初年,因为土地集中于地方豪强手中,农人除了流离失所,便只能依附于豪强,沦为他们庄园中的徒附。在这类庄园中,除了耕作之外,又有煮盐酿酒、纺丝绩麻、牧马养羊等诸多产业;豪强一面筑坞堡,缮甲兵,召集部曲家兵;一面隐瞒户口和田地,逃避国家赋役,俨然如一方独立的王国一般。

光武帝刘秀便再度进行了"度田",清查户口,核实各地的垦田数量[29]。乡一级的官吏以五月度田,七月检查牲畜病害,藏匿田地三亩以上就得坐罪。[30]一旦出现官员度田不实情形,光武帝都采取严厉惩罚的方式。直到遇着地方豪强大族起兵,才改为用怀柔政策平息叛乱。[31]

经此一番处理,稍后汉明帝时又出现另一个极端,官吏常虚报田亩数量以夸大政绩。朝廷只得赶紧申敕州郡官员,"务令实核,其有增加,皆使与夺田同罪"[32]。

在东汉章帝时,度田方式被进一步被完善。当时的山阳太守秦彭亲自度田,将田亩分为三个等级,书写文簿,在乡县存档。这一做法颇有成效,因此汉章帝下诏在全国推行。[33]

这一项措施在东汉被长期执行着。[34]朝廷借以巩固政权,农人的基本生活也因此得以维持。

成为商人

看着当一个汉朝的农夫如此辛苦,或许有人会进而把眼光投向商人。不过,经商更是需要再三考虑清楚的事。

早在秦时,一旦成为商人,就会被归入卑贱的"市籍"。且从自身到孙辈的三代人,都是朝廷对外用兵时首要征发的对象。[35]西汉前期又陆续规定商人不许穿丝衣、乘车马、子孙不得任官、不得名田(占有田地),还得加倍交纳

乡吏常以五月度田,七月举畜害,匿田三亩以上,坐……

度田律令简(东汉初),甘肃武威旱滩坡东汉墓出土,武威地区博物馆:《甘肃武威旱滩坡东汉墓》,《文物》1993年第10期

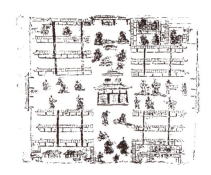

市（东汉画像砖），成都出土，四川博物院藏
曹婉如等编：《中国古代地理图集（战国一元）》，文物出版社，1990年，图34、图35

赋税。³⁶汉武帝时为战争的缘故，又一度恢复谪戍的制度，首要征发商人与其子孙从军³⁷。

　　凡此种种，当时人却见怪不怪。因为在传统的农业社会，耕织才是"本业"，不事生产而去经商显然是舍本逐末。

　　朝廷甚至对商人居住、经营的场所也有规定。城中的市场都有固定的地域，四周围墙，严格区别于居住区。人们必须通过市门出入。市场中央更有高楼"旗亭"，待白日里旗亭升旗宣布开市后，商人们才能开始经营³⁸。市内专有市吏管理秩序、征收市租³⁹。商品的价钱有着具体的标准，买卖时必须与标准持平，商人不得随意哄抬物价⁴⁰。

　　到了傍晚，也有个固定时间关市，之后就不能继续经营了。若是在夜里到市场去，准会被汉朝人笑作痴傻，被骂作"夜籴"。⁴¹

　　汉朝人使用的钱币，以黄金为上币，铜钱为下币。黄金多用于贵族间馈赠、奉献、赏赐等。日常流通的货币仍以铜钱为主。一斤黄金大约可当钱一万。经过官府认可的金、钱，即为"行金"、"行钱"。⁴²

　　西汉初年放任民间铸钱，铜钱的币制、重量多有变动，因此造成的混

金饼（西汉），江西南昌海昏侯刘贺墓出土
其上墨书"南藩海昏侯臣贺 元康三年酎黄金一斤"，一枚金饼即重一
汉斤（约250克）
江西省文物考古研究所、首都博物馆编：《五色炫曜：南昌汉代海昏
侯国考古成果》，江西人民出版社，2016年，第122页

乱亦多。几经波折，直到汉武帝时，在朝廷强制规定下，才最终定型为形制规整统一的五铢钱，从而得以在汉朝接下来的大部分时间里被使用。多枚铜钱往往由绳索贯穿成串，以便携带[43]。

汉武帝于元狩五年（前118年）开始铸五铢钱，初为地方铸造的"郡国五铢"；元鼎二年（前115年）始铸"赤仄"五铢（以赤铜为廓）；元鼎四年（前113年）废销旧钱，专令上林三官铸钱，为"三官钱"，终于使钱币制度逐步稳定。（《史记》卷三〇《平准书》）

新朝王莽多次更造钱币，造成大量混乱。（《汉书》卷九九《王莽传》）

东汉建武十六年（40年），光武帝刘秀从马援上书，重铸五铢钱。（《东观汉记》卷一二《马援传》）东汉一朝基本行用五铢。

若遇上货币不足或是朝廷胡乱铸币的情形，人们甚至抛开货币，直接以生活实用品作为货币的替代来进行交易。在金、钱之外，布帛便常常被作为一种特殊货币使用。因此朝廷专颁布有《金布律》，对金钱、布帛的规制进行限定。

一旦出现赊欠的情况，也无须担忧。此时需要用到"契券"，即两枚由竹木制作的齿牙交错、可以相互契合的长片。买卖双方各持其一，用作交易

财货的凭证。之后商人索取拖欠的财货，便可以凭借契券。汉朝的开国皇帝刘邦还在当泗水亭长时，买酒就常常赊账，卖酒的两位老妇人见他有帝王般的神异姿态，最终"折券弃责（债）"，折毁契券凭证，免去了他的债务。[44]

交易贵重物品时，买卖双方也需要订立契券。有时候还会有公证人、担保人"任者"在旁作证，并写入契约中去。一旦之后产生关于商品的纠纷，可以凭借契券为证。[45]

庶民贵族之路

在汉朝，一个小商人，可以满足于在邻近的城镇乡村里活动。俗话说："百里不贩樵，千里不贩籴。"[46]意思是没有往百里以外贩运木柴的，没有往千里以外贩运粮食的，除非稀有之物才能靠长途贩运赢得暴利。可一旦生意做大，手中真有了稀有的货物，想要靠周游天下郡国、长途贩运来获取利润，却并不是件轻松简单的事。

通行汉朝的关卡、渡口，往往都需要有"符传"之类的通行证。[47]依照汉律规定，对无符传或诈伪符传出入关津的行为都会进行严厉打击。商人需要由乡的负责人开具证明，再由县级官府确认之后，才能出行。运送的商品货物也得准备好时不时应对检查，有时候一些特定的贵重物品、兵器之类还被朝廷规定禁止通过关津。

交通上虽然常有限制，但突破诸多限制，靠经商发家致富的大有人在。朝廷全靠"本业"、"末业"的标准

五铢钱串（东汉），湖南资兴汉墓出土
湖南省博物馆：《湖南资兴东汉墓》，《考古学报》1984年第1期，第101页

去说教是行不通的。

人离乡贱，物离乡贵。朝廷的王侯封君尚且害怕贫穷；编户百姓们经商自食其力，凭本事赚钱，以诚信立身，原算不上什么丢人；又兼通各地产物有无，让人们能买到外地的稀罕物，讨得大家喜欢。最后随着朝廷禁令的取消、规定的松弛，转而购置田地、入粟拜爵、以赀为官，"以末致财，以本守之"，成为汉朝的"庶民贵族"，也未尝不可。

除此之外，在商人中，还有了"奇人怪事"。这是在汉武帝时，河南郡有个叫卜式的大商人，以畜牧为业，愿意献出一半家产资助国家用兵匈奴。汉武帝以为他是想做官，或是有冤要申，不料他却毫无所求。当时的丞相公孙弘以为这是怪事，说服武帝不要理他。一年多后，遇着匈奴浑邪王归降汉朝，朝廷迁徙贫民往西北，开支颇多，连粮仓府库都为之一空。这时卜式又捐二十万钱与河南太守，用以资助迁徙的贫民。河南郡上报富人助贫的名单，武帝在其中再度看到卜式的姓名，他也终于得到武帝的嘉奖。[48]

可是，若商人们都如卜式一般，也就不会有下文中武帝时颁布的诸多对付商人的政策了。

商人们不耕不织，却"衣必文采、食必粱肉"（衣着华丽，食物丰美）；身份卑贱、不任官员，却"交通王侯，力过吏势"（与王侯贵族交往，势力大过官员）；加上其中难免有囤积居奇、欺压百姓的奸商；甚至通过买卖和豪夺的方式侵吞农人田地；国家面对战争时，不少富人也争相藏匿钱财，不愿助边。

于是汉武帝于元狩四年（前119年）和元鼎三年（前114年），先后颁布了"算缗"[49]和"告缗"[50]令，对当时的工商业者加征财产税，又鼓励民间告发逃税者，没收逃税者财产。当时的朝廷"得民财物以亿计，奴婢以千万数；田、大县数百顷，小县百余顷，宅亦如之"[51]。中产以上的商人大多因此破产。

元狩四年，还开始筹备实行盐铁专营的计划。随后于盐铁产地设置盐官与铁官，统一生产；产品也由国家统一经营。[52]将盐、铁这样的百姓生活必需品收归国营，夺取了商人的丰厚利润。

接着又由桑弘羊推行"均输"[53]、"平准"[54]政策，由官方经商，进而平抑物价、调节市场。

经此，商人们终于收敛了不少。

然而武帝一死，原本的诸多抑商政策便逐渐松动，虽中间偶有反复，最终还是走向废弛。

东汉时候兼顾农商的地方豪强很多。经商还是末业，经商的人往往已经不算低贱了。他们的身份虽还是编户齐民，却得以凭借财力相君长，拥有奴婢、徒附、宾客无数。[55]

---

1 《史记》卷七五《孟尝君传》。

2 原简牍见张家山二四七号汉墓竹简整理小组编著：《张家山汉墓竹简〔二四七号墓〕》，文物出版社，2001年，第54页。

3 《史记》卷一二〇《汲黯传》："愚民安知市买长安中物而文吏绳以为阑出财物于边关乎?"《集解》引应劭曰："阑，妄也。律，胡市，吏民不得持兵器出关。虽于京师市买，其法一也。"瓒曰："无符传出入为阑。"张家山汉简《二年律令·津关令》："诸阑出入塞之津关，黥为城旦舂"、"智（知）其请（情）而出入之，及假予人符传，令以阑出入者，与同罪"（简488、489）。

4 这位名为不害的人即汲绍侯公上不害，时任太仆，代理廷尉事宜。《汉书》卷一六《高惠高后文功臣表》："汲绍侯公上不害，高祖六年为太仆，击代豨有功，侯，千三百户，为赵太仆。"

5 《汉书》卷六《武帝纪》。

6 朱凤瀚：《北大秦简〈公子从军〉的编连与初读》，《简帛》

（第八辑），上海古籍出版社，2013年。

　　7　1979年发现的敦煌汉简中有韩朋夫妇故事残简，裘锡圭考证其可能为有韵的赋体。见裘锡圭：《汉简中所见韩朋故事的新资料》，《复旦学报》（社会科学版）1999年第3期。全篇《韩朋赋》见于清末敦煌石室中发现的写本。虽敦煌石室遗书年代晚至唐末，然而《韩朋赋》写本中"贞夫射书"情节已广泛出现在两汉壁画、画像石与铜镜纹饰中。

　　8　以上二首均见《宋书·乐志》，一首题作《艾如张》，一首题作《艳歌何尝行》。《艾如张》一诗末原衍有一"室"字。

　　9　《玉台新咏》卷一。

　　10　《周礼·地官·小司徒》："及三年，则大比"，郑玄注："五家为比，故以比为名，今时八月案比是也。"

　　11　汉武帝时，为避讳改称"列侯"。

　　12　《艺文类聚》卷五一《封爵部》引王粲《爵论》："今爵事废矣，民不知爵者何也。夺之，民亦不惧，赐之，民亦不喜，是空设文书而无用也。"

　　13　张家山汉简《二年律令·户律》："自五大夫以下，比地为伍，以辨券为信，居处相察，出入相司。有为盗贼及亡者，辄谒吏、典。"

　　14　《齐民要术》卷二注引古歌。

　　15　《盐铁论》卷五《国疾》："世人有言：'鄙儒不如都士。'文学皆出山东，希涉大论。"

　　16　《汉书》卷六《武帝纪》应劭注："时楼船将军杨仆数有大功，耻为关外民，上书乞徙东关，以家财给其用度，武帝意亦好广阔，于是徙关于新安，去弘农三百里。"王先谦《汉书补注》引何焯证此事不确，杨仆立功拜楼船将军，在汉武帝迁徙函谷关事后。不过应劭是东汉时人，这或许代表当时的流行看法。

　　17　见《汉书》卷六九《赵充国辛庆忌传》赞。又《后汉书》卷五八《虞诩传》："谚曰：'关西出将，关东出相。'"可知这是一句汉朝的习见谚语。

　　18　《史记》卷八《高祖本纪》。

　　19　《汉书》卷二三《刑法志》："其后四夷未附，兵革未息，三章之法不足以御奸，于是相国萧何攈摭秦法，取其宜于时者，作律九章。"依《晋书》卷三〇《刑法志》所记,《九章律》的具体律篇名为:盗、贼、囚、捕、杂、具、兴、厩、户。张家山汉简《二年律令》包括二十七种律、一种令。杨振红提出,其中不属九章的律篇大多应是九章之下的二级律篇。此说可从。见杨振红:《出土法律文书与秦汉律二级分类构造》,《出土简牍与秦汉社会》,广西师范大学出版社,2009年。

20 《晋书》卷三〇《刑法志》追述汉律篇目时所记。

21 《史记》卷一二二《酷吏列传》记杜周言:"三尺安出哉?前主所是著为律,后主所是疏为令,当时为是,何古之法乎!"

22 见《史记》卷一〇五《仓公传》。

23 见《汉书》卷二三《刑法志》。

24 见《汉书》卷二四《食货志》记晁错上汉文帝书。

25 汉朝时征收年龄和具体数额都曾数次变动。卫宏《汉旧仪》记录了大致情形:"算民,年七岁以至十四岁出口钱,人二十三。二十钱,以食天子。其三钱者,武帝加口钱,以补车骑马。又令民男女年十五以上至五十六出赋钱,人百二十,为一算,以给车马。"

26 见《二年律令·田律》。

27 如《汉书》卷一〇《成帝纪》:"(建始元年)郡国被灾什四以上,毋收田租"。"(鸿嘉四年)已遣使者循行郡国。被灾害什四以上,民赀不满三万,勿出租赋。"

28 如《后汉书》卷四《和帝纪》:"令被害什四以上皆半入田租、刍藁;其不满者,以实际之。"《后汉书》卷六《顺帝纪》永建元年十月甲辰诏:"以疫疠水潦,令人半输今年田租;伤害什四以上,勿收费;不满者,以实际之。"

29 《后汉书》卷一《光武帝纪》记建武十五年"诏下州郡检核垦田顷亩及户口年纪,又考实二千石长吏阿枉不平者"。

30 1989年甘肃武威汉滩坡东汉墓出土律令木简所记。简文中又有"建武十九年"年号,离刘秀度田未远。木简图片见武威地区博物馆:《甘肃武威旱滩坡东汉墓》,《文物》1993年第10期;释文见李均明、刘军:《武威旱滩坡出土汉简考述》,《文物》1993年第10期。

31 如《后汉书》卷一《光武帝纪》记建武十六年度田事。

32　《后汉书》卷三九《刘般传》。

33　《后汉书》卷七六《循吏列传》。

34　如湖南长沙五一广场东汉简牍中仍有汉和帝元兴元年（105年）六月沮乡度田的记录。见长沙市文物考古研究所：《湖南长沙五一广场东汉简牍发掘简报》，《文物》2013年第6期。

35　《汉书》卷四九《晁错传》晁错言秦时事："秦民见行，如往弃市，因以谪发之，名曰'谪戍'。先发吏有谪及赘壻、贾人，后以尝有市籍者，又后以大父母、父母尝有市籍者，后入闾，取其左。"

36　《史记》卷三〇《平准书》："天下已平，高祖乃令贾人不得衣丝乘车，重租税以困辱之。孝惠、高后时，为天下初定，复弛商贾之律，然市井之子孙亦不得仕宦为吏。"又汉武帝时"贾人有市籍者，及其家属，皆无得籍名田，以便农。敢犯令，没入田僮"。

37　王国维先生考："适卒为谪戍之卒，秦时戍卒，大半以谪发也……（汉武帝）太初元年发天下谪民西征大宛，天汉元年发谪戍屯五原，四年发天下七科谪，及勇敢士代匈奴。盖因正卒及戍卒不足，为一时权宜之计，非定制也。"其说是。见罗振玉、王国维：《流沙坠简·考释·戍役类》，中华书局1993年，第145页。

38　先秦已有此制，如《周礼·地官·司市》："上旌于思次以令市。"郑玄注："见旌则知当市也。"《西京赋》："旗亭五里"，薛综注："旗亭，市楼也。立旗于上，故取名焉。"

39　汉朝存在过对年老者免收市租的优待。甘肃武威出土《王杖诏令册》："年六十以上毋子男为鳏，女子年六十以上毋子男为寡，贾市，毋租，比山东复。"见武威县博物馆：《武威新出土王杖诏令册》，《汉简研究文集》，甘肃人民出版社，1984年，第35页。

40　扬雄《法言》卷一《学行》："一閈之市，必立之平。"

41　《太平御览》卷八二八《资产部》引东汉应劭《风俗通》："夜籴，俗说市买者当清旦而行，日中交易所有，夕时便罢无人也。今乃夜籴谷，明瘈瘲不足也。凡靳不欲惠者曰夜籴。"

42　《汉书》卷二四《食货志》："秦兼天下，币为二等。黄金以镒为名，上币；铜钱质如周钱，文曰'半两'，重如其文。"汉代沿用秦二等币制，"汉兴，以为秦钱重难用，更令民铸荚钱。黄金一斤"。

43　如《史记》卷三〇《平准书》:"京师之钱累巨万,贯朽而不可校。"言其制其明。

44　《史记》卷八《高祖本纪》:"(刘邦)常从王媪、武负赊酒……岁竟,此两家常折券弃责。"

45　《周礼·秋官·士师》郑玄注:"若今时市买,为券书以别之,各得其一,讼则案券以正之。"

46　《史记》卷一二九《货殖列传》引谚。

47　汉文帝、汉宣帝时一度有过打开关禁、出入不用传的政策,其余绝大部分时间内都设有关禁,用传出入。

48　《史记》卷三〇《平准书》。

49　《汉书》卷六《武帝纪》:"元狩四年,初算缗钱。"《史记》卷三〇《平准书》:"诸贾人末作贳贷卖买,居邑稽诸物,及商以取利者,虽无市籍,各以其物自占,率缗钱二千而一算,诸作有租及铸,率缗钱四千而一算。非吏比者,三老、北边骑士,轺车以一算,商贾人轺车二算,船五丈以上一算。匿不自占,占不悉,戍边一岁,没入缗钱。"《史记正义》:"武帝伐四夷,国用不足,故税民田宅、船乘、畜产、奴婢等,皆平作钱数,每一千钱一算,贾人倍之。一算百二十文也。"

50　《汉书》卷六《武帝纪》:"(元鼎三年)十一月,令民告缗者以其半与之。"

51　《史记》卷三〇《平准书》。

52　《史记》卷三〇《平准书》孔仅、东郭咸阳言:"愿募民自给费,因官器作煮盐,官与牢盆……敢私铸铁器、煮盐者,钛左趾,没入其器物。郡不出铁者,置小铁官,便属在所县。"

53　《史记》卷三〇《平准书》集解引孟康曰:"谓诸当所输于官者,皆令输其土地所饶,平其所在时价,官更于他处卖之,输者既便而官有利。"

54　《史记》卷三〇《平准书》:"置平准于京师,都受天下委输。召工官治车诸器,皆仰给大农。大农之诸官尽笼天下之货物,贵即卖之,贱则买之。如此,富商大贾无所牟大利,则反本,而万物不得腾踊。故抑天下物,名曰'平准'。"

55　《后汉书》卷四九《仲长统传》撮录仲长统所著《昌言·理乱篇》。

第二章

得微難獄

纠纠葛屦，可以履霜？
掺掺女手，可以缝裳？
要之襋之，好人服之。
好人提提，宛然左辟，佩其象揥。
维是褊心，是以为刺。

——《诗经·魏风·葛屦》

想去倚靠着炉灶取暖，却想起王后的膳食还未准备，媚只得起身出门。厨房外一边是放置薪藁的柴房，一边是水井。

【1】

厨在宫院之东，窗却北向而开。

虽是初秋，冷风已呼呼吹进屋内。屋中除悬挂、堆积诸类厨事用具与食物之外，便是来往忙碌的厮养仆婢。婢女媚这时候不由得打了个寒战，她穿的衣服絮已露了出来，上面还黏着破席上的碎草。

想去倚靠着炉灶取暖，却想起王后的膳食还未准备，媚只得起身出门。厨房外一边是放置薪藁的柴房，一边是水井。纤纤十指早已被木材和井绳磨出了茧。她咳嗽着回去，往灶里添了一把柴，一把旧扇把灶火扇得旺盛。

忆起当初饥荒的时候，此地黔首百姓虽不至于惨烈到像关中那样米斛万钱人相食的地步，但山上的野菜也挖得所剩无几。媚的父亲是本分的农人，那时候便说道："为了你幼弟，你该去了……"

去哪儿？那时候新封了位王，乃是高皇帝之子刘友，初至此处，正欲采买奴婢。想到这里媚有些高兴，自己十余岁时，好赖还算是蓬门中一块美玉，竟能卖得数石粟米。那领她进王宫的中人还道："大汉初建未久，国君乃是先帝之子，今从淮阳王改封为赵王，宫中缺少仆役，才想采买，也借此救济灾民。听闻大王脾气是好的。王后出身吕氏一族，虽然易怒善妒，可日后你只要察言观色，自也不难伺候。虽为奴婢，身份卑贱，但如今事已至此，将来徐徐图之，定然是不愁为自己添置些襦袴、首饰。"

媚也这样想着，只要做事卖力，怎会不讨主人欢喜。

因为那时相貌不差，出身也是良家子，媚被遣至王后身边伺候。王后住的大屋甚是华丽，屋顶墁得齐整，四面张挂的帷幕也很严实。进见王后的时候，她正由宫人们服侍着穿那桃华绣的家常单衣。王后衣着华丽，连婢女也穿着刺绣文的衣服，媚那因自卖为婢离家、穿上母亲裁制的新衣而沾沾自喜的心思，便没了大半。

媚第一次为王后奉膳食时，一时走神，竟撞倒了盛酒的漆尊，惹得王后大怒。她只记得王后额际青筋暴突，紧接着便是一掌打过来。这还不算完，媚又被打发到厨房劳作，每日单为王后制作膳食。这以后的十余年，媚总是提心吊胆，再不敢犯错了。

"如今贵家年轻貌美的婢女总不会少，哪一家不是好好地打扮着，绣衣丝履，锦绣缘边，也以此来炫示财富；唯独此处宫中因王后善妒，赵王身侧连一个近幸的宫人也无，买进的良家子还被打发去厨房执贱役，穿着破衣睡在蔽旧的席上！如此追寻起来，这位吕王后倒也有长安那位吕太后的风范！"城中同情媚这样奴婢的黔首百姓不少，他们往往会如此议论。

但有人会立即答道："这位赵王后可远远不如当今大汉的太后厉害啊。据说昔日高皇帝宠爱的戚夫人，被吕太后斩断手脚、灌哑药、熏聋双耳、刺瞎双目，扔在厕中，称作'人彘'呐！唉，想想媚真是可怜——"不少男人往往还会加上一句，"不过她确实是个美人儿，加上年岁将满三十，依例将要出嫁，不知谁有这等艳福！"接着便是几声猥琐的笑声。

去岁正月过后，媚的父亲便患了病。据说是饥荒饿出的毛病，竟拖到彼时才发作。不过听闻幼弟已随父亲干些农活，今年收成也好，交了朝廷所征的算赋、田租、刍藁税，再除去一家人衣食用度，还略有余裕。可惜八月县廷里书写家中户籍名数，却没有自己了。媚偶尔生出想回家探望的念头，也因自己是被卖作了奴婢，走也走不成。

一到秋季，赵王宫中总会忙碌起来。那时国君会到京城长安去，王后是太后吕氏一族的女儿，自然同去。王后刻意选了不少绫罗缯帛裁制新衣，那一领新制的信期绣复衣华丽非常；还有玳瑁雕琢的长笄，横簪于发髻之上；盛妆饰的漆奁是蜀郡制造、釦金银的呢，据说是高皇帝在长安长乐宫中时所用过的——那上面铭文可是一清二楚；诸如此类，不一而足。侍奉王后的宫人们也颇为自得地从媚这样执贱役的仆婢面前走过去。

不过也多亏这时候主人都要远行，自己既不得陪侍同去，倒不如向食官长求了假，出宫回原家探望。

食官长为人素来和善，王后几次下令责打媚，多亏他帮忙说情。这次他也只是笑着说："快去快去，长久未见父母大人了吧？"

"感君之德！感君之德！"媚急急忙忙地道了谢，转眼已在归家的路上。

【2】

时已雨毕水涸、草木零落，然而乡里道路尚未平整，桥梁亦未修缮。

家所在的地方，名为"安乐里"，可住在这里的百姓却毫无安乐。里墙是干草与泥土夯筑，风吹日晒，已破败不堪，还坍塌了几处。里中居住的人，若不是本分的农人，便是些引车卖浆的小贩、不事生产的博徒少年，甚至有受过刑毁伤了肢体的前刑徒，都没有什么家赀，不怕被贼人偷窃，因此里墙也迟迟未得修补。

媚和安乐里的监门知会了一声，向家走去。那间低矮的茅屋就是曾经的家了，为了抵御寒冷，又没有多余的遮挡之物，破瓮的窗只好用土封上。推开草绳系木板制成的户门，屋内漆黑一片，看不出情状。

"父母大人在么？"媚站在门边唤道。

"咳咳，是谁？是女儿回来了？"

借着壁罅漏跑进来的一点天光，媚看见黑暗中显露出一个老人的面孔。

许是久不相见，他一脸的黑皮，加上皱纹中的泥垢，竟吓得媚往后退了几步，才想起这人是自己父亲，于是定神行礼，又问道："大人，母亲呢？幼弟呢？"

"你母亲去给人洗衣，汉强去砍柴了。"汉强是媚的幼弟的名字，倒是挺合时宜。可惜他出生那年正值楚汉相争的战乱时候，一家人可没少受苦。

父亲倒是挺高兴，忙把媚让进屋内坐下。

黑暗果真是掩盖贫穷的好方法。媚这时才看清，屋内空空荡荡，只铺着几堆藁草，连席案也无，更别说什么取暖的用具了。屋内飘浮的尘埃倒是连连呛了媚几口。

昔日未被卖作奴婢之前，倒是对眼前的一切早已习惯，如今见惯了豪富贵族的场面，再重见此情此景，哪里有不喟叹的呢——同样一片天空下，富者土木被文锦，犬马余肉粟；而贫者短褐不完，啥菽饮水。人的贵贱真是分明啊！

父亲病仍未好，只颓然地倚着墙咳嗽。媚略作寒暄后也无话可讲，只得起身道:"趁着旗亭还未关市,我去买些布帛,也为大人制一领御寒新衣好了。"一匹粗布,麻絮也得五斤,加上衣里、衣缘,所费不小。还好媚出宫前便想到要贴补家中,将平日零用剩下的钱都带了来。

到了旗亭市场,东寻西找,总算是寻着价廉的买好,忽见市门处几个闾里游侠少年正在赌博戏。媚颇有些自得地想着:"还好我家小弟不与这些不避法禁、浮游无事的轻薄恶子混在一起。"这些少年成天赌博、酗酒、殴斗,没有一样不是让乡中掌教化的"三老"痛心疾首的。他们将来多半是通行饮食群盗的恶贼。

忽抬头,媚惊觉那群少年中有个人,看起来和小弟模样挺像,只是略高些壮些。

"啊,大姊!"那人这样叫了一声。

媚恨不得背过身去,却只得忍住气,仍旧立在那儿不动。好久才挪出步,叫他回家。

在路上总算是憋出一个长姊该说的话来:"你可知道,不孝父母可是要受弃市之刑的!如今父亲卧病在家,母亲还在外为人洗衣劳作,你、你却在这里游荡!难道反要父母大人侍奉你么!"

见几个恶少年还在身后指指点点,甚至大肆地玩笑,小弟颇有些气恼,故意提高声音对媚道:"得了,你如今又不是我家的人,凭什么管我?倒是长姊你,被卖作了奴婢,你可知道别人是怎么取笑我的么?若是当了姬妾宫人,被赵王宠幸倒也罢了,可这么多年了,大姊不过是个养婢而已,还是那种执贱役的!"

"你——你——你……"媚气得说不出话，好不容易答道，"当初若不是卖了我去，全家恐怕都要饿死了！如今倒是嫌弃你当贱婢的长姊了？你、你真是长大了！"

汉强终究不占理，只讪讪地往前走着，也不答话。

媚却忍不住热泪盈眶了。想起幼弟才几岁那年，品行多好啊。那时候，父亲因为跛了一只脚的缘故，逃过了征兵——听闻那些随高皇帝征战匈奴的士卒，被围于平城，七日不食，即便侥幸不死，冻掉手指不能弯弓的亦十有二三呐！可父亲却仍旧要在田地里忙碌，幼弟便在父亲身后学着劳作的样子，跟着稗草捕虫。自己和母亲去送饭食，他亦将好饭食让给父母大人。记得他那时还说："今后我长大了，便由我来照顾大家，让谁也不能欺负父母和长姊。"

想到此处，真是心痛。

回到家中，仍旧只能相对无言。母亲往屋外院中扯了几把葵菜，与粗粝的麦饭同煮了端上来，媚便服侍着父亲吃饭。

看着父母如此苍老，作为女儿怎么好意思披纨蹑韦地在王宫的高堂邃宇里安然度日呢？媚之前还抱怨赵王后不够仁善，如今见此情景，却深觉自身幸运了。终于还是禁不住流泪，在被蒙蔽的父母面前说起今日所见幼弟的事来。

讲这讲那，话总不完，到头仍旧免不了对幼弟再说一次："可得好好地侍奉父母，别让父母为难了。"

"女儿，你听着——不但没有为难，他服兵役归来已是长进了不少，如今在亭长手下干活，机敏又有力气，很得官吏们的喜欢。家中如今穷困，没有足够的赀财供他为吏，真是对不住他啊。"父亲竟这样说道，同时也流下泪来。

竟是这样？媚悬着的心总算是放下了一半，但仍旧半信半疑，遂强收住眼泪道："可那些闾里的恶少年，怎么会与他同在旗亭赌博……"

"那些恶少年恐怕是犯了椎埋杀人乃至谋反的大罪，如今长安那边吕太后早已察知了消息，暗暗安排了官吏来探查，今日亭长正遣我前去探知消息呢。"回家后一直一言不发的幼弟终于说话了，"为怕长姊担心，所以不敢告知。却让长姊如此误会，是为弟的错了。"说罢恭恭敬敬地对着媚拜了一拜。

"好，好！一家人好好的，今年家中已有了起色，明年总会好的。我在那边得的赏钱总得想法托人寄过来。父亲大人也请赶快好起来啊。"

媚总算是安了心，翌日便拜别父母，早早回去了。

【3】

正月刚过，听闻在长安长乐宫中吕太后面前，王后竟不顾颜面地公然和赵王大大吵闹了一番，于是国君先行回到了封国来。

昔日高皇帝与戚夫人之子赵王如意不知因何故而死，据说与吕太后有关。以前人们总想着，如今这位赵王娶了太后吕氏一族的女儿，总不至于落得跟前一位赵王一样的下场吧！国君也对这位王后万般忍让。不知在长安发生了何事，竟得如此。不过帝王家的那些事，与仆佣们可无关，媚也从不多嘴。

这次长安之行，吕太后赠给诸国国王不少美人，国君趁此机会也新收了一位内宠。作为婢女的媚，日子好过了许多，被遣去每日给国君奉送酒食。

国君的一位名为史猷的友人近日来常来宫中闲谈。史猷的父亲在秦时担任过司法的大吏，因此他谈论起律令来也头头是道。可如今他却是隐而不仕，全靠国君供养。

国君命厨官奉上的美酒，是反复酿制、清淳酽冽的酎酒，盛在鎏金的铜尊中；年少美貌的宫人们则以雕饰花纹的疏勺为史猷酌酒。饮满举白，他倒是常与国君说些高深莫测的话，一旁奉酒的媚只勉强听懂一些，什么天下归刘氏还是吕氏云云。

当然，更引诸宫人侍婢注意的是，这史猷长得挺俊。因此媚也有了些绮想，然而所得赏钱尽数托人送往家中，自己哪里能打扮引他注目呢。

好景不长，王后终究还是从长安回来了。一得知国君新收了姬妾，在宫中又是一场大闹。

吕太后所送的美人也是位厉害人物，听说在长安宫中时还暗中用计将本该来赵国的窦美人换去了偏僻的代国，如今在赵王宫中独得国君宠爱，却终究不敌王后威势。王后先是治了美人一个祝诅巫蛊的大罪，关进了永巷；又怕国君另寻新欢，连为国君奉上的酒，也让王后改作浊薄的白酒，只随意盛在瓦盆里，由几个粗丑的老媪奉上。

那天进朝食的时分，媚分明看到国君脸上被王后抓出的伤口。国君如此忍气吞声，实在好笑。不过媚那一日却哭丧着脸——因为明日又要去服侍王后了。

从前一位狱史曾言："为国君和国君夫人制作膳食，如有不慎，会犯死罪。"这句话食官长重复过无数次，媚也谨记在心。可是王后自从长安归来之后，脾气更坏了。宫人侍婢个个都被她寻了错处惩罚。媚也免不了担惊受怕。不过王后只罚她继续执厨中的贱役，白日里穿着破衣，夜里睡在旧席上，倒也没有多行什么恶事。

一日夕时，有汉廷使者从长安前来，宫中举行起盛大的宴饮。

食官长为国君进奉烤肉，王后一边懒洋洋地拿着便面扇风，一边从肉中挑出一根三寸长的头发，不知存着什么坏念想。接着媚进饭上来，王后又道饭中有杂草，对国君絮絮叨叨了半天，也不知嚼了什么毒舌，竟惹得国君大怒，在汉廷使者与王国官员面前，命治二人的罪。

国君的话听在耳中，格外令人惊心。王后一声冷笑，国君倒有些无可奈何的样子。

媚略略定神，伏地重重叩头求饶。还好家中如今渐有起色，本已在此受尽苦处，若是一死，倒也无甚牵挂。心中不忍的是，想必是以前食官长对自己多有照顾的缘故，竟带累他也被王后寻了错处要罚。

媚心里正这样想着，却听侧席列坐的宾客中一个熟悉的声音道："这两人都无罪，国君还应该赐予媚一件新衣。"

王后冷笑一声，未置可否。国君看了王后一眼，有些畏惧地说道："史君为何如此看？"

原来是史猷！

只听他缓缓说道："这女子先前便在国君身旁侍奉饭食，从未有不尽心的地方。此事有疑，不妨再细细勘验。"

他在国君面前说话，国君向来是会听的。可如今国君却在悍妻面前迟迟不敢发一言。

王后拍案怒道："那你就说说他们为何无罪？莫非是本王后错了？"

史猷却微微一笑，向国王和王后拜了一拜，请求去厨房看看。王后便命食官长引了他过去。婿仍旧跪着不敢起身，心中恍恍惚惚一片空白。

所幸史猷没过多久便又归来，向国君道："臣去看过了，在厨房砧板上切肉的刀是新锻造的，颇锋利。用这样的利刀在砧板上切肥牛肉，筋皮都能切断。把肉切成了大不过一寸的小块，却唯独有三寸长的头发没切断，这不像是切肉人的过错。臣又查看炙肉的用具，所用的炭是最好的桑炭，铁炉也很坚固。用这样的器具烤出的肉焦香可口，然而一根三寸长的头发却未烤焦，这又不像是烤肉者的责任。臣现今又查看了此处用食的宫殿，布置谨严、帷幕张挂严实，宫人已仔细扫除，并无杂草可掉入饭食中。"

王后笑道："这岂不是更坐实了是这进膳的食官长的错！还有那个贱婢，仗着美貌就敢在国君面前献媚！"

"这应是王后之误。"史猷并不搭理王后，只对着国君道，"臣去查看婢女房中卧具，草席破旧无比，编席之绳都断绝，草皆烂碎。今见她所着衣裳亦旧，连絮都已露出。果然就有数根半寸长的席草黏在絮上——她素日里来国君面前侍奉，可是衣着整洁，可臣偏偏听闻，如今王后罚她穿一身破衣睡在破席之上。"

媚只觉他竟成了自己的守护神，微微抬头用余光看去，见他微微前趋，将饭中的杂草与衣上的一对照，果然相同："王后既然令她这般穿着，怎会没有杂草掉入饭中？"

王后有些气急败坏地叫道："那么烤肉上的头发呢？"

史猷反问道："至于烤肉上的头发，端上烤肉时，臣敢问王后在做何事？"

王后道："炭火烤过之肉热气逼人，我便以便面为君王扇风驱热，有何不妥？"

史猷笑道："正是如此——正是王后将自己头发扇飞，落在肉上的！"

王后恨恨地斜着眼看向史猷，国君忙道："寡人相信王后是无心之失，不妨和史君再行诊察！"

国君低头俯视几案下的一端，有二寸至一尺多长的头发六根，并将其放在摆烤肉的案前，令人从后扇风，果然有两根头发飞落到肉上。

于是国君笑道："史君所说甚是，此二人无罪。为媚制一件新衣，今后到内宫侍奉……"

国君一语未罢，王后假意咳嗽几声，瞪着媚的眼中仿佛快冒出火来。只闻得王后接着国君之言道："如今这女子也即将出嫁，既然史君有心，便赐她为史君执箕帚吧！"

媚听到此处，惊得连一"谢"字也说不出。

竟是因着这样偶然的机会，教媚曾经小小的心愿得以实现，甚至连素来厌恶的王后也有助力，实在难以预料啊！自己如今虽是卑贱的婢女，但毕竟曾是因饥饿才自卖为婢，原本高皇帝时就有免奴婢为庶人的旧例，一旦遇着新帝即位，家中幼弟又有长进，总有机会重获良家子名籍吧！虽如今是吕太后称制、执掌朝政——不过，现在即便是给史献为婢妾，媚也是乐意的。

这样想着，媚终于对国君伏地再拜。

【4】

这一年年末，国君与王后又去了长安，后来却再也没有回来。倒是媚在旗亭时，听到乡里的孩童传唱起一首歌谣，据说是赵王在长安作的：

诸吕用事兮刘氏危，迫胁王侯兮强受我妃。

我妃既妒兮诬我以恶，谗女乱国兮上曾不寤。

我无忠臣兮何故弃国？自快中野兮苍天与直！

于嗟不可悔兮宁蚤自贼！为王饿死兮谁者怜之？

吕氏绝理兮讬天报仇！

在这之后不久，国君便因为谋反的罪名而死。

不过数月后长安朝廷又新封了个赵王来，乃是高皇帝的另一子、原先的梁王刘恢。相偕而来的王后，是太后侄儿吕产之女，宫中从官亦皆诸吕。王有爱姬，这位王后更直接使人将其鸩杀，谁知王竟因为思恋爱姬自杀了！

黔首百姓们不由感叹："这王可更换得太频繁了！"

接着太后又欲调高皇帝与薄姬之子、代王刘恒为赵王。按理说，由代入赵，乃是由边塞入内地、由偏僻入繁华的好事。前些年太后出宫人赐诸王，有位窦姬还请求主管此事的宦者吏："请务必将我的名籍放在赐给赵王的队伍中。"不幸宦者忘记此事，错将窦姬名籍放入赐给代王的队伍。窦姬哭泣着不肯前往代国这样的边地，直到宫中用强，才肯成行。

可这时候代王只称"愿代守边"，辞而不往。赵地先前一连死了高皇帝三子，再无刘氏宗室敢往；几位赵王的宫中，姬妾亦是死者连连。在百姓眼中，赵国仿佛成了极险恶的地方。太后便直接立了自家侄儿吕禄为赵王。

不久吕太后驾崩，刘家诸王并起，联合朝中重臣诛杀诸吕，最后竟是由代王入朝即位成为皇帝。而那位窦姬，在代地就受代王宠爱，连生一女二男。皇帝立数月，朝中公卿请立太子，是窦姬长男最为年长，被立为太子，窦姬也就母以子贵地成为大汉皇后。

接下来，汉朝便迎来了迅速发展起来的时期。史猷得天子征辟为官，媚亦随史猷离开赵国，往长安去了。

【余话】厨中的故事

在汉朝，上至有着雄心壮志的帝王将相，下至怀着微小期冀的黔首百姓，他们的生活都是由厨中制作的、具体而日常的食物供养着。

中国式的讲故事，总爱追溯至三代。厨中产生的故事，也原是自古就有的。如商王汤举贤臣伊尹于厨中，便是古时流行的传说。只是传之于后世的，不过略具其事而已。而其中口耳相传的琐事详情，少有史官笔之于竹帛。唯有出土的文字材料，才让我们窥得一二。

如清华大学藏战国竹简《赤鸠之集汤之屋》[1]记载了这么一则故事：

某日商王汤见屋顶上有赤鸠飞集，汤射下来命小臣（伊尹）将其做成羹。待羹做好，汤的妻纴巟却闻香而至，向小臣索求尝羹。小臣畏惧商汤，不敢私作主张。纴巟威胁道，不给我尝，我也杀了你。于是小臣与纴巟将羹分尝。哪知这赤鸠制作的羹竟有奇效，食用之后两人竟有了千里眼的神力，哪怕是四荒四海之外的事，也无所不见。汤归来后发现羹已被人尝过，怒问小臣。小臣惧怕惩罚，于是往夏逃去……

对照其余简文《尹至》、《尹诰》及传世史料来看，可推知这实际应是商汤欲灭亡夏桀，使出"苦肉计"，使小臣伊尹投奔夏朝作为卧底的情节。上古王朝兴亡的史事流传至战国时代，虽添加了许多怪力乱神的成分，颇不足信；不过这故事中最初的契机，竟是一羹，实在是很有意思。

古人喜爱以厨事来比拟政事，因此又有伊尹"说汤以至味"（以烹饪的原理向商汤阐述治国安邦方式）的情节。[2]

《得微难狱》的故事，也是自厨中来。故事原本出自张家山247号汉墓出土的竹简《奏谳书》。其中食官长所遇"炙中有发"的部分原是历史上实际发生过的案例，早见于《韩非子·内储说下》：

晋文公时，宰臣献上炙肉，而肉上竟绕有毛发。文公召来宰臣训斥道："你想令寡人噎着吗？为何让毛发缠绕在肉上？"

宰人顿首再拜后答道："臣的死罪有三：以磨刀石磨刀，磨得如名剑干将一般锋利，可切肉时却唯独毛发不断；以签锥穿肉，却唯独不见毛发；以炽热的炉炭炙肉，肉都已烤熟，却唯独毛发不焦。堂下大约藏着嫉恨臣的人吧！"

文公召集堂下诸人审问，果真如此。于是诛杀了那人。[3]

《内储说下》中的几个故事都是作为"利害有反"（利与害会互相转化）的例子，说君王以政事。这算计他人、使阴谋的手段，原算不得高明，甚至害了自己，反而让别人因祸得福。

汉初《奏谳书》抄录这则案例，又与春秋时代卫国养婢媚所遭遇的"饭中有蔡（杂草）"的故事合写在一起[4]。媚无端被夫人陷害；而史猷在国君与国君夫人面前，仍能坚持"直道事君"、"法不阿意"，肯为一个当时地位卑贱的奴婢主持公道，是难得的事。

而这里把厨中的故事置于西汉初吕后称制时期的具体历史背景中来作解释，仍是试着拟汉简《奏谳书》的意思，作一番"微言大义"。正所谓

"治大国若烹小鲜"，执法治民者只有谨慎考察验证、切近人间生活实有之事，"得微难狱"，才可以避免造成许多苦难和不幸。

至于故事末尾当时尚为代王的刘恒与窦姬的经历，也是利害有反、因祸得福的经典例证。

【专题】食在汉朝

到汉朝的厨房去

在汉朝生活，最先需要解决的是温饱问题。因此，也请随着汉朝人的视角来看看，该如何制作一餐饭食。

在汉朝的富贵之家，厨事自不需主人亲自动手，另有媚这般的仆佣代劳。王侯之家的厨中更是人手众多，按其职责来分，大致有担任劈柴、宰杀牲口、生火等杂役的"厮"、汲水浆的"役"以及负责炊煮、奉食的"养"等。[5]

至于寻常的黔首百姓家中，通常是妻子操持厨事。若是谁惹得妻子不高兴，一旦灶台熄火、厨房罢工，主妇们甚至也会引用《论语》里的话来训斥人："与其媚于奥，宁媚于灶！"（你与其讨好掌管家族祭祀的奥神，不如来讨好我这个做饭的灶神！）[6]的确，厨房在汉朝具有凝聚家庭的意义，哪怕家族祀祖，祭品也是从厨房中来。

待妻子气消，想要再次做饭，却要面临如何生火的难题。

汉朝灶中常见的燃料有薪、苇、草、炭等。贵族人家普遍用一种名为"阳燧"[7]的凹面铜质小圆镜将日光反射聚焦，点燃艾草取火；至于一般人家，取火仍存在以物体摩擦生火的原始做法。钻木，甚至以刀剑相击都可生火。汉朝比较寻常的是以时称"燔石"的火石击打取火，但俗话说"凿石见

与汝媚于奥、宁媚于灶。

奥之徹杉窑、宙徹杉寞、

北京大学藏汉简
《妄稽》第六一
北京大学出土文
献研究所《北京
大学藏西汉竹书》
（四），上海古籍
出版社，第36页

火能几时"[8]，这实在不是易事。

东汉末年时，甚至有这样一则笑话：某人半夜突然发病，命门人钻火。然而那天夜里阴冷，取不着火。主人催得急，门人生气地说："君责备得太没道理！现在夜里黑得如漆一般，为何不用火照着我，让我找着生火用的工具，然后就很容易了！"[9]

实在打不着火，就只得拿着扎束起来的草束或乱麻向邻家借火[10]，平日里则需细心地以草木余烬来保存火种。

主食

做饭之前，有必要先认清汉朝的粮食。

汉朝人最重要的主食为"粟"，又称"禾"、"稷"，就是如今的小米。十五斗粟大概足够一个成年男子半月的饭量[11]。这种粮食有多么普遍和重要呢？汉文帝时甚至采纳太子家令晁错建议，令天下人向边郡入粟以获得爵位、免除罪责，以充实边郡地区的军粮[12]。

与粟并称的，又有"菽"，即大豆，除作为主食食用外，又可以酿制"菽酱汁"（酱油）。一些作物具有明显的地域性。如西北地区多种黍（黄

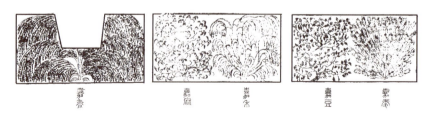

绘有五谷图像的铜方斗（新莽始建国元年），国家博物馆藏
左、右、后壁漆绘五谷图，并标明嘉黍、嘉麻、嘉禾、嘉豆、嘉麦
罗福颐、唐兰：《新莽始建国元年铜方斗》，《故宫博物院院刊》1958年第1期

米），黄河流域多种植大麦与小麦，齐鲁地区多种植麻（雌麻籽可食），南方广泛种植水稻。

粮食作物多需要杵臼舂去皮壳，汉初时舂米甚至是对女性罪犯施加的一种劳作惩罚。吕太后执政时，为报复丈夫汉高祖刘邦生前的宠姬戚夫人，也曾将她贬为囚徒，剃去头发，戴上枷锁，穿着赭色衣，以舂米度日。[13] 由戚夫人舂米时所唱"终日舂薄暮，常与死为伍"可以窥见这项劳作的辛苦。

不过稍后就有了人以足踏动杠杆来舂米的"碓"，东汉以降更改进出以牲畜牵引，甚至利用水力的新工具。

人们把收获的粟、麦、稻等粮食作物"舂之丁臼，簸其粃糠"，再"蒸之于甑，爨之以火"，即在灶中烧火，把粮食置于釜甑中蒸熟后，才能成饭。

汉朝长安城中人家最常食用的米饭为"粱饭"[14]，是用优质粟米制作的；穷苦农人则常食用粗劣而难以蒸熟烂的麦饭、豆饭。同名为饭，其间却有着天壤之别。

若将蔬菜、肉类和以米粉勾芡，熬煮成浓汤或薄糊状，便可做成"羹"。羹是汉以前最为普及的主食做法之一，上至诸侯下至庶人都以为常食[15]。不过做法虽同，原料与工艺却大大有别。富者多食肉羹，平民食用的羹往往鲜肉少菜，显得寡淡得多了。当时还盛行用淘米水煮小豆而成的"甘豆羹"[16]。若是纯以粮食掺水煮，则是"糜"、"粥"之类[17]。

除蒸、羹之外，主食常见的制作方式尚有"熬"，即以慢火煎熬去除谷物中水分，熟后便可食用，称作"糗"[18]；或是将煮熟的饭放在阳光下暴晒去除水分，称作"糒"[19]。这类饭食便于携带，是当时出入旅行时的常备干粮。

至于搭配主食的菜肴，富贵者可以食肉，寻常百姓则多从自家园中采食蔬菜。汉朝的蔬菜种类尚不多。农家的园中，最为普遍的蔬菜为"青青园中葵"[20]，葵即如今的冬葵。又有韭、藿（大豆苗嫩叶）、薤（藠头）、葱、瓠、芜菁等。其烹调方式，不外乎蒸煮或凉拌。

磨面制饼在汉朝已很常见，当时以用黍米粉或者稻米粉加水揉制蒸熟的"饵"为主；随着磨的改进、普及，又出现了以麦粉加水蒸制的饼。后来芝麻（那时称为胡麻）自西域传入，烤制后洒上芝麻的饼焦香可口，别有一番滋味。[21]不过汉代制作的饼，常是以水和面粉制作的死面饼，食用后不易消化。东汉时又出现了以酵母发酵的饼食。[22]

又有将面团撕成片在汤中煮熟的做法，即"汤饼"，为后世面条的雏形[23]。另有一种美味，是在制作胡饼的面团里加了动物骨髓、蜂蜜，称作"截饼"或者"蝎饼"。而汉朝人称作"巨女（粗籹）"的点心，是用蜜和秫稻米粉和面制成环状，再用猪油煎熟[24]，颇似如今的麻花。

若是遇着天灾，作物收成不好，穷苦人家有办法。他们平日里就储藏稗和芋用以备荒。因形似蹲伏的鸥鸟，人们把芋称为"蹲鸱"。[25]至于如今常见的玉米和白薯，汉朝还没有出现，要等到明朝才传入。

调料

若要制作菜肴，首先应了解调味料。善于调和各种味道，才能做出好菜。

汉朝最常见的调味料是盐。人们日常烹饪几乎都离不开盐，汉武帝时甚至将煮盐收归国家经营，于产盐地设置盐官，负责管理煮盐事务。

由大豆并盐、麹调制成的"豉"也十分普遍。西汉末年的大商人樊少翁与王孙大卿[26]，就是靠经营豉发家致富的。

汉朝人以齐地产的盐、鲁地产的豉为佳。因此生活考究的人家，追求的是"白盐海东来，美豉出鲁门"[27]。若要夸奖哪个官员清廉，百姓也不忘称他一句"盐豉共壶"[28]，即吃饭时把调味料放在了同一个容器里的节约做法。

香辛之味，多从植物中来。如葱、姜、小蒜（独蒜）、花椒、芜荑、茱萸等，汉朝均已习见。自张骞通西域后，又陆续有芫荽、胡蒜等传入中原。至于辣椒的传入，却是在千余年后。

甜味的调料，在天然的蜂蜜之外，汉朝已出现了饴糖，以发芽大麦熬制成膏状，又称"饧"。又有稻米熬制的"餦"。南方交趾地区汉朝时也出现了蔗糖，不过在中原人眼中，这还是挺稀罕的产物，人们径以"石蜜"称之。

梅子是天然酸味的来源。

汉朝人食案上必不可少的佐餐调料，还有各式酱。常见的清酱以豆面和盐制成。此外又如肉晒干后细切作末，拌入粱曲、盐、酒后，放入罐中密封百日，就做成了"醢"。以粮食

漆画小具杯廿枚、其二盛酱、盐

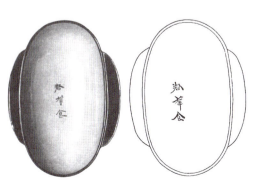

用于装调味料的"君幸食"杯与遣策竹简相关文字记录（西汉），马王堆一号汉墓出土
湖南省博物馆、中国科学院考古研究所编：《长沙马王堆一号汉墓》，文物出版社，1973年，图版一九一、二八三

"齐盐鲁豉"调料罐，陕西历史博物馆藏
陕西历史博物馆：《寻觅散落的瑰宝——陕西历史博物馆征集文物精粹》，三秦出版社，2001年，第37页

发酵而成的酸味的"醯"、以盐米腌制鱼或蔬菜而成的"菹"，也是此时重要的调味酱。

肉食

汉朝习见的家畜有马、牛、羊、猪、鸡、犬，自先秦就被称作"六畜"。不过，国家却限制民间对从事劳动、运输的牲畜的食用，规定"毋得屠杀马牛"，通常只有国家发生大喜事，普天同庆，皇帝才会"赐民百户牛酒"。

人们多食用猪肉、羊肉。贵人们往往把羔羊肉当成精美的食材；而汉朝养猪往往可养在厕下，为百姓家所常备；因猪肉为易得之物，祭祖时人们也以其为上牲。西汉时候，连皇家园林上林苑中也在厕旁蓄养野猪，汉景帝宠姬贾姬如厕，一度被冲进厕所的野猪冲撞。景帝欲亲自拿兵器去救她，却被中郎将郅都阻止，最终野猪自行离去。[29]

汉朝食狗肉风俗亦盛。因为食狗者众，甚至有专门以屠狗为业的屠夫。如汉朝的开国将领樊哙也曾"以屠狗为事"[30]。后世甚至有"仗义每多屠狗辈"的评价。

又有鸡鸭等家禽，但寻常百姓养来多为取卵，并不会常常食用。贵族们游猎所获诸多野味，也为肉类食材的来源，在此不表。

汉朝的肉食的制法要比蔬菜的制法丰富得多。而其中最简单的当属无须炊煮的生食。

取鲜鱼斫去鳞片，鱼肉细细地切作"脍"，便是一道佳肴。汉朝的贵族们，尤其喜爱食用鲤鱼之脍。正所谓"脍不厌细"，或切作薄片，"飞刀徽整，叠似蛱羽"；或切作细丝，"分毫之割，纤如发芒"[31]。佐以酱汁，鲜食也有滋味。

至于兽肉，省事的做法是"炮制"，将带毛的猪或羊清除内脏，以枣填入腹中，再包裹泥土于火上烤制，烤熟后直接取肉食用。

烤肉图（西汉壁画），洛阳西汉墓出土
河南省文化局文物工作队：《洛阳西汉壁画墓发掘报告》，《考古学报》1964年第2期，彩色图版二

剥皮去毛的肉，可在釜中蒸煮熟后切作大块，以酱汁蘸食，除此之外还有多种复杂的做法。如把肉块贯穿成串，放在盛炭火烤炉上炙烤，也是汉代食用肉食的主要方式。

在《得微难狱》的故事中，当食官长为国君奉上炙肉，因肉中有头发而犯了死罪时，正是因为史猷熟悉炙肉的过程，向难以踏足厨房的国君解释清楚，才令食官长的冤屈得以洗刷。

炙烤肉类前，汉朝人喜爱将饧、蜜、豉汁浸入肉块中来增味；烤好后配以盐、蒜食用。又有直接将肉细切成馅，同姜、椒、盐、豉和作肉丸，再加以炙烤的方式。

此外，北方胡地流行将兽类整个架在火上炙烤的做法，名为"貊炙"。这种略显奢侈的做法，传入汉地之后也大受人们欢迎。[32]

把肉块抹上香料，晾晒风干后，可以制成腊肉。鸡、兔所制腊肉的汉朝式食用方法，是先用水煮熟，细擗成丝，蘸酸汁食用。[33]

还有一种直接可食的干肉制作法，是用沸汤将肉煮过，薄切后暴干，为"脯"；若暴干之时还搋施姜、桂、椒、盐、豉等调味料，则为"脩"。以羊胃制作的脯，是汉朝人喜爱的食物。甚至有个称为浊氏的人，诚一贩卖胃脯，致富到了车马成行的地步[34]。

酒与饮料

一提到酒，想必各位首先想到的要么是盛大的宫廷宴饮上高官贵胄们推杯换盏，要么是风流的才子与游侠比赛酒量。

不过，西汉时代的汉赋名家司马相如与妻子卓文君，却有着一段卖酒的寒酸经历。卓文君亲自当卢；司马相如也只穿一条"犊鼻裤"，与酒舍中雇来的工人一起劳作。若问文君"当卢"的"炉"在哪儿？实际上文君当的是"垆"，即堆土作出四周隆起，中间凹陷以放置酒瓮的土台。[35]

"君幸酒" 杯（西汉）
马王堆一号汉墓出土

这对夫妇卖的是什么酒呢？

汉朝的酒，多为粮食酒。制酒，先将谷物蒸煮糊化培养出含大量霉菌与酵母的"曲"，再发酵粮食而成酒。汉初曾一度限制饮酒，有法律规定："三人以上无故群饮，罚金四两。"[36]因为酿酒需要消耗大量粮食。

酒的类别有两大类，一类是连续投料、重复酿造多次的"醴酒"或"酎酒"，这类酒因酒液清醇，又得名"清酒"，酒性较烈，酒精含量偏高；一类为酿造时间短、用曲量少的"浊酒"，成酒稠浊而白，因而得名"白酒"，它和如今所谓的白酒大有不同，通常味甜且酒精含量低。

清酒较白酒而言更为佳好。但一个心思妥帖的汉朝主妇，为来访的客人奉上的酒，是"清白各异樽"，即将清酒与白酒都摆上来，客人可以按照喜好来饮用。

若实在不擅饮酒，还有米汁制成的酸浆、调入蜂蜜的蜜浆、水果制作的果浆供饮。[37]

无论如何，将酒蒸馏以提纯的技术还未发明，汉朝的酒普遍酒精含量不高。至于汉朝人惊异于有喝数石酒不醉的人，大约更可怪的是那人如牛饮水一般的肚量吧。

至于葡萄酒，至少得等到张骞通西域之后，"蒲桃之酒"才出现在了汉朝的市面上。[38] 由于西域商人很可能将其酿造方法秘而不宣，葡萄酒仍旧是少数人享用的杯中珍物。

文君的父亲卓王孙眼见与人私奔的女儿和恋人司马相如竟沦落到卖酒的地步，深以为耻，这才分与女儿家财，让夫妇俩过上富足的生活。司马相如后来因一篇《子虚赋》，为汉武帝所欣赏，前往长安任官。在这时候，他才可能饮用到汉宫赐下的葡萄与葡萄酒。

随着胡俗传入，汉朝人还会饮用鲜奶与酸奶。汉武帝时曾专设挏马令，负责挏治马奶[39]。

汉朝的巴蜀地区也初步兴起饮茶的风气，不过这时候煮茶大约只能算作煮菜汤，还没有后世那样精致的茶饮。

汉朝人盛饮料的器具有"杯"，只特指扁平椭圆形带两耳的浅杯，是作为上古时人们直接用双手掬水的"抔"的替代[40]。圆筒形的"卮"也用于饮酒。

针刻云兽纹漆卮（西汉）
马王堆一号汉墓出土
湖南省博物馆、中国科学院考古研究所编：《长沙马王堆一号汉墓》，文物出版社，1973年，图版一九〇，图版一六一

东贵用酒樽（东汉建武廿一年），上为樽体（旋），下为承旋
宴饮时通常以樽盛酒，饮用时再以勺酌入杯中奉上
国家文物局主编：《中国文物精华大辞典·青铜卷》，上海辞书出
版社，商务印书馆，1995年，第334页，图1199

饮食习惯

礼制规定皇帝要一日四餐[41]，而贵族们普遍实行的是一日三餐。这些讲究礼仪的人家，盛行的是分餐制，都是一人一席，席地而坐，面对食案各吃各的。最多有仆婢在旁边斟酒添菜而已。

至于一般百姓们，则只有早晚两餐。早餐叫作"朝食"，在"食时"这个时刻进行（约上午九点）。而晚餐，叫作"夕食"，一般是在"申时"（下午四点）进行。一家人多聚在一起用餐，饮食器具也有共用的。

东居宴饮图（东汉壁画摹本），洛阳西工东汉墓出土
左为夫妇对坐饮酒，右为一酒樽放于承旋之下，一侍女以勺酌酒。
洛阳市文物管理局、洛阳古代艺术博物馆编：《洛阳古代墓葬壁画》，中州古籍出版社，2010年，240页这是汉朝大致的饮食情况。

具体而言，若是豪富人家举行宴饮，主人吩咐盛馔设食以待客，食案上饭食的摆放有具体的礼仪要求：

把带骨的肉放在左边，纯肉块放在右边；食放在客人的左手方，羹放在右手方；鱼脍肉炙都放远些，用来蘸肉的酸汁和酱料放得近些，葱姜蒜等伴料放在旁边。饮料放在右边。[42]

这样摆放也是为了方便客人食用。

盛大奢华的宴饮中，往往每道菜肴旁都放置相搭配的酱料，以便宾客蘸食。王侯之家，食案上除华丽的盂碗杯盘之外，甚至还有将耳杯与小火炉合二为一的"染器"[43]，炉中盛炭火以便随时烧热杯中的酱汁，可以煮着食物趁热吃。连孔子也称"不得其酱不食"。

汉朝人比较正式的场合下享用食物往往是"箸"和"匕"共用。"箸"就是后来的筷子，负责夹菜；"匕"是类似匙的曲柄浅勺，但边缘略锋利，用于切割挑取食物。若在食具安排上稍有疏忽，对客人而言是极为失敬的。

摆放饮食器具的食案（西汉），马王堆一号汉墓出土
湖南省博物馆、中国科学院考古研究所编，《长沙马王堆一号汉墓》，文物出版社，1973年，图版一六〇

"清河食官"铜染器，中国国家博物馆藏
上为盛酱汁的杯，下为加热酱汁的染炉
国家文物局主编：《中国文物精华大辞典·青铜卷》，上海辞书出版
社：商务印书馆，1995年，第299页，图1077

　　不过也有人以之故意刁难。汉景帝曾召条侯周亚夫入宫赐食，却只在食案上放一大块肉，既无切肉的用具，又不放置箸。周亚夫内心愤愤不平，让人取箸，景帝却笑他说："这还不足够君所使用吗？"言外之意，便是揶揄他一介武夫上不得台面。周亚夫只得免冠谢罪，直到皇帝起身，才乘机快步出宫。[44]

　　如果食用汤羹之类，实在没什么可切的，手也不能闲，可拿匙替代"匕"用作舀汤。

　　1　李学勤主编：《清华大学藏战国竹简》(三)，中西书局，2012年。原释文、注释见该书167—170页。今在原书竹简释文基础上，另附拙释如下（通假径从今字）：

　　　曰：故有赤鸠，集于汤之屋。汤射之，获之。乃命小臣曰："旨羹之，我其亨之。"汤往囗。小臣既羹之，汤后妻纴巟谓小臣曰："尝我於尔羹。"小臣弗敢尝，曰："后其杀我。"纴巟谓小臣曰："尔不我尝，吾不亦杀尔？"小臣自堂下授纴巟羹。纴巟受小臣而尝之，乃昭然四荒之外，无不见也；小臣受其余而尝之，亦昭然四海之外，无不见也。汤返廷，小臣馈。汤怒曰："孰调吾羹？"小臣棋，乃逃于夏。(下略)

2 《吕氏春秋》卷一四《本味》。伊尹极论水火调和之事，列举天下肉、鱼、菜、和、饭、水、果之美者，末云："非先为天子，不可得而具，天子不可强为，必先知'道'。"是将诸多美味比作仁义之道。

3 《韩非子·内说储下》又引或说为"晋平公觞客，少庶子进炙而发绕之，平公趣杀炮人"。晋文公时期为公元前636—前627年，晋平公时期为公元前557—前531年。虽时代未明孰是，不过这应是一件真实发生的案例。

4 原简牍见张家山247号汉墓竹简整理小组编著：《张家山汉墓竹简〔二四七号墓〕》，文物出版社，2001年，第66页。

5 《公羊传》宣公十二年"厮、役、扈、养"何休注："艾草为防者曰厮，汲水浆者曰役，养马者曰扈，炊烹者曰养。"

6 原语为《论语·八佾》中王孙贾问孔子所言。北京大学藏汉简《妄稽》中妻训斥妾亦引此句。见北京大学出土文献研究所：《北京大学藏西汉竹书（四）》，上海古籍出版社，2016年。

7 《淮南子》卷三《天文训》："故阳燧见日则燃而为火。"孙机先生《中国圣火》一文以文物与古文献为据，考证出阳燧的具体形态。见孙机：《中国圣火》，辽宁教育出版社，1996年，1—14页。

8 《文选》卷二六《河阳县作二首》李善注引古乐府诗。

9 《艺文类聚》卷八〇引邯郸淳《笑林》。

10 《汉书》卷四五《蒯通传》：里母"束缊请火于亡肉家"。

11 《盐铁论》卷六《散不足》："十五斗粟，当丁男半月之食。"

12 《汉书》卷二四《食货志》引晁错《论贵粟疏》："今募天下入粟县官，得以拜爵，得以除罪。"

13 《汉书》卷九七《外戚传》。

14 《汉书》卷九九《王莽传》："……乃市所卖梁飱肉羹，持入视莽，曰：'居民食咸如此。'"

15 《礼记·内则》："羹食，至诸侯以下至于庶人，无等。"郑玄注："羹食，食之主也，庶羞乃异耳。"

16 《急就篇》卷二："饼饵麦饭甘豆羹"。颜师古注："甘豆羹，以洮米泔和小豆而煮之也。一曰以小豆为羹，不以醯酢，其味纯甘，故曰甘豆羹也。"

17 《释名》卷四《释饮食》："糜，煮米使糜烂也"；"粥，浊于糜，粥粥然也"。

18 《说文》水部:"熬,干煎也。"《方言》卷七:"凡有汁而干煎之煎。"《说文》米部:"糗,熬米麦也。"这样的做法颇似如今制作炒米,不过需要注意的是,汉朝时还没有发明以在锅中滚油快炒的方法。

19 《说文》米部:"糒,干也。"《释名》卷四《释饮食》:"干饭,饭而曝干之。"《四民月令·五月》:"麦既入,多作糒,以供出入之粮。"

20 《文选》卷二七《长歌行》。

21 《释名》卷四《释饮食》:"饼,并也,溲面使合并也。(《初学记》引作"溲麦面使合并也";《御览》引作"溲麦使合并也")胡饼作之,大漫沍也,亦言以胡麻着上也。"

22 《四民月令·五月》:"距立秋,毋食煮饼及水溲饼。"本注:"夏月饮水时,此二饼得水即强坚难消,不幸便为宿食作伤寒矣。试以此二饼置水中,即见验。唯酒溲饼,入水则烂矣。"

23 "汤饼"一名汉代已见。又晋人束皙《饼赋》详细描述了汤饼制作时情形,当去汉不远:"充虚解战,汤饼为最";"火盛汤涌,猛气蒸作,攘衣振掌,握搦拊搏,面弥离于指端,手萦回而交错,纷纷駥駥,星分霍落";"弱似春绵,白若秋练。"

24 "粔籹"一名战国时已有见,但未有文献记载其具体制法。此参时代稍晚的《齐民要术》卷九《饼法》。

25 如《史记》卷一二九《货殖列传》记卓氏曰:"此地狭薄。吾闻汶山之下,沃野,下有蹲鸱,至死不饥。"

26 《汉书》卷九一《货殖传》:"(京师富人)贳,樊少翁、王孙大卿,为天下高訾。"

27 《北堂书钞》卷一四六引汉诗。

28 《太平御览》卷八五五引谢承《后汉书》:"羊续为南阳太守,盐豉共壶。"

29 《史记》卷一二二《郅都传》。

30 《史记》卷九五《樊哙传》。

31 均为《北堂书钞》卷一四二引。前句出自桓彬《七设》;后句出自傅毅《七激》。

32 《释名》卷四《释饮食》:"脯炙,以饧、蜜、豉汁淹之,脯脯然也。""脍炙，脍，衔也，衔炙细密肉，和以姜椒盐豉，已乃以肉衔，裹其表而炙之也。""貊炙，全体炙之，各自以刀割出，于胡貊之为也。"

33　《释名》卷四《释饮食》："腊，干昔也。""鸡纤，细擘其腊，令纤，然后渍以酢也。兔纤亦如之。"

34　《史记》卷一二九《货殖列传》："胃脯，简微耳，浊氏连骑。"索引引晋灼云："太官常以十月作沸汤爆羊胃，以末椒姜粉之讫，暴使燥，则谓之脯，故易售而致富。"

35　《汉书》卷五七《司马相如传》："相如与俱之临邛，尽卖车骑，买酒舍，乃令文君当卢。相如身自着犊鼻裈，与庸保杂作，涤器于市中。"郭璞曰："卢，酒卢。"师古曰："卖酒之处累土为卢以居酒瓮，四边隆起，其一面高，形如锻卢，故名卢耳。而俗之学者，皆谓当卢为对温酒火卢，失其义矣。"

36　《汉书》卷四《文帝纪》文颖注："三人以上无故群饮，罚金四两。"

37　汉朝中原人习见的水果，有桃、杏、李、梨、枣、樱桃等；南方的橘、更南方的荔枝以及西来的葡萄、石榴都不算多见。

38　《华阳国志·汉中志》："张骞特以蒙险远，为孝武帝开缘边之地……蒲桃之酒……殊方奇玩盈于市朝。"

39　《汉书》卷一九《百官公卿表》："武帝太初元年更名家马为挏马。"应劭曰："主乳马，取其汁挏治之，味酢可饮，因以名官也。"

40　《礼记·礼云》郑玄注："抔饮，手掬之也。"《淮南子》卷一一《齐俗训》："窥面于盘水则员（圆），于杯则隋（椭）。"

41　《白虎通》卷三《礼乐》："平旦，食少阳之始也。昼，食太阳之始也。晡，食少阴之始也。莫，食太阴之始也。"

42　《礼记·曲礼上》："凡进食之礼，左肴右胾，食居人之左，羹居人之右。脍炙处外，醯酱处内，葱渫处末，酒浆处右。以脯脩置者，左朐右末。"

43　对于染器的详细考证，见孙机：《汉代物质资料图说》（增订本），上海古籍出版社，2011年，355—356页。

44　《史记》卷五七《绛侯周勃世家》。

第三章

居延之秋

悲歌可以当泣，远望可以当归。

思念故乡，郁郁累累。

欲归家无人，欲渡河无船。

心思不能言，肠中车轮转。

——汉乐府《悲歌行》

秋光朗朗，胡杨的枝叶在风中微微摇晃，居延泽水清波荡漾。他们的未来，也如这天地一般，充满未知，却辽阔而美好。

【1】

　酒泉、武威、敦煌、张掖，提起这河西四郡，即使是远在长安的人，也不会感到陌生。

　这里曾经被匈奴所占据，直到孝武皇帝时北起战事，汉军深入穷追二十余年。虽致天下户口减半、海内虚耗，但毕竟是令匈奴远遁、漠南无王庭，中原百姓不再受匈奴的威胁。

　河西置郡以来，障塞亭燧都迅速地被修建起来。不仅以兵力占据，还大量徙民实边。可以说，大汉国土的开辟，离不了人们开拓垦殖的功劳。

　如今已是元凤二年，虽孝武皇帝时的余烈未殄，然而匈奴人又开始不满足于塞外的水草，时不时仍旧南下抢掠。因此以次第服兵役的大多数汉家子弟，依旧需要背井离乡，前往边郡的烽燧屯戍。

　秋季某日，风疾速地从土墼修筑的城墙上刮过去。这是在张掖郡居延县的最北端，一支精锐的士兵戍守着的、殄北塞的第二座烽燧。燧长王舒率领着这支人数不多的小队，他正站在望台上，一次次唉声叹气。眼前只有堆土布石的城塞和几个来往巡逻的戍卒。大概唯有远处居延泽荡漾的水波，能让戍边生活显得有那么一些活力。可那里的胡杨与芦苇已全黄了，枝叶在风中摇摆着，他的心也随这苍凉的景色而越加阴郁。

　王舒看上去和他的下属们颇不相同，但这不是因为衣着的缘故——虽然王舒的袍、单衣、袴、履、袜都曾由母亲细密地重新缝补过，但这些确实是由官府统一分发的，罩在盔甲下也不会显露什么特殊之处。不同的是，他如同西域人那样高鼻深目，瞳子甚至带一点绿色。而谁要是这么一问起，大家都会回答道："这是那个楼兰女人的儿子。"

王舒并非纯粹的汉人。多年前，他父亲为候长时，从匈奴人手中救下了一个西域的女子，她便嫁给他，为他生下了儿子王舒。后来，父亲被匈奴骑兵斩去了头，连全尸也没能保留下来。

母亲独自养育他长大，可王舒终于还是违背了她的意愿，选择继承父亲的遗志，兵役过后来到边境成为一名普通的戍卒。征和三年时他就升为了燧长，每月六百钱的俸禄虽不多，却能贴补一些家用。本来希望能够继续建功立业，甚至让母亲也能在乡里被百姓们尊敬地称一声"太夫人"——可这希望被南下抢掠的匈奴人破灭，她被杀死在前往通泽的路上，死前还紧抱着带给儿子的新衣。

怀着仇恨与赴死的决心，他多希望能与匈奴有一场大战啊，可他仍旧记得自己的任务。

随时可能有匈奴兵前来。依旧得如往日那样领着下属职守烽燧、巡视天田。而一旦发现有敌人的影子，便需立即点燃烽燧以传达信号。与此同时，王舒还兼任着通泽第二亭长的职务，并管理一定的屯田事务。自从孝武皇帝时开始推行代田法以来，本地屯田耕作产出的谷物已渐渐足以供给戍卒的口粮。

不久就是社祭的时候了，众戍卒都有些激动——毕竟戍边的生活艰苦而无聊，夜间要轮流候望，白日里又须做各种杂工，好不容易遇到能休息的日子，一燧的人凑足千二百钱，大家便可以聚在一起饮酒食肉，怎能不期盼呢？

王舒看着他们忙碌，心中也盘算着：自己每日值守、劳作的天数，都已被登记在册。依律令规定，还可以获得额外的加劳。凭借这些积劳，大概来年自己的官职便可以向上升迁了——母亲生前总是担惊受怕，还时常梦见父子俩被匈奴人杀死。若是能回到南方一些的居延城或者甲渠候官，总是安全一些。其实，若这里障塞被攻破，居延县恐怕也难逃厄运。不过王舒不需，也不敢多想。

今年秋射时成绩不错，获得了几十日的赐劳。尤记得居延县秋射那一日，正是晴朗的好天气。绘龙虎朱雀、装载桨戟的兵车，四处立幢棨，插羽葆，还有鼓乐歌吹，不可谓不热闹了。更令王舒记忆深刻的是：一年考绩，自己得到了优等，受到了县令的亲自嘉奖。而之后的射箭比赛，王舒更是十二矢连中靶心。那时人们的欢呼声是多么热烈，若是父母还活着，一定会以此自豪吧！长官甚至允许他回家看看，可是家在何方？老母已死，虽欲报恩将安归？

想到这里，未曾宁静过的思绪更加纷乱了。他终于回了屋内，拿出那时写给母亲的信：

儿舒伏地再拜：

敢问母无恙也？儿甚苦塞上暑时，无大恙。母视张掖丝、布贱，可以为单襦袴者，母必为之，令与钱偕来。其丝、布贵，徒以钱来，儿自以布此。

真是后悔啊。若是早知这信会害死母亲，不如写上"愿母足衣强饭，慎至塞上"便好了。想起母亲生前的笑容，王舒却是一脸愁苦。

天色渐暗。即将到来的居延的夜晚令人畏惧，厉风更劲，甚至能够听见居延泽畔的芦苇发出沙沙的低吟。

忽闻外边的士卒吵闹起来。

难道是匈奴人又来了？所有人都知道，一旦匈奴的人马乘虚而入，意味着百姓被屠戮、粮食财货被掠夺，甚至女人与孩童也会被掳走。王舒赶紧拿好手中的小弩往外走。来得正好，我得要多杀几个为父母报仇！他在心中这样地筹划着，却并未听见匈奴人的叫喊，只听着一个女人虚弱的声音："足下能施舍些饭食么？"

士卒们面面相觑——这女子是从何方来的？难不成是匈奴的细作？王舒抬起了手中的弩，手指勾住了悬刀，眼睛也对准了望山的刻度，弩箭瞄准城墙下这个娇小的女子，女子惊恐地往后退却。王舒正欲扣动悬刀发射弩箭，却听见了一声婴孩的啼哭声。

王舒至今记得，匈奴人劫掠居延县时，同乡好友是如何失去妻儿的。他的幼子就被那群野兽活活摔死在地上，他们狂笑着看初为人母的妇人哭泣和尖叫，甚至还想要掳走她，她终于绝望自尽。虽然后来大家齐心协力打败了敌人，可亲人死了再不能复生。

于是这婴孩的啼哭声救下了她。"放下武器！"王舒向戍卒们喊道。他们的想法大概也同他一样，都沉默着退后。他吩咐下属继续盯着匈奴人的动静，自己独自将女人领进屋中。

【2】

女人自称名为中夫，是被匈奴人劫去，偷偷带着小儿逃了回来。面对王舒递上的饭食，她满怀感激地笑了笑，却并不急于把饭塞到嘴里，而是极文雅地小口吃着。婴儿开始啼哭，她又停箸抱他起来安慰："不哭不哭，母亲就有奶喂你了。"

王舒仔细地看着她。她年纪大约二十出头，中等身材，却大概是因为长久的奔走与饥饿而显得瘦小、面色枯黄。黑发杂乱束着垂髻，椭圆脸面，下巴尖尖，眉头紧蹙。

她也发觉王舒在看她，竟伏地恭敬地对他行了礼："妾敬谢将军相救！"

王舒自觉好笑——自己不过是个微不足道的燧长，哪里能被称为将军呢？然而这恭维倒很令他高兴，何况这话又是从这样一个娇弱的女子口中说出。在边郡生长了二十多年，他自觉心目中并不曾见过一个真的美人。即便是见过，也不似如今这般生出一种奇妙的恋慕。可对于眼前这个女子，王舒不知何故有些疑惑了。虽衣着敝旧，可她说话分明是文绉绉的关中口音；所行的礼，也如同长安高贵的邑君和夫人们一般——王舒认识几个从长安贬谪至此的官吏，他们的妻女便是这样行礼的。

眼前这个妇人难道也出身高贵？这可说不通了。她不是自称为居延本县的人，被匈奴劫去了么？想到此处，王舒不由惊出一身冷汗——她果真是个细作！或许还是来诱降的。可她怎知汉家律令严苛，守乘城亭障者，不坚守而弃去或投降，都是死罪啊！

于是他拔刀对准她，喝道："你究竟是何人？"

"妾是从匈奴逃回——"女人惊恐地瞪眼看他。

"不对！"王舒大喝一声，"你若不说实话，我便杀了你！"

"将军饶命！妾非是歹人，只是富户家的御婢，有了主人之子，因夫人见妒，被赶了出来——"她的话语里带着惊急的哭腔。

这话依旧无法令王舒相信，看她的仪态，绝不只是个御婢？

王舒虽心中还是怀疑，但口气缓和不少。"你对我说实话，只要是真话，我决不害你母子！否则——"他上前几步，假意要夺女子怀中的婴孩。

"如果妾这样说起来，将军恐怕还是不会信——"女子紧紧抱着婴孩蜷缩在墙角，"妾是从长安宫中逃出的宫人……"

她尝试着说了这么一句，倒是惊得王舒改换了神色。他停住脚，点头示意她继续说下去。

"妾名为'外人'，可故长公主盖卿嫌妾与她外夫丁外人重名，所以改名作'丽戎'。不过宫中人常称妾的小字'中夫'。"

"你说你从宫中来，可是见过咱们大汉的皇帝陛下么？"不管怎样，还是得问清楚。

"那是自然，陛下年幼时妾可是长年侍奉在侧！"她看出了王舒脸上怀疑的神色，为了证明，竟从包裹中翻出了一个钿金的小小漆奁，"此器昔日孝武皇帝、卫太子和今上都用过呢！请将军看上面的铭文。"

王舒此刻已是全然地相信了，好奇地问道："那皇帝是什么样的？孝武皇帝和今上都是神仙一般的人吧？"

中夫却瞪着眼睛摇头："……先帝，先帝是很伟大了，可，可是这和妾一个妇人有何关系？妾只知道他是个薄情的人，陈皇后、卫皇后、赵婕妤，哪一个不是因他而死？只有早死的王夫人与李夫人，能惹他流几滴眼泪！至于今上……他的皇后上官氏如今还是个不知人事的女童！在权臣面前，他连亲姊也没能保住！"

"你这是愚妇之见！你怎敢这样说！"王舒常年都想着忠君卫国之事，对中夫的话显然毫不认同，"先帝征伐四夷，击退匈奴、开疆拓土；变更制度、定律法、兴太学、易正朔；天下太平，功成封禅……而今上，更是一改先前的奢侈余弊、轻徭薄赋、与民休息啊！"

中夫竟毅然地打断他的话："天下真的太平吗？且不说边郡战事未休，在长安那一次次屠戮，骨肉之酷尚如此！上至王侯世家，下至黔首百姓，有多少人能安然活到现今？妾的亲人，就一次次被他们夺走了！"

提起亲人，王舒心中一痛，终于闭口不再询问。

"如今朝政不过把持在权臣霍光的手中！可怜我们盖主死得好惨！"中夫回忆起往事，双目含泪，终于流露了真情，絮絮叨叨说个不停，"当年妾初嫁的夫君名为婴齐，是卫太子宅邸守门的奴仆。可先帝受奸人蒙蔽，竟让太子蒙受了谋反的罪名，家破身死。京师伏尸数万，先夫亦在谪徙敦煌途中病死，妾便随母亲捐之、幼弟偬在长安马市里盖长公主家中侍奉。妾幸得这位今上之姊，也是孝武皇帝唯一幸存下来的女儿盖长公主赏识。盖主甚至允许妾嫁了新夫君游，令我夫妻二人追随左右。新帝即位后，因年幼之故，盖主便以帝姊的身份入宫照看，妾亦跟随侍奉。可在去年，盖主和燕王却因着谋反之罪，被逼得只能饮鸩自尽。这还不够，霍光竟还灭了朝中大臣上官桀、上官安、桑弘羊全族！"

"可是你……"

"将军是想问妾怎会在此处么？因为盖主曾将她与外夫之男孙托付与妾照料，死前更是命妾与丈夫远逃他乡，抚育孩儿成长。朝中车丞相田千秋虽畏惧霍光权势，但他可怜我夫妻，偷偷给了妾前往河西的符传。我二人脱籍，变更名字，欲要远走逃亡，不想阿游却死在了半路。妾一人带着婴孩流浪至此处，幸得将军施舍……"中夫说到此处，掩面痛哭。

中夫怀中小儿仿佛也感受到这悲哀的气氛，高声地啼哭起来。王舒听完这纷繁复杂的故事，不知所措，只有沉默。

中夫低声恳求道："将军可把妾送去县廷，好领取赏钱；或者让妾为婢、为隶，妾也心甘情愿。只是万望将军救救这无辜孩儿……"

王舒没有立刻回答，迅速起身出门。中夫闭上眼睛，等待着自己的命运——却等来了一碗冒着热气的汤药。

中夫惊疑地看着他，王舒笑了笑："不是毒药。边郡苦寒，这是家母生前教会我的常备药方，用乌喙十分、细辛六分、术十分、桂四分熬制的伤寒汤药。你喝了它，等有了力气，我带你去居延县设法报了名籍。到那时，你便不是逃婢，可以名正言顺地安顿下来。"

面对这个苦命女子，王舒不觉生出这样的同情。他笨拙地抱起婴孩，婴孩竟对他甜甜地笑了。

"他叫什么名字？"

"子沱，丁子沱。"中夫感激地望着他。

"以后你对母亲一定要好好的，不能不听母亲的话了。"王舒温柔地对婴儿说道，又转头看向中夫，"他不会有事的。你也得赶紧恢复过来才行！"王舒好像已经看见了这孤苦的女子，日后在他的身后受到保护。

中夫低声试探着问道："如此……如此，将军，小儿能托付给将军么？"

"有你照顾，他不会有恙……"王舒低声安慰着她。可中夫却红着脸，声音变得更低了："……这孩儿的母亲，她能把生命托付给将军么？"

"这……我不过是个燧长，既非贵族王侯，更面对着生死难料的沙场，你……"王舒愣住了——自从母亲死后，想着早晚会战死，他便断绝了娶妻的心思，一心想为母亲报仇而已。想着索性拒绝了中夫，可话却堵在他口中说不出来。

"妾只是一个逃婢。"她悲伤地说道，泪水潸潸下落。

一时间，王舒想起了母亲的话语。她生前别无他求，不过是想儿子能够幸福。

他从眼前这女子满是泪痕的脸上，看到了真切无疑的母亲的形象。他突然明白了眼前这个女子的心思，点头道："那你今后就是我的妻了。"

【3】

第二天太阳初升时，他二人便启程。总算是用上了赐劳，王舒请假归家——不错，如今他又有家了。原本只等与匈奴决一死战，死在战场上，可如今却有了牵挂。

与其说他救了中夫，倒不如说，他的余生，竟是由中夫与她怀里这尚不会说话的小儿救了回来。

娇小的女子有些紧张地抱着幼子，高坐在马车上。她的丈夫牵着马向前走着。他俩会前往张掖郡居延县广地里，住进他那长久空置的家中。那里更为安全。

秋光朗朗，胡杨的枝叶在风中微微摇晃，居延泽水清波荡漾。他们的未来，也如这天地一般，充满未知，却辽阔而美好。

那正是汉与匈奴间战事渐少，百姓重新富裕起来的时期。

【余话】战争与和平

自周、秦以来，作为北方的游牧民族的匈奴便一直威胁着中原王朝。中原人在固定的地域修筑城郭房室、耕作出种植粮食的田地；匈奴人则逐水草而居，以放牧牛马为生。但畜牧并不能完全满足生存所需，诸如粮食、布帛、武器往往需要依赖中原。因此南下掠夺，成了匈奴的常事。

汉初，高祖刘邦曾亲征匈奴，却被围困大败，几不得出，被迫以遣公主和亲、岁供奉献的代价与匈奴"约为昆弟"，希望以长城为界、互不侵犯。北边的边塞一直到辽东，外有阴山山脉，东西千余里，草木茂盛、禽兽众多。匈奴凭恃于此，打造弓箭、训练军队。匈奴单于欺汉朝软弱，时常背约扰边入塞、杀人掳掠。[1]

这时候汉朝方面却都忍气吞声，采取防御主义，竭力与匈奴结好，嫁宗室女子、派遣使节、连通关市，以维持国内和平安定。高祖、惠帝、吕后、文帝、景帝几代，施政尚清静无为，相继采用轻徭薄赋、简省刑罚诸措施，汉朝才得以从秦末战乱后的一片荒凉中恢复过来。直到汉武帝即位后的数年，也就是汉朝建立的七十年后，社会终于呈现出一派升平治世的情形。

在国力富足、政局平稳的背景之下，汉武帝为洗雪前耻、为汉朝赢得长远的安定，开始了大规模的对匈奴用兵。

一提到汉与匈奴的战争，想必各位读者首先想到的是在正史中有所记录的将领们建功立业、保家卫国的故事。

从汉武帝元光二年（前133年）到太初三年（前102年）[2]，经历了长期的南征北战、东伐西讨，大大扩展了汉朝的疆域。就西北部而言，卫青、霍去病先后数次率兵出击匈奴，经过多次战役，成果颇丰[3]，河西地区终于为汉所有。汉的西北边界从朔方以西直到张掖、居延泽一带。

不过，所谓"一将功成万骨枯"，在这背后，是千千万万不知名的平凡士卒的身影。他们来自汉朝的各个郡县，背井离乡，随着将领们奔赴战场，迎接生死难料的苦战。

在征战暂时停歇、攻势转为守势时，面对习惯游牧、漂移不定的敌军，在边界修筑烽燧障塞，戍守长城，就成了最有效的方法。直到开疆拓土的英雄们都成为史册上的文字和人们传诵的传说，仍旧有无数士卒默默坚守在边境线上。

对于当时的帝王和将军们而言，他们并不需要了解每一个士卒的快乐与痛楚，他们更关注帝国的边界，更关注伟大的功业。传世文献上亦少有对吏卒们的记载。但随着西北地区大量汉简的出土，我们有了走近那些史书上湮没无闻的吏卒们的机会。

戍守张掖居延的汉军修障塞、开屯田，自汉武帝太初三年（前102年）延续到了东汉时。正是在这些地区的烽燧遗址中，今人发现了大量汉代木简。其中的大部分断简残编，便是当时守边的吏卒们留下的文书档案。[4]

《居延之秋》故事中的燧长王舒，是在居延汉简中频繁出现的真实人物之一。讲述他的故事，正是希望借他一人的视角，呈现彼时边郡生活的诸多细节。

在此之外，西北汉简中还有许多可以补正史之不足的文书。如居延肩水金关遗址中发现三枚木牍《甘露二年丞相御史书》，是汉宣帝时的逐验文书，由朝廷丞相、御史府共同签署，在全国范围内搜寻一个女子外人（又名丽戎，字中夫）。外人是几十年前（汉武帝后期与汉昭帝时期）朝中诸多动荡政事的亲历者：

　　先是汉武帝时，武帝与太子因治国主张不同，渐生疑隙；终于在征和二年，发生了震惊天下的"巫蛊之祸"，武帝宠臣江充借巫蛊之事诬陷太子。武帝受其蒙蔽，太子被迫起兵反抗，斩杀江充，后兵败逃亡，受到围捕，自尽而死。中夫的丈夫便是为卫太子守门的奴仆，大约也是因此事而死。

　　其后中夫只得跟随母亲捐之、弟弟偃住在汉武帝女儿盖长公主的府第之中。母家又为中夫寻来了第二任丈夫游。汉昭帝始元二年，长公主的女孙成为河间国王后，中夫的母亲捐之同往。之后，中夫与丈夫游负责为长公主养育她与情人丁外人的男孙丁子沱。

　　元凤元年时，盖长公主与兄长燕王意欲谋反却被察觉，因此而死；按理公主家的奴婢都应没入官中，中夫夫妇却脱籍逃亡……[5]

　　在《居延之秋》这个故事中，特意让忠心守卫边疆的燧长王舒和半生流离坎坷的婢女中夫相遇，试图去揣测他们的想法，让他们交流，以期能使史事得到更加客观的展现。

　　其中涉及最主要的内容，是对汉武帝是非功过的评价。

　　汉武帝凭借其雄才大略，"内修法度、外攘夷狄"，以帝王的威权和雄厚的国力，成就了一番伟业。但阳光照射的地方必然有阴影，朝廷施政给百姓所带来的诸多苦难也难以隐讳。

　　就一个当时的汉朝寻常家庭而言，所受的影响也是深重的：军旅数发，为父的在前战死；贼寇并起，为子的在后斗伤；女子防守亭障，孤儿号哭于道；民赋数百，加上国家经营盐铁酒榷带来的利益以为用度，犹不能足；

天下断狱万数，死者甚众；老母寡妇只能在街巷饮泣吞声，虚设祭品、思恋亡魂……[6]

在汉武帝统治的晚年，汉朝已出现了严重的社会动荡。

因此，后世论者往往亦对汉武帝有着两极化的评价，但这并非是冰炭不容，而是恰好由此构成了一个功过俱著的帝王的两面。

在丰功伟业的盛宴过后，面对着杯盘狼藉、故人渐散、一曲将终的寂寞，晚年的汉武帝也的确有所悔悟反思。他在征和四年断然罢逐为他求仙药而伤民靡费的方士，拒绝在轮台屯田远戍，并且下罪己诏自责，平息兵事，留给百姓休养生息的时间，安排继位之事，对早年狂悖所造成的灾难进行了弥补。[7]

甘肃玉门花海的汉代烽燧遗址曾出土一支多棱木觚，上为一名戍卒手抄的帝王遗诏。这份遗诏的原作者，通常被认为正是汉武帝。虽抄写者只是信笔而为，文多讹误且不全，然而意思仍可得其大概：

诏书一则吩咐众臣恭谨地看视嗣君，要比今上还在时更加用心；二则教导嗣君治国的道理，要善待百姓，赋役依照规矩，存用贤人，亲近圣人之道，如是，则可聚天下之士为国所用；尊教化，敬奉祖先，则足为天子。

汉朝的发展，之所以能够避免重蹈亡秦覆辙，和汉武帝的政治智慧与决心是分不开的。因此，王舒与中夫关于汉武帝的功过的对话，展现了两人不同看法，但不作最终评价。在故事结尾，这两种观点能最终达成和解，两个孤独的人得以结为夫妇，一同面对接下来的人生。

至于对汉武帝更深入的评价，以及汉武帝晚年是否真的转变了国策的问题，希望留给正在翻阅此书的读者朋友们去思考。

人固当死，慎毋敢佞。忽锡忽锡，恐见故里，毋负天地。更亡更在，□如□庐，下敦间里不可得久视；堂堂之地，不可得久履。道此绝矣！告后世及其孙子自致天子。胡亥自泛，灭名绝纪，审察朕言，终身毋久，苍苍之天，加曾朕在。善禹百姓，赋敛以理，存贤近圣，必聚谋士，表教奉先，制诏皇大子。朕体不安，今将绝矣，与地合同，众不复起。谨视皇大之笥，

戒卒于木觚上抄写的武帝遗诏，甘肃玉门花海汉代烽燧遗址出土
中国古代书画鉴定组编：《中国法书全集·先秦秦汉》，文物出版社，2009年，第192页
释文见嘉峪关市文物保管所：《玉门花海汉代烽燧遗址出土的简牍》，《汉简研究文集》，
甘肃人民出版社，1983年

　　另外需要说明的是，二十多年后汉宣帝时搜寻丽戎，却是因为汉武帝另一个儿子广陵王刘胥谋反，又牵扯到了她。丽戎是广陵王刘胥的近幸妾侍惠的同产妹妹。惠犯有大逆无道罪，依律所定，罪犯的父母、妻子、同产都要连坐受罚。这一次全国大搜捕，她能幸运地继续隐藏下去吗？她好不容易新建立起来的家庭，又能维系下去吗？

　　历史之重，牵引的神思太多，但这个故事只能到此为止。

【专题】战于汉朝

从军行

在汉朝，男子成年后不久，就需要傅籍[8]并登记爵位。他们傅籍时的初始爵位，是参照其父亲爵位来进行授予的。

一个有较高爵位的父亲，除了在未来继承自己爵位的"后子"[9]之外，可以再选出两个儿子，让他们傅籍时获得稍高一些的爵位（首选嫡子，无嫡子再选偏妻子、孽子，都是以年长者为先）；其余儿子则只能获得略低的爵位。

依照汉初律令的规定，不作为"后子"的儿子中，关内侯有二子按不更傅籍，余子按簪袅傅籍；卿（大庶长至左庶长）有二子按不更傅籍，余子按上造傅籍；五大夫有二子按簪袅傅籍，余子按上造傅籍；公乘、公大夫有二子按上造傅籍，余子按公士傅籍；官大夫及大夫子均按公士傅籍；不更至上造之子均按公卒傅籍。[10]

表3　汉初傅籍及继承关系（阴影部分为需参加兵役者）

父亲爵位		后子傅籍	其余诸子傅籍		后子继承
			二人	它子	
侯		彻侯			彻侯
		关内侯	不更	簪袅	关内侯
卿	大庶长至左庶长		不更	上造	公乘
大夫	五大夫		簪袅	上造	公大夫
	公乘		上造	公士	官大夫
	公大夫				大夫

续　表

父亲爵位		后子傅籍	其余诸子傅籍		后子继承
			二人	它子	
大夫	官大夫		公士		不更
	大夫				簪袅
士	不更		公卒		上造
	簪袅				公士
	上造		公卒		
	公士				
公卒、士伍、庶人			无爵士伍		

之所以不厌其烦地讲这么多关于汉朝爵位继承的事，是因为在当时，只要是身体健全、爵位在公乘以下的男子，傅籍之后就必须服兵役，成为"正卒"。而作为继承者，可以在父亲死后获得爵位的后子们，傅籍时也只是比照其余诸位不为后的儿子们来授予爵位。可见即便贵为关内侯之子，除非父亲已死，能够及时继承父亲的爵位，否则傅籍时所获得的最高爵级，也只是"不更"而已，仍旧需要参与兵役。

不过，汉朝也存在着通融的办法：刘家宗室、功臣与六百石以上官吏往往另列"宗室籍"、"官籍"之类的名籍，父母妻子都受优待，儿子也得以复免[11]。有时候朝廷、官府征召有学问的读书人，他们也能获得免役优待。[12]

只要是有钱人家，又实在不愿去从军受苦，就可以入车马、入粟、入奴婢来获得免役资格[13]，或是花钱雇人取庸代戍。这是一般豪富通行的做法。汉武帝时战争频发，人们甚至宁愿花钱购买爵位至五大夫，以避免被征发从军[14]。因为兵力不足，朝廷这时候也渐渐开始招募士卒，甚至遣发贱籍七科谪[15]、犯罪后经过赦免的弛刑徒去打仗。

虽表面上看起来，即便是贵为丞相之子，也在戍边之调[16]，可没钱的平民百姓才会老老实实去服役，高官之子去当个小兵大概会让人笑话。因此在西汉时，当盖宽饶担任着司隶校尉这样等级不低的官员时，他的儿子还得徒步去北部边郡当兵戍卫，这被人们视作为官廉洁的表现[17]。

至于最终决定参加兵役的年轻人，也能有比较好的选择。其中的优秀者，可以成为职业的军人。

一是前往京师，成为一名成中都官的"卫士"，为期一年。结束卫士之役、岁尽交代的时候，会举行盛大的仪式，百官共职，万众会聚，甚至有皇帝亲临慰劳，卫士们尽兴宴飨娱乐而归。[18]

35号木牍正面　　　　35号木牍背面

南郡免老、新傅、罢癃簿，湖北荆州纪南松柏汉墓出土
内容为南郡辖区内十三县（道）、四侯国的免老、新傅、罢癃人数统计
湖北荆州博物馆：《湖北荆州纪南松柏汉墓发掘简报》，《文物》2008年第4期

二是成为郡国兵，或是凭借引弓蹶张、材力武猛成为一名材官，或是凭借能骑擅射、有一定家赀而成为骑士[19]。

材官骑士们不仅要学习武艺，由于汉代时马镫尚未流行，骑马也是一门需要持续学习的技术。他们在地方郡国进行为期一年的军事训练，学习射御、骑驰、战阵等技能。八月时由本郡的长官进行"都试"，考核一番后排列优劣名次。

服役完成后，材官骑士仍旧是汉朝的预备士兵，平日里各执本业，劳作与普通百姓无异，但每年有春射十五日和秋射十五日，需要进行集训和比武演练，并以此充抵平民百姓每年需服一月的更役。

一旦战事兴起，材官骑士都得随时听候征调参战。直到五十六岁无力战斗为止，他们才得以就归田里[20]。

其余没能选为卫士或材官骑士的一般正卒，往往就会被征发前往边郡，成为一名屯守边疆的"戍卒"。傅籍之后，年轻人们就得做好离家的准备。双亲会为即将上路的儿子准备好温厚的衣被与肥美的食物。[21]

戍卒们由汉朝的各个县、侯国征发，再由当地令史送往郡国治所，最后由太守、国相加派长吏统一指挥，遣送戍卒们到屯戍的地方。戍卒们十人一组，行军之外，还得推送车马辎重。好在一路上朝廷也会供给基础的饮食。到了边地，也专有官吏前来迎送，发放给戍卒们穿用的衣装和使用的武器。最后才分别安排戍卒们到戍所开始为期一年的屯戍生活。

边塞风物志

来到西北的边境，首先看到的是绵延万余里[22]的一段汉长城，这也是戍卒们守卫的地方。

可这漫长的长城，模样却并不齐整。在条件合适的地方，长城往往是由黄土夯实版筑而成。可是在西北地区，由于适宜版筑的黄土太少，甚至很多地方还只有荒滩戈壁。在利用湖滩沼泽、风蚀台地一类的天然屏障同时，人工修筑长城的方法也只能凭借山地岩石、干木枯柴、山谷水道等因地制宜。

通常的做法是先开掘一条堑壕，在堑壕外侧用芦苇、红柳作骨，加上砂石、一层层堆叠成墙；最后浇水或利用当地地下水含盐量高的特点，使得盐晶凝结于墙体，起加固的作用。还有先砌好外墙面，再填充砾石、堆砌夯土的；甚至还有长城是直接以石块石板堆叠而成的。

具体的某一段长城，被汉朝人称为"塞"。

每隔三五里，便设有一个高台，由土墼（以泥土、苇草、砂砾等混合成的土方）交错堆砌而成，或是夯土版筑而成，或是以芦苇、红柳夹着砂石堆叠而成。无论修筑方式如何，其外壁都会用马粪草泥涂上一层泥壁，再刷上一层就地取来的红土、白土或青土，以形成苍茫中的一点便于识别的鲜亮颜色。这便是亭隧（烽火台），是警戒、防御的基础单位，由燧长（相当于亭长）带领普通戍卒守卫、候望。烽火台上部修筑候楼，墙上安装布置有弩箭的"转射"。侧边还围起小小的坞堡，作为戍卒们居住的地方。

在长城内侧险要的地方，还会另修筑起一座小城堡"障"，作为候官（相当于县令）的驻所。一郡专领武职的都尉的驻所也称为"障"，但往往

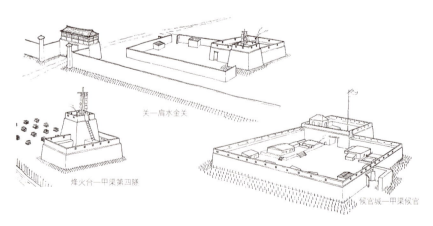

关—肩水金关

烽火台—甲渠第四隧

候官城—甲渠候官

汉代边境军事建筑设施复原示意图
［日］大阪府立近飞鸟博物馆：《中国甘肃简牍暨古墓文物展》，大阪府立近飞鸟博物馆，1994年，第94页

距离塞防有一定距离，位于交通要道的侧边，以便于传达信息、发布命令。

设置这样重重的军事防御体系，最主要的目的就是抵御外敌来犯，同时也为了防止归降汉朝的敌军思归，阻止汉朝边境穷苦的百姓、奴婢、罪犯等往匈奴逃亡。[23]

有了长城作为拦截，其间交通要道上也不忘设置关口出入，但人员来往亦有专人严加盘查。

戍卒工作日记

戍卒们每天需要完成的工作，即是"屯"和"戍"。

首先是"屯田"。在汉朝新开辟的地域里，仅靠从内郡迁徙而来的百姓耕耘，土地显然不能得到充分利用，因此一部分田卒也会专门从事修筑水渠、开荒种地之类的工作。甚至还有专辟菜园种菜自给自足的。这大约也算是汉朝人延续至今的"种族天赋"了。

另一部分人则从事"戍卫"。除了昼夜不息的执勤候望之外，白日里还要准备各种防御外敌入侵的布置、工具：

边塞的第一道防线是"天田"。在每一烽燧所负责的区域内，戍卒于塞外平整一片有一定宽度的区域，铺设上细沙土，时常耕画、锄治平整。一旦入侵或逃亡者通过，就会在"天田"上留下痕迹。戍卒每日负责巡视的行程，即烽燧所辖间距。哪怕夜里有敌军偷偷来探测军情，白日里戍卒巡视也会在沙地上发现足迹，并以此探知人马的方向、数量。

第二道防线是"枪柱"与"悬索"。亭燧外每隔一段距离要插上"枪柱"（长长的木棒），之间穿系"悬索"，构成围栏。敌军骑兵冲过来，马匹往往也会被绳索绊倒。

又有"虎落"、"渠答"，是在土中埋设削尖的木桩或荆棘，构成障碍，以防敌人跨越。

戍卒们还得搬运大如羊头的石块到烽隧高处，遇敌则可以抛石攻击。

戍卫烽隧的工作紧张且艰巨，需要高度的警惕和足够的耐心。他们出勤的天数和值守的情况，都会被登记在册。对他们而言，玩忽职守是不现实的。

遇到边事紧急的情况，甚至"斥候望烽燧不得卧，将吏被甲胄而睡"[24]。戍卒发现敌情，就会及时"举烽燧示警"，一个个烽隧间都点燃烽火，信息便得以及时传递。

具体来看，传递信息的方法大致有四种，分别名为烽、燧、苣、表，各适用于不同的情景场合[25]：

白日里仅凭"烽"所焚之烟，或者高高悬挂起颜色赤与白的缯布制成的"表"，便足以传递信号；到了夜晚，黑暗中难以视物，若发现敌军出现在塞外，则"举一苣火"，即点燃以芦苇、茇茇草捆扎制作的"苣"，以火光传递信息。

敌军人数大举入侵的时候，就需要用到"燧"（或名"积薪"）。这是由长苣纵横交错累积成的方垛或圆垛，一个个规整排列于烽隧坞墙之外。点燃一定数量，就代表着一定敌情等级。假如有一千人进攻，就得

居延汉简（506.10A）中关于一座菜园的记录，十二畦地分种韭三畦、葱二畦、葵七畦

中国社会科学院考古研究所编：《居延汉简甲乙编》，中华书局，1980年，图版甲105

（竖排文字）

城官中亭治园条 　韭三畦　葱二畦　葵七畦 　凡十二畦　其故多过条者勿减

"燔三积薪"。

若是遇着大风大雨，天色晦暗又点不起烽火时，才会采用人马疾驰传递信息。

边郡在负责屯戍的戍卒编制之外，又设有专职驻守防御作战的精锐军队。他们大多由边郡本地的材官骑士构成，按照部、曲、队来进行编制，只要看见烽火信号，就可以及时赶到，合力作战。本地的官吏，也能迅速准备应对措施、调拨兵力防御。

等到边情缓和的时候，戍卒们轮番值守，往往每十日中就能轮到一日休假。这时候才能够安心睡个好觉。在戍卒们的梦中，也许有母亲端上的米饭的香味，有妻子织机前劳作的背影，有儿女玩耍的笑声……但那些具象的、物质的人和事物，却都在枯燥的边塞生活中变作了虚幻的回忆。

戍吏升职记

在义务参与兵役的戍卒之上，还有一个一丝不乱运作着的官吏系统。

首先是身份较高的官员。因为汉代有地方官员回避本籍的制度，他们往往来自别郡。

一郡最高的长官是太守。太守治一郡民事，且兼管军事。都尉则是太守属下专司武职的官吏。边郡由于军事原因，太守之下往往设置不止一位都尉。比如居延，亦同时存在着肩水都尉、农都尉等。

边郡每百里设一候官，负责的长城区域以"塞"为名，其长官称为候，驻扎于障。

他们都可以选用本地人担任官署的属吏。

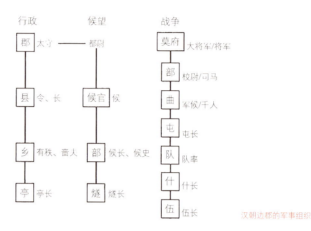

汉朝边郡的军事组织

其次是负责管理戍卒的基层戍吏。在候官之下分为数个部,其长官称为候长,属吏称为候史,驻扎于一座烽燧,其下也有七八座烽燧。一个烽燧由燧长率三五名戍卒守卫。候长、燧长大多是由熟悉边郡情况的本地人担任。他们与义务服兵役的戍卒不同,有俸禄可领,任期不止一年。

候部的戍吏,会定期前往所辖烽燧来检查巡视。他们巡视的目的,着重于掌握本部所辖边塞之内的情况、有无人马阑越塞防及出入天田。烽燧上戍卒的工作,也必须被详细地记录下来:候长、候史巡查到一个烽燧时,燧上几人值守、几人不在署、为何不在,都需要被详细地记载,作为对该烽燧燧长考核的依据。

烽燧上的武器装备也是需要被检查的内容。战备、防御器械、医药储备是否齐备,损坏状况、是否符合规定要求,都需要被一一记录在案。

戍吏们的工作,会按照日子累积计算“劳绩”。候长、候史、燧长等基层的戍吏,在边塞烽燧奔波、巡视天田、职守烽燧,都是极辛苦的事。因此对于基层戍吏劳日的核算，在劳绩制度中有优待性计算办法。当时的律令规定，其参与这类辛苦工作的劳日，可以按照实际的日迹天数，再加计百分之五十。

当然，戍边的生活也并不是一直索然无味。休息时间不妨和士卒们来一场"蹴鞠"（类似如今的足球）或是"角抵"（类似如今的相扑或摔跤）之类的比赛。

每年九月底，还会针对士吏、候长、燧长，举行"秋射"比赛。到了那时候，各处的候长、士吏、燧长便可以各持射具，到候官署"试射上功"。

对于常常忙于督烽火、候望、盗贼之事的下层戍吏，举行秋射的主旨在于通过考课，检查他们平时的训练情况，确定劳绩，也会给予赐劳奖励或夺劳。秋射的具体规则是：每人发矢十二，射中六矢为中程，即考核合格。若能够多中一矢，可以多获得赐劳十五日，相应地记入劳绩；少中一矢，就得夺劳十五日，也相应地从先前的劳绩中扣除。

戍吏的日常工作记录和秋射成绩，都会被记录下来，在候官处汇齐，以"爰书"形式呈报都尉府，都尉再上报太守。核算无误批准后，便会颁布赐劳或夺劳的功令。到了这时候，所获的劳绩才能够被官方承认。

劳绩是戍吏升迁的重要依据。积累到一定程度之后，便有了"以功次迁"的升职机会。

即便没有立功，但没有功劳也有苦劳，可以踏实任职，"以久次除"；或者凭借自身能书、会计、颇知律令、能文能武之类的特别才能，最终得以升迁。

武备志

指望一点点积累劳绩来获得升职机会实在漫长，如果在战争中立功，往往能迅速获得赏赐。

既然要战斗，武备是必不可少。近战的武器中，短兵器有刀和剑。

剑是常见兵器，戍卒中也有配备铁剑的。剑两侧有刃，经过反复锻打锤炼，刃部又经淬火，刚硬锋利。尖长的剑锋用于向前击刺，侧面兼可劈砍。剑被用作近距离防身的情况比较多见。[26]

从西汉中期开始，为了适应骑兵在战场上疾速冲刺时挥臂劈砍所需，只需要用到一侧的刃，这时候制作繁琐的剑就显得有些多余，加上两侧都是薄刃，砍硬物易折。因此单侧有刃、另一侧制成厚脊的刀，就逐渐替代了剑的地位。刀的用法主要便是劈砍[27]。汉刀的刀首为环形，因此得名"环首刀"。

汉朝的刀与剑
纪永元、初世宾主编，《阳关·阳关博物馆文物图录》，甘肃人民美术出版社，2013年，第155页、第164页

基础的长兵器有长柄首端带锋用以直刺的"矛"和侧边装横刃用于侧击的"戈"。骑兵则多用戈与矛组合而成的"戟"，侧边装戈以勾刺敌人，前端长矛直刺可以对付穿着重甲的敌人。还有将戟的旁枝改为上翘勾刺，用以叉击的"有方"。

远战的工具，有弓和弩。

汉代计算弓强度的单位为"斤"，《后汉书》中甚至有"强弓三百斤"的记载。张弓放箭可不是件容易的事，挽弓时需在拇指上佩戴"韘"（即后世的扳指）以便勾弦。汉军的精锐骑兵往往配备有弓。

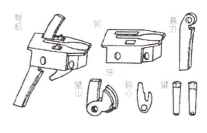

弩的发射
孙机：《汉代物质文化资料图说》（增订本），上海古籍出版社，2011年，第166页，图37-1

　　弩是在弓的基础上发展而来的武器，在抗击匈奴的战争中发挥着巨大作用。当时马镫尚未发明，骑马时引弓射箭，若非熟练老手难以平稳地瞄准目标。而以弩这样机械的力量，装上弩箭之后，可以进行充足的瞄准准备，延时发射。

　　汉代计算弩强度的单位为"石"，即一石重物牵引之力。弩上又装有标注刻度以便瞄准的"望山"，大大提高弩的命中率。

　　石数较高的弩，甚至是用脚踏弩上弦，即"蹶张"。它们往往是步兵使用且多用于城防。一名戍卒往往配备一把弩与五十枚弩箭。烽燧上也直接

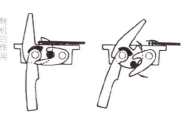

弩机全形及各构件示意/弩机示意
中国科学院考古研究所洛阳发掘队：《洛阳西郊汉墓发掘报告》，《考古学报》1963年第2期，图二三
杨泓著：《中国古兵器论丛》，文物出版社，1980年，第137页

安装有威力更强的大型弩。

　　至于防具，有革片编织的甲胄、铁片编织的铠和"鍉鍪"（头盔）；盾牌也起到防身之用。另有一种小盾上镶有勾，名为"勾镶"。近战时可一手用勾镶防御，并以勾使敌人突刺而来的长兵器转向，另一手执兵器向前击刺。

　　汉朝锻造武器的技术远胜于匈奴[28]，和匈奴人在战场上一较高下，至少还是有武器优势的。

上战场

　　国家想要主动发动大量兵力作战，必须使用"虎符"。虎符是铸造成左右各半的铜质虎形符，其上留有文字，一半留在京师，一半留在郡国处。国家派遣使者到郡合符后，才能发兵。战争以外的征调，则采用竹质的"使符"[29]。

张掖太守虎符（仅有左侧），国家博物馆藏
虎脊背有阴文篆书半字"□张掖太守力虎符"，左侧有阴文篆书全字"张掖左一"
杨桂梅：《汉代虎符考略》，《中国国家博物馆馆刊》
2013年第5期，图八

张掖都尉棨信，甘肃居延肩水金关遗址出土
中国美术全集编辑委员会编：《中国美术全集·书法篆刻编1·商周至秦汉书法》，上海人民美术出版社，1987年，第75页

汉朝的步兵与骑兵（西汉陶俑）
陕西或阳杨家湾长陵陪葬墓出土
中国国家博物馆编：《中国国家博物馆馆藏文物研究丛书·陶俑卷》，上海古籍出版社，2015年，第25页、第28页

　　临战的汉朝军队有着一套系统的编制。将军负责率领全军，设有"莫府"[30]；将军直接管辖有若干部（一部有一个军营），大的部由校尉率领，又设军司马，小的部则由军司马直接率领；部下又有若干曲，首领称为军候或千人。曲下为屯，设有屯长[31]；屯下有队，设置队率；基本的军队编制则是什伍，五人为伍，设有伍长，二五为什，设有什长。

　　为了统率层级如此繁复的军队，在那时候的战场上，就能够看见挥舞着指挥作战的各色旗帜。将军帐下各部的军旗分为五色。汉朝的军旗是横展于旗杆，但其上并不像后世那般书写文字，而是绘有各式瑞兽，旗帜胡部饰有象征军事的锯齿形长飘带，也饰有不同的颜色。[32]

　　用于题表官号的旗帜名为"幡"，是以一带系连在器物上竖垂下来。不只在战场上，平日里高官出行队伍的前驱仪仗也持弩挂幡前行。

　　战士们的衣装上有专门的徽章以区别，使得领队与士卒不至于互相认错[33]。

　　作战的时候，又击鼓鸣金作为信号指挥进退。

出行图（东汉壁画），河北安平逯家庄东汉墓出土
前导的骑兵以弩悬幡
河北省文物研究所编：《安平东汉壁画墓》，文物出版社，1990年

　　如果在战场上英勇杀敌，或者生擒俘虏，便可以凭借斩捕战果获得官府"购赏"、获赐爵位、赏钱、增加官秩。甚至戍边的刑徒奴隶们若是立下军功，也得以免罪为庶人。领军的将领们凭着卓著军功有机会被朝廷赏赐金钱，甚至得以封侯，获得食邑。但一般小兵想通过军功升官，是极其困难的事。

　　负责屯戍的戍卒们，军力只够面对小股的敌军直接作战；若是敌军大举入侵，戍卒的主要任务是通过长城烽燧传递信息，通知汉军精锐的部队前往应战。

　　真正作为战争主力的部曲士卒们，即便真的斩捕足够的敌军，获赐的爵位仍有一定等级限制，超过了便只能转送他人或是换成赏钱。

　　有赏的同时，军法也有罚。军队是一个整体，一旦出现违抗战令、干行队列（破坏编队严整）、逗留不进、擅退逃亡、失期（行军不按时到达目的地）、虚报军情战功等，往往都罪至于死；即便打仗最终胜利了，若损失士卒过多，领军将领也是大罪。

归乡

戍卒一年的服役期满，上交了原先官府配给的兵器物资，这才可以"罢卒"归家。各烽燧的罢卒由候长带领在候官集中，送往本郡太守府。

来自家乡的官吏正送来新的戍卒，原先的老兵则随着他们踏上漫漫回乡之路。同行的车上，载着一年便不幸死亡的戍卒遗体的棺木与遗物。

好不容易归乡，却仍旧不能够回归到本业工作中去，还得继续一年的"力役"。[34]

无论如何，持久的思念终于得以停歇，再度与家人团聚，是幸福的事。汉朝人有一首隐语诗："藁砧今何在？山上复有山。何当大刀头，破镜飞上天。"[35] 前两句中所言"藁"（草）"砧"（砧板）都是处死罪人时用的器具，而斩人用的铡刀"鈇"与"夫"谐音，两山为"出"，丈夫外出从军不归，正仿佛是往死里行去；后两句便以丈夫环状的刀头、妻子把月补出的圆镜，寄托盼望丈夫从军归家团圆的情意。

但一旦遇上战争、朝廷急需用兵的时候，兵役便会持续很久，并不以一年为限，直到战争结束，才得以遣散归家。[36]

自汉武帝以后，除了征发百姓服兵役，又时常明设购赏以招募士卒。东汉建立后，由于光武帝刘秀罢省地方郡国材官、骑士一类经过训练的常备兵[37]，此后一旦遇到突发战争，临时征兵或募兵的规模更大了。

同时，在一些郡国还存在因特别目的而设立、负责长期驻防屯戍的营兵部队。应募为营兵的，有的是希望获得钱财赏赐或是谋求一官半职的本地吏民，有的却是为了谋求生路的奴婢、流民、刑徒、亡命徒之类。他们视从军为本职，长期在役，没有一定的年限。

汉乐府歌辞中就记录了一个年少从军，年老才得以归家的士卒心声[38]：

十五从军征，八十始得归。

道逢乡里人：家中有阿谁？

遥看是君家，松柏冢累累。

兔从狗窦入，雉从梁上飞。

中庭生旅谷，井上生旅葵。

舂谷持作饭，采葵持作羹。

羹饭一时熟，不知饴阿谁！

出门东向看，泪落沾我衣。

1 《汉书》卷九四《匈奴传》汉元帝问罢边备塞卒事，郎中侯应所答追溯甚详。

2 《汉书》卷六六《西域传》徐松补注："自元光二年谋马邑，诱单于，绝和亲，为用兵之始。其后连年用兵，至太初三年西域贡献，凡三十二年。"

3 如元狩二年（前121年），匈奴浑邪王杀休屠王，率众降汉，"陇西、北地、河西益少胡寇"；元狩四年（前119年）战役后，"匈奴远遁，而漠南无王庭"。

4 居延汉简释文见谢桂华、李均明编：《居延汉简释文合校》，文物出版社，1987年。

5 原简牍见甘肃简牍保护研究中心、甘肃省文物考古研究所、甘肃省博物馆、中国文化遗产研究院古文献研究室、中国社会科学院简帛研究中心编：《肩水金关汉简》（一），中西书局，2011年，第2页。

6 《汉书》卷六四《贾捐之传》贾捐之言汉武帝时情形。

7 《汉书》卷九六《西域传》记武帝征和四年事。田余庆先生《论轮台诏》一文有详论，见田余庆：《论轮台诏》，《历史研究》1984年第2期。

8 汉初无爵男子十七岁傅籍，有爵位者之子傅籍年龄略有宽限。依张家山汉墓竹简《二年律令·傅律》所记，公士到不更之子年二十始傅，大夫到五大夫之子年二十二始傅，左庶长到第十八级大庶长之子年二十四始傅。汉景帝二年，"男子二十而得傅。"（《史记·孝景本纪》）汉昭帝时改为二十三岁，"今陛下哀怜百姓，宽力役之政，二十三始傅，五十六而免，所以辅耆壮而息老艾也。"（《盐铁论·未通》）《汉书·高帝纪》如淳注："律，年二十三傅之畴官，各从其父畴学之，高不满六尺二寸以下为罢癃。"

9 睡虎地秦简《法律答问》："何谓'后子'？官其男为爵后，及臣邦君长所置为后大子，皆为后子。"侯爵后子可以平级继承爵位，卿以下都是降级继承，直至最后没有爵位的士伍。

10 张家山汉简《二年律令·傅律》。

11 如《汉书》卷二《惠帝纪》："令吏六百石以上父母妻子与同居，及故吏尝佩将军都尉印将兵及佩二千石官印者，家唯给军赋，他无有所与。"《汉书》卷四《文帝纪》："复诸刘有属籍，家无所与。"

12 如《史记》卷一二一《儒林列传》记汉武帝时"为博士官置弟子五十人，复其身"。

13 如《汉书》卷二四《食货志》记汉文帝时晁错上书"今令民有车骑马一匹者，复卒三人"；汉武帝时"乃募民能入奴婢，得以终身复"。

14 《史记》卷三〇《平准书》："（汉武帝）兵革数动，民多买复及五大夫，征发之士益鲜。"

15 《史记》卷一二三《大宛列传》："益发戍甲卒十八万酒泉、张掖北，置居延、休屠以卫酒泉，而发天下七科谪，及载糒给贰师。"《正义》引张晏曰："吏有罪一、亡命二、赘壻三、贾人四、故有市籍五、父母有市籍六、大父母有市籍七，凡七科。"武帝天汉四年（前

97年），发天下七科谪出朔方也。"

16 《汉书》卷七《昭帝纪》如淳注。

17 《汉书》卷七七《盖宽饶传》："(宽饶)家贫，奉钱月数千，半以给吏民为耳目言事者。身为司隶，子常步行自戍北边，公廉如此。"

18 《汉书》卷七六《王尊传》："又正月行幸曲台，临飨罢卫士……衡知行临，百官共职，万众会聚……漏上十四刻行临到……"

19 《后汉书》卷一《光武帝纪》注引《汉官仪》："高祖令天下郡国选能引关蹶张，材力武猛者，以为轻车、骑士、材官、楼船，常以立秋后讲肄课试，各有员数。平地用车骑，山阻用材官，水泉用楼船。"

20 《续汉书·百官志》注引《汉官仪》："材官、楼船年五十六老衰，乃得免为民就田。"

21 《史记》卷一一〇《匈奴列传》："汉使或言曰：'匈奴俗贱老。'中行说穷汉使曰：'而汉俗屯戍从军当发者，其老亲岂有不自脱温厚肥美以赍送饮食行戍乎？'汉使曰：'然。'"

22 《汉书》卷六九《赵充国传》："北边自敦煌至辽东，万一千五百余里，乘塞列燧，有吏士数千人。"

23 《汉书》卷九四《匈奴传》："自中国尚设关梁以制诸侯，所以绝臣下之觊觎也。设塞徼，置屯戍，非独为单于而已，亦为诸属国降民。本故匈奴之人，恐其思旧逃亡。""边人奴婢愁苦，欲亡者多，曰：'闻匈奴中乐，无奈候望急何！'然时有亡出塞者""盗贼桀黠，群辈犯法，如其窘急，亡走北出，则不可制。"

24 《汉书》卷四八《贾谊传》："今西边北边之郡，虽有长爵不轻得复，五尺以上不轻得息，斥候望烽燧不得卧，将吏被介胄而睡。"

25 如1974年居延破城子汉代甲渠候官遗址出土有《塞上烽火品约》简册，明确规定了各种具体情况下应使用的不同联防示警信号。释文见甘肃省居延考古队简册整理小组：《"塞上烽火品约"释文》，《考古》，1979年第4期。

26 《释名》卷七《释兵》："剑，检也，所以防检非常也。"

27 《释名》卷七《释兵》："刀，到也，以斩伐。到其所，乃击之也。"

29　《史记》卷一〇《孝文本纪》:"(二年九月)初与郡国守相为铜虎符、竹使符。"集解引应劭曰:"铜虎符第一至第五,国家当发兵,遣使者至郡合符,符合乃听受之。竹使符皆以竹箭五枚,长五寸,镌刻篆书,第一至第五。"

30　《史记》卷八一《廉颇蔺相如列传》集解引如淳曰:"将军征行无常处,所在为治,故言'莫府'。"索隐引崔浩曰:"古者出征为将帅,军还则罢,理无常处,以幕帷为府署,故曰'莫府'。"

31　《续汉书·百官志》:"将军,不常置……其领军皆有部曲。大将军营五部,部校尉一人,比二千石;军司马一人,比千石。部下有曲,曲有军候一人,比六百石。曲下有屯,屯长一人,比二百石。其不置校尉部,但军司马一人。又有军假司马、假候,皆为副贰。其别营领属为别部司马,其兵多少各随时宜。门有门候。其余将军,置以征伐,无员职,亦有部曲、司马、军候以领兵。"

32　上孙家寨一一五号汉墓竹简:"左部司马缠胡青,前部司马缠胡赤,中部司马缠胡黄,右部司马缠胡白,后部司马缠〔胡〕黑。……色别,五百以缠上齿色别,士吏以下缠下齿色别。"引自国家文物局古文献研究室、大通上孙家寨汉简整理小组:《大通上孙家寨汉简释文》,《文物》,1981年第2期。

33　上孙家寨一一五号汉墓竹简:"什以肩章别,伍以肩左右别,士以肩章尾色别。左什肩章青,前什肩章赤,中什肩……肩章尾白,□□肩章尾黑。"

34　历史文献中有关兵役制度的规定,由于断句存在争议,学界尚无定论。暂列本书断句方式如下:

《汉书》卷二四《食货志》董仲舒上书中言:"又加月为更卒,已复为正,一岁屯戍,一岁力役,三十倍于古"(《汉纪》卷一三所记略同:"又加月〔为更〕卒,征卫、屯戍,一岁力役,四〔三〕十倍于古");又《汉旧仪》:"民年二十三为正,一岁而以为卫士,一岁为材官骑士,习射御骑驰战阵。"

实际后一条所记材官骑士身份应不同于一般士卒,都是受过特殊训练、材力优异的人,身份是准官吏("吏比者"),本书前已言及。研究见髙村武幸:《关于汉代材官、骑士的身份》,杨振红译《简帛研究二〇〇四》，广西师范大学出版社，2006年，第449—463页。

35　《玉台新咏》卷一〇，题作《古绝句》。

36　如有的特殊情况需要延长六个月。《汉书》卷二九《沟洫志》如淳注："律说，戍边一岁当罢，若有急，当留守六月。"

37　《后汉书》卷一《光武帝纪》："(建武六年) 初罢郡国都尉官"、"(建武七年) 三月丁酉，诏曰：'今国有众军，并多精勇，宜且罢轻车、骑士、材官、楼船士及军假吏，令还复民伍。'"《续汉书·百官志》："中兴建武六年，省诸郡都尉，并职太守，无都试之役。"

38　《乐府诗集》卷二五，题作《紫骝马》。

第四章

到長安去

白云在天，山陵自出。
道里悠远，山川间之。
将子无死，尚能复来。

——西王母为周穆王所作歌

他们一同飞上天空，向长安方向行去。太阳里的乌鸦和月亮里的蟾蜍好奇地望着来人。它们旋转着，发出金色和玉色的光。

【 1 】

海昏，这处远离爽垲中原的卑湿南土，比起北方山阳郡的昌邑故国来，更加无人过问。

昌邑国的旧人们，从故国出发，车马劳顿，多少日趋走风尘，直至回首望不见家乡。直到走水路上船，这群异邦人才从粼粼水波中得到些安慰。在渺茫的江上，他们终于不用防着被人算计了。

人心亦如孤舟离岸，渐行渐远渐觉生疏。船浮在江面上，持辔的心仿佛也浮着。舟行江中，微风拂鬓，耳畔只有船工櫂楫划桨均匀摇动与水波随之起浮的声音。

持辔心中异样地孤单。瞻顾眼前茫茫江水，多少年来这江水只映着无语的天空，或偶有鸟影掠过；现在忽然照映出她的形容，她瘦小的身躯、苍白的面色使人担忧，她漆黑的眸子里流动着船桨拍下、惊慌失措的水波。

扬州刺史柯、豫章太守廖早已遣人迎接。随侍的小婢看着异乡的风物，听着异乡的方言，惊讶地指指点点。甚至此时连年长的仆佣们脸上也多有喜色——那可以"立帝废王、权定社稷"的霍光死后，家族也被诛灭，今上岂不算是为故昌邑王，也就是持辔的父亲报了仇怨么！今上又特地赐封他为食邑四千户的海昏侯，比起先前仅领两千户汤沐邑的"汉废帝"或曰"故王"，境况岂不是好了许多！流离转徙的悲氛，仿佛也被这"赐封"冲淡了。

可持辔仍旧深深怨恨着自己。是怎样面目可憎的命运，才使原本可以贵为汉家公主的她，像隐在深涧里的小松，见不到一缕阳光。母亲罗紨曾经也是长安高门贵女，外大父严长孙在长安担任执金吾这样的高官！可母亲却在生育她时难产而死，不能给持辔讲述长安的故事。

她多想去母亲生长过的长安看一看。

她想象中的长安，现在一定还承袭着孝昭皇帝时的遗风，仰仗秦岭采伐不尽的森林，征发男女民夫，在广袤的关中平原上大兴土木，新筑起华丽的宫室殿堂、楼阙台阁。新发迹的权贵们在那壮丽的长安城里作孽，他们穿着齐鲁细缯的长衣，赏着郑卫倡优的歌舞，用着巴蜀时样的漆器……既无人忆起刘氏先祖往日建国时天子不能具均驷、将相或乘牛车、齐民无盖藏的艰苦；也无人怀念后来孝武皇帝时北征匈奴、西域，南平南越、瓯闽，西南略诸夷，东定朝鲜的壮志。持久的篡夺欺诈，磨灭了世人长远的希冀。他们不复言兵，只在眼前的安乐中放置短暂狭小的人生。

父亲曾统治的昌邑旧国早已被改作了如今的山阳郡，那里不是她的故乡。长安才是！那个她从没有到过的，壮丽丰饶的长安。那里有她太祖父刘彻的雄心，有她太祖母李夫人的美貌，她为身体里流着他们的血而骄傲。可长安却早已放弃了她的父母，也忘了她。刘家的天下，再没有一个人把她放在眼里；她听傅母讲过无数次父亲曾为帝王的辉煌，可从小的黑暗岁月让她感到屈辱。于是在屈辱与骄傲之间，终于有了深深的恨。

她想起自己的父亲，昔日的昌邑王，如今的海昏侯。在无人监视的船头，他终于可以遥望着长安的方向，慨叹流涕。她鄙弃父亲，满怀失望地思索着他和她的人生：

他本是年轻而有壮志的汉朝皇帝，将来能同他的祖父武帝那样伟大地死去，但是自从被废，直到今日为止，也是持辔生来所见的十多年来，他都一声不响，在故昌邑国的旧宫中沉默着。他从未怜悯持辔这个自幼没了母亲的女儿，更无一丝喜欢与宠爱；他以酗酒和淫乱消磨青春，他的妻妾子女越来越多，世界却越来越狭窄，生活越来越卑污。他生也好、死也好，恐怕要比任何一个人都可悲，都渺小。可今上还不放心，让地方官吏监视着，甚至派遣山阳太守张敝假惺惺地来探望，如今又以赐封的名义将这废放之人屏于不及于政的远方！想到这里，心中委屈说不出，只有眼中含恨的泪珠打转……

和暖的春阳里有燕子飞过江去，柳线低低掠过江岸，芦苇俯仰随风。红日已渐西沉，水流也变得急骤了。

【2】

夏日正午的日光酷烈，照入庭院池底，在石上投下波动的光痕，似欲将其磨为沙砾一般；但日光照过庑殿顶宫室檐下饰绮寮的长窗时，阴影好像都懒懒地在地面上停住了。在这时候，持辔被父亲召去。

她怕父亲所在的房间，同怕阴森的陵墓一样。他不是曾经下令将她大父昌邑哀王所宠爱的歌者舞者们都锁在墓园里等死么？这好似也揭示着她未来黯淡的去处。

房中只有些简单的、从故昌邑国宫中带来的家具什物。蚊虫飞入金铜博山炉中升起的香雾中，好似海鸟在仙山与云气中遨游。

他还倚在榻上，咳嗽着，喝着医工奉上的五禁汤，对持辔的到来视而不见。于是持辔静默地看着他——他的心早已死了，连带着身体也往死路上去，这死路上既无远大的理想、也无血的深仇，这茁壮生长着的"死"，却是出于畏死远难、想要继续"活"的想法而已。这想法大概是对着女儿也不好意思说出的。她理想中的父亲，在这个世上寻不到一些踪影。

她理想的父亲？那会是什么模样呢？

他在征和年间继位成为昌邑王。他渐渐从孩童长成年轻气盛的少年，惠文冠上插饰鹖尾，短衣大袴为着方便游猎，疾步行走时腰间的玉环撞击作响。

一个昌邑国的王，该怎么与身在长安的母亲相识呢？是了，每一年新岁将至之时，他也会前往长安朝见汉家天子。听说长安的贵家子弟也爱在茂陵原上赛马，他一定是最擅骑术的一个。她的母亲那时便在一侧观看呀。也许有马受惊冲入人群，父亲便救下了她……于是她终于成了昌邑国的王后。母亲作为王后是有多少幸福呢？那个身为国君的父亲必须是尊贵而多情的！他们春日里观花作赋，秋夜里行酒宴乐……

想到这里，持辔的脸上浮出了笑意。

"今岁需往长安祭高祖庙，献酎饮酎。你要同往么？"这突然的声音打断了持辔毫无节制的幻想，使她惊觉，现实中的父亲正疾瘵在床，他须发稀疏、面色青黑，声音嘶哑。

但是不！他说要去长安？她怎么忘了，他如今不是困居在故昌邑国旧宫的废王了！他可是有着四千户封邑的海昏侯，他已重新成为刘家的一员，需要履行宗室的义务。她回想着父亲的话，觉得万事都像是凝固了一般。

父女俩恍恍惚惚地对坐着，静默了许久之后，他口中终于进出一句简短的话来："十多年了……"

那时候他是怎么去长安的？她曾在故昌邑国老仆的回忆中窥探出了些痕迹：元平元年的时候，昭帝崩而无嗣。于是在权臣霍光的主持下，朝臣迎立昌邑王，继承大汉的帝位。但仅仅在他即位二十七天之后，霍光就以"行淫乱"的罪名，把他赶回了故国。持䇔不信这罪名——那时候霍光拥立他，一定只是为着他年纪尚小、易于操纵的缘故！可他不甘心作傀儡，他着手调整宫廷禁卫兵马，任命昌邑国的旧臣。这让霍光怎能忍耐！

他果然曾是她所幻想的那个怀兰志金的人呵！如今太后陛下上官氏和皇帝陛下刘询一定也同情自己的父亲。太后陛下的父族不也是被霍光清除的么，皇帝陛下的爱妻许平君不也是霍光之妻用计毒害的么，他们也在默默忍耐着呀。如今两位陛下多么仁慈！在他们的怜悯下，她终于可以去到长安了。

先前无形的空间被持䇔的忧思装饰得幽深而复杂，现在有形的空间却第一次在这少女眼前显示出空阔敞亮来。

她突然不再嫌厌眼前的男人。她如今也是高贵的翁主，她要吩咐下去，为她的父亲，以一个侯应有的、长安时兴的式样来筹划着填满这房室。那么需要些什么呢？楣间须高悬起帘幕，垂下流苏与璧组；一顶绣有流云与飞鸟的大帷中，陈上漆绘的床与几案，背后立起屏与扆；锦缘的莞席上错金银的铜镇将会闪闪发光。

从山阳郡出生，直至来到海昏国，好似一个长久的噩梦，但持䇔觉得如今已经梦醒了。

以往只有在这梦中的梦，持䇔才会见到那个长安城，她独自走过十二城门与九市，穿行于宽广大道与狭斜里巷，看过那些纵横的街衢、林立的房舍，远望那些高轩朱阙。在宽广华丽的宫室中，那些公主、翁主与邑君、夫人们，那些裹在绮罗锦绣里的女人，她们发间簪玳瑁，项上垂珠玑，言笑晏晏，以六博、投壶和弹琴鼓瑟、歌舞百戏填满漫长的宴会时间……

长安的一切，她都努力在浩繁的书卷中找寻，在昌邑国旧人的讲述中熟悉，镌记在心里梦寐难忘——她终于可以实实在在地、用尽全力地去拥抱它。

【3】

持辔好似看到了一个快乐而新鲜的世界。

转眼夏季过去，时节已属初秋，但所谓秋，早已不是凄风苦雨的秋。登临高台，凭轩窗下，晴朗无云的天空可以使她看得更旷远些。遥遥地望见兰泽里的香草，望见高飞的黄鹄；极目向北方，仿佛能看到千里外的长安。

海昏国上下都在期望中准备着，人人都额手称庆，有如久病无望的人忽得良药。父亲在奉与皇帝的奏书中恭敬地写着"南藩海昏侯臣贺 昧死再拜皇帝陛下"，往长安祭祀时需要奉上的黄金也已备好，在一枚金饼的中心，父亲亲自写下了"南藩海昏侯臣贺 元康三年酎黄金一斤"。

他甚至命人新制一面衣镜摆在室中，以便重整仪容。承镜之架上的漆画，除却祥瑞图样，也绘圣人孔子与诸弟子，以备时时临观其意、得察寸分。

在一个无月的夜里，持辔空坐在房中，欲睡，却听着外面起了一阵喧哗。

是长安的使者来了。使者是这一年常常来往的，并不是什么奇怪的事。但是这一日却起了异常的骚动。因为那使者乘着高车驷马而来，捧着皇帝陛下新的旨意。持辔在井干楼上望见父亲把这使者迎接进去。侍从仆佣们好奇地探看着，人人脸上都有笑意，认为可以等待又一些今上仁慈的赐封。

这喜悦还未完全淡去的时候，海昏侯的夫人与子女们都被召去，去听取那使者的诏书了——那仁慈的皇帝陛下，竟听信一个外族大臣金安上的上书，说她的父亲是天之所弃，嚚顽放废之人，不宜得奉宗庙朝聘之礼。他早已被清理出刘家的门户，哪里配前往长安助祭？

多么讽刺！皇帝的家事，如今竟沦落到任由一个外人多嘴的地步！

父亲颓然瘫坐着，他如今的妻——她原本不过是在持辔母亲身边侍奉的，一个名为"待"的侧室——却颇不以为然地指出，昔日那些前往长安助祭的诸侯王们，不也因为隐瞒自己所得的租税数额或黄金成色分量不足，因此失爵了么？皇帝陛下免去了这种得不偿失的事，不也是一种仁慈么？

"滚！"夫人话还未完，榻上的废人用枯瘦的双手撑起身躯，声嘶力竭地喊出声。长久的怔忡中，所有人都已退去，只有持辔瘦小的身影仍旧在一侧静默着。起初听闻使者念起诏书，持辔的眼中还流出了泪水，但它们只流到双颊便干涸了。

博山炉燃起的香烟，朦胧了她眼前一度分明的世界，一切都像浮在云雾里的幻境。唯在镜中映照出父女的身影。

持辔看着父亲对着镜中的她，开始说话。

"十多年来，我一声不响，在这世上沉默着，天下人已经不把我当作有血有肉的人，只当做一个行淫辟的符号！如今竟还要被天下人耻笑！罗绅，你也觉得好笑么？那时候我终究是鲁莽了啊。若我能像今上一样隐忍，怎会落入今日境地呢？我那些昌邑国的旧臣，不过是些自利的小人、促我去与霍光相争，死前还非要说什么'当断不断，反受其乱'！你那时候劝谏我谨慎，甚至以'善骑莫若稳持辔'的谏言，给你尚在腹中的女儿取名'持辔'。等我被废，你便把女儿扔给我这废人，一个人去了。持辔现在多像你啊，她看我的眼神都是同你一样的不屑……我知道，如今我的妻儿都恨我，在盼望着我死。我现在的妻早已上书太后陛下，希望太后安排将她的儿子记录在世袭爵位的简册当中……"

"不是如此，不应如此！"不同于持辔童稚的嗓音，这回答的声音是优雅而淡漠的，好像比陌路人还生疏许多，这是属于长安生长的、高门贵女的声音。

她用白皙纤小的手牵起他枯瘦的大手，指向镜架上绘的圣人图像与书写的传记文字。

她带着他念着，他也在心里想着：

"上无天子，下无方伯，力功争胜，强者为右。"

"罗紬，你是为了我这荒唐失败的人生来宽慰我么？因此你也是觉得我冤枉么？"

"你这算什么冤枉呢？"

"他们一定是恨我吧！为着恨才使得我沦落至此！"

"用之则行，舍之则藏，唯我与尔有是夫。"

"没有人恨你。他们立你，废你，封你，贬你，甚至盼着你死，只是因为他们自身的利益就在你的立、废、封、贬其至死之上……至于你冤或不冤，与他们并无多少相关。"

"可我好恨、恨那霍光，恨他专权，恨他擅废立、无臣礼……"

"其生也荣，其死也哀，如之何可及也。"

"你祖父孝武皇帝晚年曾深陈既往之悔，禁苛暴，止擅赋，力本农。其后霍光虽政自己出，可他有一分违背这意志么？"

"难道我不能如那霍光一般，安国家社稷，为汉室之寄？"

"君子义之为上，君子好勇无义则乱，小人效则为盗。"

"你生于深宫之中，长于妇人之手，不过是未尝知忧、未尝知惧的纨绔子弟；你若不冤，你能如今上一样使大汉的百姓都衣食无忧吗？你若不冤，由着你的脾性任意而为，而天下百姓都还在水火里度日……那么追根溯源，天下岂不是会吃了你'不冤'的苦？"

"那天子之道，究竟为何呢？"

"如有王者，必世而后仁。"

"所谓王者施行仁政，必三十年而成。如今自不必效法汉兴时的艰苦俭省，也无须为着征伐四夷使得律令残酷、天下萧条了。今上难道不是也在效法文景，恢复仁政么？"

"可我该如何寄托余生呢？"

"巧笑倩兮，美目盼兮，素以为绚兮。绘事后素。"

"妾一直在你身侧。"

"罗紨，你的眼光多么柔和，再没有一点鄙夷。何时我才能与你一同离去……"

【4】

北方寒冷的冬天已经到来，江南的夏却好似还没有结束，持辔的眼前还是一片绿色。就在这时候，在父亲安排下，她嫁与本地大户之子。

后来她所行过的最远的路，一次便是在海昏侯国被朝廷削户三千后父亲病逝时，新婚的夫妇俩穿着丧服归家。眼看着壮年死去的父亲的棺椁与未能送往长安的酎金沉入墓穴之中，微风却再一次温柔地托起持辔的心绪。

虚空中一位面目庄严的老妇正看着她。她蓬发戴胜，拄着拐杖。她的四周环绕着白虎苍龙、玄鹤凤凰……但最令持辔惊讶的是，她宽厚的大眼里含着一种庄严，眼光甚至穿透了心底。那是一种正义的判决，照亮了她心中的每一个角落。

她身后三个青衣的小婢摇晃着手中飘着轻烟的香炉上前，引着父亲的身影从墓穴里走出。父亲如今是一个高冠岌岌、腰悬两组的俊朗青年。他甚至温柔地牵起持辔的手，引她随着老妇的队伍前行。

他们一同飞上天空，向长安方向行去。太阳里的乌鸦和月亮里的蟾蜍好奇地望着来人。它们旋转着，发出金色和玉色的光。

老妇人喃喃地唱着古老的歌：

白云在天，山陵自出。

道里悠远，山川间之。

将子无死，尚能复来。

持辔向下看去，在无数古老的帝王陵墓中，无论是明君还是昏君，都抬头艳羡地向天空伸着手，纷纷大叫着挤来挤去，对身后陪葬的大量珍宝不屑一顾。至于那一群一群的殉葬的人，却好似燃过的灰烬中余下一点火星，他们深深埋着头，对天上的事物没有兴趣。

远远的长安城外，已可以看见寒风拂过的渭水两岸，林木已是一片金黄。粼粼水光中行来一艘辉煌的、高十余丈的楼船，桂树为身、青丝为笮，木兰为檝，其间无不错以金银为饰。自沧海飞来的赤鸿，自山林翔出的白雁，围绕着云帆振翅，在帆樯上筑巢。

船中有一群举行着宴会的人们，玉英为食，醴泉为饮。他们是曾经昌邑故国随父亲往长安的官员们，正亲切地向来者挥手，尊敬地称父亲为"陛下"，引他坐入宴会的上席。

一个面目模糊的贵妇人也迎了出来，她身上是以绀皂二色裁制的深衣，无甚可观；但另有黄金翡翠的步摇、各色采组编制而成的绶带、白珠金辟邪的带钩，彰显她的身份。

持辔仔细端详那妇人，惊道："我是在镜中看到了自身的面容么？"

"不，她就是你故去的母亲罗紨啊。"父亲如此回答后，便不再多言。

久别重逢的夫妇俩，相携着望前走着，登上以龙为马牵引着的芝车，渐行渐远，驰入了长安城中。

"前方是相互倾轧的昏昧之地，你不该去。"持辔听着父亲说道。

从未谋面的母亲也说话了："女儿，我们所去的原不是长安……而是去浮游天下，往四海之外，往千万岁的虚无里迈进啊……回去，今后自有相见之日……"

先前引路的老妇闻言，发出一声悠长的叹息，挥一挥手，所有的影像都消散在风中，她自身也隐在了漆绘之中，成为端然而坐的西王母神像。

持辔突然原宥了父亲的一切。这令她自己也感到奇怪。哪怕他的死在世人眼里如鸿毛般轻，可却是压在她身上的、如泰山般重的负担。

【5】

时光推移，出嫁后的岁月使持辔觉得，人生或许不像过去那样沉闷荒凉，世间也绝不都是她想象那样的卑污凶险。她每每欲向夫君细述往事，却转而被膝下追逐玩闹的儿女逗乐，让苦痛的故事难以继续诉说，甚至只得讲述为神异的见闻。

最终她的两个兄弟都接连死去，皇帝陛下废除了海昏侯的爵位；直到多年后新帝即位，复封其弟为海昏侯时，她与夫君、子女乘着安车，前往封地参与庆祝的宴会。这是她的第二次远行。

终其一生，到底没能去到长安。

【余话】刘贺其人

本篇讲述的是海昏侯刘贺的故事。在故事之后，需要先大略讲讲刘贺成为海昏侯之前的人生经历。

刘贺的父亲刘髆，是汉武帝刘彻与李夫人所生之子，于天汉四年（前97年）受封为昌邑王，封地是位于中原腹地、位置优越的山阳郡。汉昭帝始元元年（前86年），刘贺承嗣父位，成为昌邑王。

十二年后，昭帝年仅二十二岁便去世，没有留下可继承皇位的后嗣，当时的权臣霍光便迎立昌邑王刘贺为帝。但刘贺只在皇位上坐了二十七天，便被霍光以"行昏乱，危社稷"的罪名废归故国。霍光转而又选择扶持曾因巫蛊之祸流落民间的卫太子之孙刘病已登上帝位，是为汉宣帝。

刘贺在昌邑国宫中，身份模糊且形同囚徒一般地生活了十余年。直到元康三年（前63年）春，汉宣帝下诏，封刘贺为海昏侯，他才得以解脱，从山阳郡昌邑国旧宫移居位于豫章郡的封地海昏县。

《到长安去》的故事便是从刘贺的这段旅程开始。这个一度为王、为帝的政治失意者，去往的是在当时的汉朝还显得偏远、卑湿的地方；但在受封为海昏侯后，他又燃起了重被承认刘家宗室身份、得以往长安参与宗庙之祭的希望，甚至还一度有了恢复诸侯王身份的幻想。但直到神爵三年（前59年）刘贺死去，他的愿望始终没能实现，同他所作的诸多准备一同埋入了墓穴之中。

两千多年后，随着江西南昌海昏侯墓的考古发掘，一生坎坷的海昏侯刘贺成为新闻报道里的常客。墓中出土马蹄金、麟趾金、金饼、五铢铜钱之类，其巨额财富令人惊叹。不过，刘贺的真实面貌，在人们眼中仍十分模糊。

《汉书》上记载刘贺"清狂不惠"、"动作亡节"；然而一些研究者，凭着墓中出土的大量记录儒家文献的简牍、一架漆绘孔门故事图像的镜架等文物，认为刘贺是个知书达理、讲仁义道德的读书人，甚至有改写历史的想法。

实际上，原本史书上的记载同墓中所见诸多文物对照，并无太多相矛盾的地方。刘贺被废的真相原可据史料加以辨明，考古所获在关键历史事件上并未增加多少新知，如今所谓翻案也就无从谈起。这里不妨谈谈同为霍光扶持的废帝刘贺和宣帝刘询（刘病已）的经历。

刘贺六七岁时便承嗣父位为昌邑王，生长于宫廷之中。诸侯王自有名师大家来传道授业。而当时兴盛的儒学，正是皇子皇孙、宗室贵族们需要学习的。并不能据此认定他的品质如何，更不能以此断定他成为帝王后为政如何。刘贺登上帝位之后，诸般做法所表现出的，正是一个毫无政治经验的皇族子弟的形象。他急于与权臣霍光相争，根基未稳却想要切实掌权甚至铲除霍光，反而遭到反击。霍光从刘贺平日的生活娱乐中找出累累罪状，最终以"行淫辟"为由把他从还未坐热的皇位上赶了下来。

相反，霍光转而扶持起来的皇曾孙刘病已，自幼生长于民间，并无多少根基与政治背景。他面对日久尊盛的霍光及党羽，并没有如刘贺一般轻举妄动，而是忍辱负重，在朝政上万般忍让；甚至自己微时所娶的妻许平君被霍光之妻霍显用计毒死后，宣帝也忍痛静待时机。霍光死后，宣帝先是厚葬霍光，肯定霍光功绩，以维持自身入继汉室大统的正当性；接着便迅速以雷厉风行的手段铲除霍家势力，终于得以亲掌朝政，为汉朝带来了国力强盛、民生富庶的中兴局面。

欲有为而终无为，以无为而致有为，这倒颇似道家的理念了。《老子》里说："将欲歙之，必姑张之；将欲弱之，必姑强之；将欲废之，必姑兴之；将欲夺之，必姑与之。"正是这个道理。

北京大学藏西汉竹简《周驯（训）》十四篇，书名亦见于《汉书·艺文志》道家一类，为周昭文公每月更旦教诲共太子的记录，多涉立嗣、为君、治国、君臣相处之事，开篇《正月》一篇即引有一句极俗薄却贴切的谚语："不狂不聋，不能为人公。"[1]大约可以为汉废帝与汉宣帝的这段史事作一个注脚：一个是当真痴愚不听劝告，一个是隐藏锋芒大智若愚，最终结局大不相同。

刘贺与夫人严罗紨所生的女儿名"持辔"，不知当时刘贺是否忆起了曾经意气风发的诸侯王时代"好游猎、驱驰国中"的情形？

孔子也曾将治国比喻成驾马车。天子为驾车人，官吏为辔（驾驭马的勒口与缰绳），刑罚为马鞭。君王执政，只需持辔、执策而已。[2]然而"善游者溺、善骑者堕，各以其所好，反自为祸"，[3]刘贺一度当上天子却大意失国，大约还是有了些"善骑莫若稳持辔"的悔恨吧。

于今人看来，刘贺一生的悲剧的确值得同情；可是在当时汉朝的百姓眼中，或许一个深知民间疾苦又有政治手腕的帝王，比一个养于宫室、自幼无父管教、不问世事、政治思维浅薄的帝王要好得多。至于刘贺的被废冤或不冤，

不狂不聋，不能为人公

北京大学出土文献研究所：《北京大学藏西汉竹书》（三），上海古籍出版社，2015年，第6页，简十二

原是同他们不相干的。

古往今来，在衣帛食肉者之外，还有那么多人，他们耕织的手与跋涉的脚全都伏在地上，只抬头仰望着云端，好奇王侯将相们的故事，而那些被殉葬的尸骸的痛苦却无人注视。

或可以说，这是一个更深重的悲剧。

【专题】王于汉朝

去长安·官吏篇

成为海昏侯的刘贺，想去长安而不得。与此同时，却有一些人每年都要为前往长安的事烦心。

每年年末，天下各郡国都要将一年里"户口屯田、钱谷出入、盗贼多少"[4]等诸多项目登记在集簿上，装入箧中封检好（即"计箧"）。秦以十月为正月，因此"计断九月"。汉武帝太初元年（前104年）改一月为岁首正月之后，以九月为断这个习惯仍旧因循下来。在正月之前，负责上计的官吏必须携带计箧与贡品前往京城，向朝廷汇报本郡国的工作情况。

在西汉时，上计长安的任务多由郡丞、王国长史之类的长吏亲自承担；郡国贡献之物，也由派去上计的官吏携带奉送。东汉时，郡丞与王国长史不再亲自前往京城洛阳，而是由他们选派小吏作为计掾、吏、佐前去。

经历漫长的旅途，负责上计的官吏们才终于远远地可以看到长安城的轮廓。遥望远处地平线上，连绵耸立的便是以西面未央宫与东面长乐宫为主体的宫殿群。

长乐宫是在秦朝兴乐宫的基础上建成，最初为刘邦所住，之后大部分时间内作为太后居住的地方。而未央宫是由汉初名臣萧何主持修建，作为皇帝居住、处理政事的地方。

据说未央宫初建成的时候，汉高祖刘邦见宫殿太过壮丽，是颇有些不满的。但萧何却说："天子以四海为家，非壮丽无以重威，且无令后世有以加也。"（不修得壮丽不能彰显天子的威势，且不能让后世有所超越。）刘邦这才高兴地住了进去。[5]

再走近些，可以看到长安城的城墙也逐渐从地平线上升起。那些只可远观而不能进入的巍峨宫阙，让地方郡国来的官吏们惊叹；而接下来所见，更能直接感受到汉朝中心的威势所在。

城墙是汉惠帝时动用十余万人力，耗时五年才修筑起来的。城墙全用黄土夯筑而成，之外又围绕着一圈城壕（护城河）。至此初具规模的长安城，东西城墙比较平直，而南北城墙却多曲折。后人拿天上的北斗星与南斗星来附会南北城墙的形状，因此汉长安城又得名"斗城"。

城墙上共开有十二座城门，东南西北各面分别有三座。西为宣平门、清明门、霸门；南为覆盎门、安门、平门；西为章门、直门、雍门；北为横门、洛门、利门。其中章门、平门、覆盎门、霸门直接与皇宫的宫城相对，其余八门则对应城中纵横的八条大道。

每座城门都开有三个门道，一门可容四车并列出入。相对应的，进城之后，每条大道也由水沟分为三股道路。只有两侧的路是供吏民来往出入的。而中间一条道，是专供皇帝车骑行驶的"驰道"。若非皇帝特许，其余人等不可行走，甚至不能直接穿越驰道。在汉武帝时，对违规者的处罚极为严厉。

所以，在长安城里行走是挺麻烦的事，有时候只是一街之隔却还得绕远路。不过汉宣帝以后，横跨驰道的惩罚就不算很重了，因此为着省事胆大公然穿越驰道的百姓不少，甚至有连车马也开上驰道去的。[6]

汉元帝时，有一次在未央宫急召太子。太子所住的桂宫，南面龙楼门与未央宫北面的作室门只有一街之隔，然而太子不敢直接跨过驰道，只能绕道西走到直城门处过街，再反向东走到作室门进入未央宫。这令元帝大

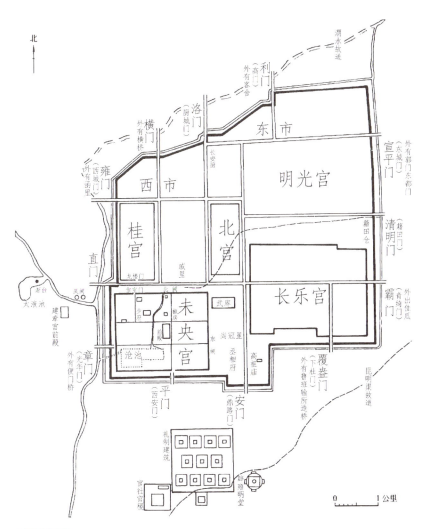

北

西汉长安城地图

据汉长安城遗址平面图改绘。原图见刘庆柱主编：《中国古代都城考古发现与研究（上）》，社会科学文献出版社，2016
年，第262页，图8-1；地名参考《水经注》、《三辅黄图》标注，城门定名问题又参考了辛德勇先生的考证，见辛德勇：
《〈水经·渭水注〉若干问题琐证》，《中国历史地理论丛》，1985年第2期。

为高兴，并下令特许太子可以横穿驰道。[7]

实际上，帝王出行时，随行车驾的卫官填街、骑士塞路；整条大道都进入了清道戒严状态，不许百姓们行走，这被称作"跸"。一旦犯跸，就得缴纳罚金；若是冲撞了帝王，帝王一怒之下，犯跸者往往难逃重罪。[8]汉文帝出行过桥时，有人自桥下走出，惊动了乘舆车马。当时的廷尉张释之认为犯跸当罚金四两，文帝对此颇为不满。但廷尉坚持秉公执法，文帝思索良久，点头称是。[9]

好不容易行走在长安城的道路上，向侧边看，道旁遍植槐、榆、松、柏；往来行走的车马相击，人肩相摩。若连起贵人们的衣袖，足以形成遮天蔽日的帷幕；农人百工劳作时流下的汗水，足以汇成一场大雨。

向上仰望，看见的也不只是天空。各处宫殿之间的道路上空，修筑有飞虹一般的复道。早在汉初惠帝的时候，时常要从未央宫往长乐宫去见太后，然而走寻常的道路需要"跸"，麻烦且费时，于是在两宫之间修筑了复道以供行走。[10]

眼看天色渐晚，便不能继续在街道上逗留了。城中有禁止夜行的规定，夜里各处门户关闭，道路上有卫士巡逻，专职查禁夜行。好在各郡国都在长安设有邸舍，此时直接前往住宿即可。

若上计之日还没到，接下来的日子，官吏便可以在长安城里逛逛。

长安城墙中的三分之二，都为宫殿所占据。除了长乐宫与未央宫外，又先后修筑了北宫、桂宫和明光宫。在剩余三分之一的城中，还得安排官署、府寺。供人们居住的闾里号称有一百六十，房屋鳞次栉比，门巷修直。

一般的里，四面围墙并设里门，各家房屋都朝内而开，人们出入必须经由里长与监门盘查。长安城有两处"里"最为著名：一处是尚冠里，是高官大族们居住之地；一处是戚里，是与皇家沾亲带故的外戚们住的地方。

未央宫北面和东面的宫门外，又有皇帝特别赐封给臣下的宅邸。其中以北宫门外的最为尊贵，称"北阙甲第"。这些宅邸往往享有直接把门朝向大街而开的特权。

如果有机会去拜访这些人家，首先就得准备好"谒"，即一块宽而厚的木牍，作用类似于如今的名片。上面写上自己具体官职身份，再写上亲往"再拜"或"遣吏奉谒再拜"，提行写一"谒"字。[1]

将谒交与守门人，由其递进宅中，主人看过之后，才能确定是否能够获准进入拜见。

不过，若是相熟有故旧的亲朋或是贵人来访，主人家往往早早地就准备好接待，甚至亲自迎到门外来。

威卿足下　请　反：　东海太守功曹史饶谨请吏奉谒再拜　师君兄

正：　儿君　进长安令

谒·奉府君记一封饶叩头叩头　东海太守功曹史饶再拜

名谒（西汉）．尹湾汉墓出土
连云港市博物馆等编：《尹湾汉墓简牍》，中华书局，1997年，第33页、第34页

　　当然，长安这座大城市并不只是局限在城墙范围内，也有不少人选择住在长安城墙之外。汉武帝便在长安城外西面修筑了"度比未央"的建章宫，并设置复道与未央宫相连。而高官、富商、豪杰们，往往是在历代汉天子陵墓旁的陵邑之中置办住宅。城门外的大道旁，也有客舍供旅行者歇脚住宿。

　　长安的市场也值得去逛逛。城中的市有很多，号称"九市"。其中最著名的是位于城北的西市与东市。市也设有围墙，四面各开二门以供出入。商人们列肆其中，贩卖货物。市中又设当市观与旗亭，以便官员监察管理商人买卖贸易。长安当时是汉朝的中心，因此，全国各地的商品甚至来自异国的货物，都能够在这里买到。本地绮罗锦绣的色彩与异域香料的香气，足够使人目眩神迷。

　　终于等到上计的日子，各郡国的官吏们纷纷往丞相府去。

　　丞相府位于未央宫东门外，四面有门。门上挂着梗木制作的"署"，方圆三尺，不涂颜色，不镶外郭，仅题"丞相府"三字。这或许显得颇为寒酸。不过，这可是总领百官的中枢机构，每天有数百吏员在其中忙碌着，进进出出收发的文书更是成百上千。府中又有百官朝会殿，如皇帝不出席，则由丞相主持朝会。若是重点议题，皇帝有时也会车驾亲幸，从相府西门而入，到此殿上与公卿讨论决议。

　　在丞相府不远处，还有御史大夫的官署，模样规制与丞相府类似。原本它位于未央宫中，称御史大夫寺。汉初，御史大夫为皇帝亲信侍从之臣，在其统率下，御史大夫寺负责掌管文书；皇帝下诏、群臣奏事也由此转达。但汉昭帝以后，御史大夫寺已迁到了宫外丞相府旁边，改名御史府，与丞相府并称"两府"。[12]

来到丞相府，只见庭院中停着各郡官吏的属车。计吏数百人皆拜伏庭中，等待丞相传达皇帝诏令，接受上计集簿、询问郡国情况。御史大夫也前来协助丞相。（到了东汉时，则是由司徒和司空来主持上计，具体事务由三公曹负责。）有专门的集曹负责审核上计官吏提交的集簿数据。根据各郡的情况，有功的记功受赏，有罪的受罚。

上计是朝廷了解地方情形的重要方式。但上有政策，下有对策，各郡国弄虚作假伪造数据的情况也存在[13]，连派来的上计官吏，也专选能造假文书善于欺瞒者[14]。但朝廷也有应对办法。汉武帝在元封五年（前106年）时，就开始将京师近畿七郡之外的天下百余郡国划分为十三州部，各设刺史一人，掌刺察一州的高官和强宗豪右（京畿七郡设司隶校尉）[15]。每年八月，刺史都要巡行所部郡国，年末返回长安报告情况。上计官吏提到的地方郡国的情形，与刺史所述一对照，便知真假。

上计诸事结束后，官吏们仍不能直接离开。丞相或司徒会亲立庭上，询问各郡国民间百姓疾苦，上计官吏中要选出声音大的人上前回答丞相提问。接着由丞相属下负责保管文书的计室掾史一人上前，大声宣读皇帝关于郡国治理的诏书。在这之后，上计官吏才得以遣散离开。[16]虽然辛苦，且时间仓促，但长安之行，足以成为他们未来向人自夸炫耀的谈资。

到了东汉光武帝以后，上计官吏们前往帝京洛阳，在司徒、司空处完成上计工作之后，还有了进宫一看的机会。正月旦，通常会在洛阳北宫的正殿德阳殿举行朝贺大典，皇帝亲自接受朝廷百官、刘氏宗室朝贺。上计的官吏们也要参加，可以直接朝见皇帝。皇帝还会亲自接受上计，以表对地方郡国的关怀。[17]若哪个上计官吏在皇帝面前对答称意，往往能够直接获赐官职。接下来他们还要参加宗庙祭祀，继而上陵，在光武帝陵上神坐前，汇报各自郡国的情况。[18]

去长安·王侯篇

上计官吏们的长安之行，是在忙碌中度过；而刘氏宗亲王侯们的长安之行，就相对轻松一些，但花费开销也要多得多。

汉文帝以后，每年八月的时候，长安都会举行天子为宗庙献美酒祭祀的活动。王侯们也需要前往长安，协助汉家天子祭祀宗庙、同饮美酒。这便是"献酎饮酎"[19]。

不过，美酒不能白喝，要交一笔不菲的入场费。王侯们需要按照封国内人口租税的比例，献上黄金作为助祭。奉金会酎，即所谓"酎金"[20]。一度不少王侯都试图隐瞒自己所得的租税数量，所献上的黄金不是成色不好，就是缺斤少两。若是侥幸蒙混过去还好，可一旦查出来就得不偿失：诸侯王就得被削去封地，列侯更是直接丢了爵位。[21]

每隔数年，诸侯王还有一次正式的朝请。

各诸侯国王大多暂居在长安城中的国邸，皇帝一召，便可以入宫觐见。

皇帝所居住的未央宫，位于长安城中西南。宫城四面有门，称"司马门"。其中北面的宫门为奏事、旌功之门；因群臣百官在此等待觐见，又称"待诏司马门"。而东宫门是皇帝出入及诸侯朝见之门。因此在东西二门外，都修筑有对峙高耸的阙楼。王侯百官进出宫门，需要凭借专有的"门籍"，且不得骑马乘车，必须步行通过。

诸侯王从东宫门进入"宫中"后，便可以再度乘车。途中又需要经过一道"殿门"，进入中心宫殿群所在的"殿中"。接下来一段路，若经皇帝特许，可换乘小车；否则便只能步行，进入皇帝所在宫殿的"禁中"（或名"省中"）。初次拜见皇帝，是所谓"小见"（燕见）。这是一次日常式的会晤，在宫殿中置酒宴饮共话而已。

到了正月朔旦时，王侯们还得前往未央宫的中央，再次正式朝见天子。未央宫有着"斩龙首山而营之"、直接修筑在丘陵之上的一组宫殿群，远远看去无比雄伟。从其南面的"端门"进入，登重重阶梯向上，就能够看见南北排列的三座大型宫殿及众多附属宫室组合而成的宫殿群。南面一座大殿正是朝见要去的大朝正殿"前殿"。这里被用于皇帝即位、立皇后、朝贺、大丧、拜大臣等重大礼仪活动。同时这里有"外朝"之用，是断狱决讼及询问非常之处，但皇帝日常听政不在这里。中间一座宫室最大，为皇帝接受群臣朝见、布政的"正朝"，名"宣室殿"，重大事务如"法度之政"便在此决议。有时候皇帝也会在此进行私人的召见谈话。至于北面最高处的大殿，是皇帝的"内朝"或曰"燕朝"，名"承明殿"。在不是正朝的时候，这里便是皇帝日常办公和议政之处。君有命、臣有进言，都在此讨论。

在承明殿后，附有作为皇帝寝殿的"温室殿"。顾名思义，温室殿采光最佳，冬日殿内温暖。夏日天气炎热，皇帝又有别寝，名"清凉殿"，也在温室殿附近。这部分区域，正是先前"燕见"时前往的"省中"。

而这一次在前殿举行的仪式隆重的朝见是所谓"法见"，流程据《史记》整理如下：

天亮前，掌管赞引的谒者先"治礼"，引导王侯、百官依次通过殿门，入前殿外的"廷中"（宫殿前的空地），在此列队等候。"廷中"排列有守卫宫殿的车马步兵，陈设兵器，张挂旗帜。

朝会开始时，谒者传言"趋"（小步疾走），群臣依次快步走到殿门前。

殿下负责守卫的郎中数百人沿台阶站立。群臣亦分立东西两侧，面向中央。其中功臣、列侯、诸将军、军吏依次列于西，文官丞相以下列于东。

大行设有九级礼宾人员，从上到下地传呼。皇帝乘辇出房，侍从百官

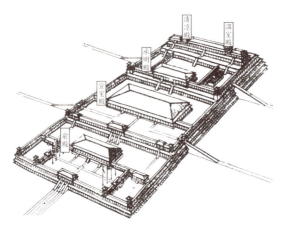

手持旗帜相互传呼警戒。

诸侯王以下至六百石以上的各级贵族、官员，依次上前向皇帝奉贺。（其中诸侯王需要向皇帝进献以兽皮垫着的璧玉为贺。）

行礼完毕，摆下酒宴大礼"法酒"。诸侯百官进入殿中侍坐，俯伏低头，依照尊卑次序起来上前为皇帝"上寿"（祝颂敬酒）。斟酒九巡，谒者宣布"罢酒"（酒宴结束）。

整个过程中，都有御史执法纠察，发现违反礼仪者立即带走。因此没有敢喧哗失礼的人。

朝见大典到此接束。[22]

三日之后，宫中再次为诸侯王置酒，并赐下金钱财物。再过两日，又"小见"过后，诸侯王们便可以告辞离开长安归国了。前后朝见共有四次。[23]

原本这套朝请流程，只不过是个走过场的仪式。诸侯王留在长安的日子不到二十日，也不需要掏多少钱，只是献上的苍璧花费数千而已。直到汉武帝元狩年间，为补财用，规定以天子禁苑才有的白鹿皮制作"皮币"，一张就卖四十万。王侯们必须以皮币来"朝觐聘享"。这也算是一个大数目。[24] 王侯们叫苦不迭，这规定不久就被废除。

到了东汉时，诸侯王可以"上书求朝"，前往当时的帝京洛阳朝见皇帝。八月时宗庙饮酎祭祀，却没有他们献金的记录了。

贵族的日常

正所谓"富贵声名，人情所乐"，财与势，是许多汉朝人热切追求的东西。汉朝地位至极的皇帝与王侯们，过着庶民百姓难以想象的奢侈生活。

因此，有古人感慨："若为庸耕，何富贵也？"直至近世，也有人闹"皇帝用金扁担挑水吃"的笑话。但随着历史学和考古学研究的深入，近距离观察汉朝王侯贵族们的起居生活，成为我们现代人的特权。

礼制是王侯贵族们生活必须学习的规范，日常起居皆有礼仪。

当时的宫院建筑布局，前有"陴"或"著"当诸屋，进有庭，上阶则有堂室。堂与室同戴一个屋顶，以墙间隔。前堂开敞明亮，

莞席二，其一青缘，一锦缘

青缘莞席与相关遣策记录（西汉），马王堆一号汉墓出土
湖南省博物馆、中国科学院考古研究所编：《长沙马王堆
一号汉墓》，文物出版社，1973年，图版二三二，图版
二八九

错金银铜镇（西汉），满城汉墓出土
河北博物院编：《大汉绝唱·满城汉墓》，文物出版社，
2014年，第175页

后室幽闭少光。

堂与室地面往往都满铺着"筵"（专供铺地的席，先秦时也作为计算宫室大小的单位[25]）。要登堂，首先要先脱掉鞋履，以免将屋外的尘土带入室内弄脏地面铺设的筵。位卑者进见位尊者，更是鞋袜都不能穿，只能光脚入内。

无论在堂上还是室内，都不能如百姓那般随意就地坐下。供就坐的地方，都铺设了席。席多是用蔺、莞草叶或竹篾编织，再在四周加上织物缘边的方形垫子。席的位置必须摆放端正，孔夫子就说"席不正不坐"。为防人们落坐起身时把摆正的席移动带歪，席的四角还会压上重物"镇"。汉朝的镇多为铜质、上错金银或嵌宝石，一组四枚，作成蟠伏的小动物或坐着的小人形状。

汉朝时虽还没有发展出高足家具，但讲究的人家，已经有供坐卧的矮足床、只供坐的榻、独坐的枰[26]。上面也放置席，并在席的四角压镇。

围绕着坐，也有诸多礼节。上席应从西方（右侧）而上。坐的位置有上下尊卑。若是在坐北朝南、东西走向的宫室中，位置以坐北面南为尊，

坐榜者《东汉壁画》，河北望都汉墓出土
徐光冀主编·《中国出土壁画全集·河北》，科学出版社，2012年，第22页
线图引自孙机·《汉代物质文化资料图说》（增订本），上海古籍出版社，2011年，第252页，图55-1

木五彩画屏风一，长五尺高三尺

漆绘屏风与相关遣策记录（西汉）
马王堆一号汉墓出土，湖南省博物馆藏
湖南省博物馆、中国科学院考古研究所编：《长沙马
王堆一号汉墓》，文物出版社，1973年，图版二八四

所谓的"南面称王"，坐南面北则是"北面称臣"。若是在南北走向，以坐西面东为尊，为"主位"；坐东面西为"客位"。

尊者所坐的位置，时常还用屏风或"扆"隔围出来。王侯富贵者所坐，更是要立上一顶形如覆斗的小帐"斗帐"，甚至更为正式、形如屋宇的"幄"。寻常一席大多是几人同坐，一人独坐表示尊崇。

关于坐席的故事有不少。西汉时，卫青将军去拜访平阳公主，公主家的人让跟随将军的两位门客任安与田仁与骑奴同席，两位门客便愤然拔刀割席别坐。[27]

满城汉墓出土的幄帐构件组合复原
河北博物院编：《大汉绝唱：满城汉墓》，文物出版社，
2014年，第140页

坐在席上，应"敛膝端坐"，即屈膝降腰，将臀部压在足跟上。汉朝的坐姿，颇有些类似如今所谓的"跪"。若是"敛膝倾腰"，即两膝以下着地而臀部离开足跟、身向前倾的姿态，被汉朝人称为"跪"。向人进言、敬酒，或是宾客相互谦让，大多便是采用跪于席上而不坐下的"半膝席"姿态。

仍屈膝于席上但挺身直腰的姿态为"跽"，是表示更加礼貌庄重的姿态。遇着身份尊贵者，或是重大场合，更是得直接"离席伏地"了。

正襟危坐久了，会出现小腿痛、脚麻痹、抽筋的情况。可若是在公众场合下，使用两腿向前伸直的轻松坐姿，却是不礼貌、没教养的行为，被汉朝人称为"箕踞"。这时候就有了"凭几"。凭几大多是漆木质地，上为微微下凹或平板的几面，两侧装足，可以放置在身侧供人倚靠；也可将膝纳于几下，直接前凭，将两手伏在上面。

汉朝时还流行着一种偷懒的小道具，大约是被称为"隐几"的。"隐"即"凭倚"，又有"隐藏"之意。其形状下为单一蹄足，可以在坐着时放在两腿间夹着；上为一椭圆面，臀部可坐于其上。表面上看去，仍维持着正坐的端庄仪态，实际上却是坐在了隐几之上。

凭几（西汉）
马王堆一号汉墓出土，湖南省博物馆藏

隐几（西汉）
成都老官山汉墓出土，成都博物馆藏

总而言之，在汉朝贵族们居住的宫室内，行动还是比较方便的。各类家具也轻巧灵活，可随着场合变化和起居生活所需来具体布置安排。一面虽有诸多繁琐的礼仪需要遵守，但另一面，也有不少通融、有人情味的地方。

朝堂上下

最后讲讲关于汉朝时王侯百官们朝见皇帝的规矩。

一般情况下，他们必须先在宫殿门外庭中解下佩剑，脱掉鞋袜，才能走上朝堂。执兵器守卫宫殿的卫士们也只能站在殿外，若非君王诏令不得入内。殿前设有东西两阶供人上下，阶分左右，一城（有阶级，供人上）一平（平坦，供车上）。

走入宫殿内，可以看见宫殿仍为前堂后室布局。前堂开敞，仅在檐下设有栏杆；后室则较为封闭，设有隔墙、户牖。同时宫殿内四面张挂有帷，可以随时按照需要以组绥系好使空间敞亮，或放下来以隔围出更小空间的房、厢。堂北正中设有一顶大型的幄帐。皇帝从后室走入朝堂以后，在幄中坐北面南，独踞一席。群臣也在堂上侍坐，联席分坐于下，坐南面北。皇帝身侧有侍臣一一唱名。等到听到自己的官职姓名，群臣便要离席，小步疾走着上前，朝拜皇帝。剑履上殿、独坐一席、入朝不趋、赞拜不名，皆为皇帝给予部分功臣、高官的特别优待。

皇帝在殿中接受诸侯王、列侯以及三公级别的高官朝拜，依礼也应起身。侍中称赞"皇帝为诸侯王、列侯起！"或是谒者称赞："皇帝为丞相起！"下方的大臣就得赶紧趋走上前，伏地拜呼"臣叩见皇帝陛下，愿皇帝陛下无恙"之类的敬语。等皇帝坐下后，太常呼"谨谢行礼"，大臣才可以退下。至于其他级别的官员朝拜，皇帝坐着接受便可；过后太常也不呼"谨谢"，仅称"谢"。

下了朝堂，官员们也未必都是一本正经的模样。即便是正式的宴会交际场合，再多的客套都不如跳舞。

一般到了宴会最为开怀的时候，人们就会"以舞相属"。主人先行起舞，舞罢再"属"一位来宾起舞，来宾舞后再请下一位。如此循环，与会主宾都要参与。拒绝起舞是极其失礼甚至得罪人的事[28]。但起舞也务求高雅，不可低俗。西汉时身为长信少府高官的檀长卿酒酣作乐，跳起了表现猴与狗打斗的滑稽舞蹈，逗得观众大笑，结果被一同在朝为官的盖宽饶以"失礼不敬"的罪名劾奏。[29]

1　见北京大学出土文献研究所：《北京大学藏西汉竹书》（三），上海古籍出版社，2015年，第6页，简十二。又《意林》卷二引《慎子》云："不聪不明，不能为王；不瞽不聋，不能为公。海与山争水，海必得之。"

2　《孔子家语》卷六《执辔》。

3　《淮南子》卷一《原道训》。

4　《续汉书·百官志》本注："秋冬集课，上计于所属郡国。"胡广注："秋冬岁尽，各计县户口垦田，钱谷出入，盗贼多少，上其集簿。"

5　《史记》卷八《高祖本纪》。

6　《盐铁论》卷一〇《刑德》："今驰道不小也，而民公犯之，以其罚罪之轻也"，"乘骑车马行驰道中，吏举苛而不止"。

7　《汉书》卷一〇《成帝纪》。

8　《汉旧仪》："皇帝辇动称警，出殿则传跸，止人清道。"

9　《史记》卷一〇二《张释之传》。

10　《史记》卷九九《叔孙通传》："孝惠帝为东朝长乐宫，及间往，数跸烦人，乃作复道，方筑武库南。"

11　后来东汉时代所流行的，又有简便随意一些的"名刺"，于窄而长的简牍上只写一行，先写爵里姓名，再书问候语"再拜问起居"即可。

12　研究见侯旭东：《西汉御史大夫寺位置的变迁：兼论御史大夫的职掌》，《中华文史论丛》2015年第1期。

13 《汉书》卷八《宣帝纪》宣帝黄龙元年诏："上计簿，具文而已，务为欺谩，以避其课。"

14 《汉书》卷七二《贡禹传》贡禹言武帝时情形："郡国恐伏其诛，则择便巧史书习于计簿能欺上府者，以为右职。"

15 秦已设有监御史监郡；汉初罢省，由丞相遣史分刺州，但不常置。武帝元封五年初置刺史，奉诏条察州。见《汉书》卷一九《百官公卿表》。

16 《汉官旧仪》："郡国守丞、长史上计事竟，遣。君侯出庭上，亲问百姓所疾苦。记室掾史一人大音读敕。毕，遣。"又《北堂书钞》卷七九《设官部》引《汉书》："哀帝元寿二年郡国计竟发遣，司徒出迎，亲问百姓疾苦。所计掾吏各一人音声大者上答。又读五条诏书，读敕毕，罢。"

17 《续汉书·礼仪志中》注引蔡质《汉仪》："正月旦，天子幸德阳殿，临轩。公、卿、将、大夫、百官各陪〔位〕朝贺。蛮、貊、胡、羌朝贡毕，见属郡计吏，皆〔陛〕觐，庭燎。宗室诸刘〔亲〕会，万人以上，立西面。位既定，上寿。〔群〕计吏中庭北面立，太官上食，赐群臣酒食……"

18 《后汉书》卷二《明帝纪》注引《汉官仪》："天子以正月上原陵，公卿百官及诸侯王、郡国计吏皆当轩下，占其郡国谷价，四方改易，欲先帝魂魄闻之也。"

19 《续汉书·礼仪志》"八月饮酎"注引丁孚《汉仪》："《酎金律》，文帝所加，以正月旦作酒，八月成，名酎酒。因令诸侯助祭贡金。"

20 《续汉书·礼仪志》注引《汉律·金布令》："率千口奉金四两，奇不满千口至五百口亦四两。"

21 《汉书》卷六《武帝纪》如淳注引《汉仪注》："诸侯王岁以户口酎黄金于汉庙，皇帝临受献金，金少不如斤两，色恶，王削县，侯免国。"

22 流程参照《史记》卷九九《叔孙通传》所记。汉初高祖刘邦居长乐宫，朝会是在长乐宫前殿举行；汉惠帝以后诸帝居未央宫，大朝当在未央宫前殿。

23 《史记》卷五八《梁孝王世家》褚先生曰："诸侯王朝见天子，汉法凡当四见耳。始到，入小见；到正月朔旦，奉皮荐璧王贺正月，法见；后三日，为王置酒，赐金钱财物；后二日，复入小见，辞去。凡留长安不过二十日。小见者，燕见于禁门内，饮于省中，非士人所得入也。"

24　《史记》卷三〇《平准书》："乃以白鹿皮方尺，缘以藻缋，为皮币，直四十万。王侯宗室朝觐聘享，必以皮币荐璧，然后得行。"又记大农颜异曰："今王侯朝贺以苍璧，直数千，而其皮荐反四十万，本末不相称。"

25　《考工记》："周人明堂，度九尺之筵，东西九筵，南北七筵，堂崇一筵，五室，凡室二筵。"《周礼·春官·司几筵》东汉郑玄注："铺陈曰筵，籍之曰席。"

26　服虔《通俗文》："床三尺五曰榻板，独坐曰枰，八尺曰床。"

27　《史记》卷一〇四《田叔列传》褚先生补录。

28　如《后汉书》卷六〇《蔡邕传》："（蔡邕）将就还路，五原太守王智饯之。酒酣，智起舞属邕，邕不为报。智者，中常传王甫弟也，素贵骄，惭于宾客，诟邕曰：'徒敢轻我！'邕拂衣而去。智衔之，密告邕怨于囚放，谤讪朝廷。"

29　《汉书》卷七七《盖宽饶传》。

第五章

悬泉微澜

大地不曾负我，
须弥山和群山亦不曾负我，
负我者乃忘恩负义的小人。
我渴望追求语言、音乐以及天地间一
切知识：
天文、诗歌、舞蹈和绘画，
世界有赖于这些。

——尼雅遗址出土佉卢文木简译文

还未等他发话，春君却挣脱了
鄯善王母的手，掀开帷帐下床，走到
那医工面前，猛地扯下他的面衣。

【1】

敦煌郡悬泉置的前任置啬夫奉光，总是很乐意讲故事给过往的旅人听，这些故事大多是之前的旅人留下的。

平常的那些中原人，他们大多是通过高平道从内郡来到河西，只需听听敦煌郡建置的故事就感到很满意了，而且认为这实在是很了不起的事：那还是孝武皇帝时，张骞始开西域，其后骠骑将军霍去病击破匈奴右地，浑邪王、休屠王投降，右地遂无匈奴，汉开始在令居以西筑烽燧，最初设酒泉郡，征发民众来此居住，又置张掖、敦煌郡，后置武威郡。

而在敦煌郡最西，设有玉门关、阳关。出此二关，便是西域了。那里也有一个又一个英雄的故事传颂至此。攻楼兰、伐大宛、屯轮台……都是伟大的功业。其后又有郑吉破车师、迎日逐王降，威震西域，建都护之号。泱泱大国，四方来朝，这能令每个汉朝人都热血沸腾，即便这背后血泪斑斑。

不过正因如此，现在西域诸国早已不是"不两属无以自安"的时候了，随着匈奴在西域笼罩的阴影日渐淡去，结好汉朝便是不二之选。诸国使者、商队相望于道。在悬泉置歇息时，他们则希望奉光讲些意义更深的故事，或者无论如何，和他们自身有些关系的事。最终奉光所讲的两个故事，也的确让他们感动。

有一个是西域人和中原人都知道的——关于解忧公主和她的侍女冯夫人的故事。公主远嫁乌孙，苦心经营五十余年，力促西域和平。直到甘露三年时，这位七十岁的可敬老妇才得以持节归汉。冯夫人亦嫁与乌孙右大将，其后又为使节，周游西域诸国，更与长罗侯常惠一起助公主解乌孙困局。其后冯夫人随公主归汉后，却又再次自请出使乌孙，终老于自己奉献一生的土地上……

第二个故事却很少有人知晓，因为这故事并不完整，且仅是奉光一人所言。

"老夫虽算不上能说会道，但所说皆是自己亲眼见到的真事。若诸位不吝少许的时间，便听我从头道来吧。"

【2】

时值永光五年初夏，天气异常炎热，可远方的疏勒河仍旧能给北面连绵烽燧的驻军带来一丝凉意。夕阳向晚，暖风吹过悬泉置前宽广的道路。悬泉置内已经燃起灯来，置啬夫奉光如往常那样，忙碌于指挥手下的卒、御、奴、徒处理本置的杂务。

敦煌郡共有九处厩置，分别散布在河西通西域的道路旁，而悬泉置便是其中之一。相传昔日李广利将军伐大宛归来，途经此处，士卒皆口渴难忍。将军在困愁之际拔刀刺入岩中，竟有飞泉喷涌而出，解了军队一时之急。此地因此才得名悬泉。

悬泉置担负着传递边郡的军情急报和公文信件的职务，一刻也放松不得。同时，还负责上至朝廷使者、官员，下至戍卒、刑徒在路途中的食宿接待和迎来送往。西域前往汉地通好、朝见、经商的贵族、使者和商队亦可在此歇息。

因此，有人推开悬泉置大门的时候，奉光并不感到奇怪，只让置佐建去门口询问。

一个穿着行旅衣装的人站在那里。他身材顾瘦，却显得挺直有力。取下白日里遮挡风沙的面衣，露出脸庞。在夕阳中，能看见他是个高鼻深目的西域人，面容还算年轻，只是浓密的胡须增加了些阴郁的神色。他问这里是否是"悬泉置"，置佐建回答一声"是"，他便径直向内走去。

不等奉光发话，他寻了张蒲席坐下，把背上的行囊扔在一侧案上。

奉光有些疑惑地看着他。这人一看就是西域来客，却孤身一人，不像是什么贵人；但也不像寻常的胡商——那些人往往借着进贡之名前往中原贸易，没有哪一个返回西域不带着大量汉地的物产的，绫罗缯帛在西域的价钱可是能够翻上好几番呢。于是奉光上前问道："敢问君是？"

这人并不回答，只拿出一枚木制符节。

奉光接过念道：

永光五年五月甲辰朔己巳，诏医承德以请诏治龟兹王绛宾病。敦煌太守弘、长史章、守部候修仁行丞事，谓过所：以次为驾，当舍传舍，从者如律令。

原来是去龟兹国为那久病的老国王治病的医者。自从五年前龟兹国太子突然失踪，国王绛宾便一病不起。王后弟史正是乌孙解忧公主之女，凭着这层关系，甚至上书请大汉派遣医者前去，朝廷也一一应允。然而众人皆知，老国王犯的是心病，药石罔效，即便是长安派去的御医也无功而返。眼前这人，不知会有什么样的本事呢？

不管怎样，奉光还是殷勤地奉上相应份额的饭食，又问是否需要立马传车送行。对于这一番殷勤，他的回答仅仅是，他将留下来住宿一日，然后独自离开，并不需要为他准备传车。

置佐建见此，低声地抱怨起来：要是什么时候置里来个客人，那准是投机取巧、钻营小利的人——若不是像先前那队路过的康居商队一样，打着康居国使节的旗号一路蹭吃蹭喝；便是眼前这种趾高气扬的家伙，连旁人话也不搭理！

奉光却连连摆手——此君一副闷闷不乐的样子，准是有什么心事。

正当他俩这样想着的时候，这怪客却出来索要笔墨以便书写。他愿意私下里为此多付钱。奉光拍拍建的后背，笑道："你看，他不还是有所求么！"

建见状，递过笔墨的时候也急忙答道："夜里写文书可不方便，但在下可以取烛火来——不过油钱另算。"

奉光便引他去了传舍里供住宿的房间。等备好烛火送去他房间时，奉光却见这怪客已倚着墙壁一角睡着了。他单人匹马，从长安出发，经历无数个日夜，也确实够疲惫了。奉光想。

借着油灯昏黄的光，只见屋内小案上摆着一块写满龟兹文字的木牍。

奉光曾跟西域商人学过这种文字，忍不住偷偷拿来阅读。木牍正面抄着一首小诗，墨迹陈旧，想来已被此人怀揣了数年：

大地不曾负我，

须弥山和群山亦不曾负我，

负我者乃忘恩负义的小人。

我渴望追求语言、音乐以及天地间一切知识：

天文、诗歌、舞蹈和绘画，

世界有赖于这些。

木牍背面仍是几行旧墨：

若男人为女人喜欢，结果毫无欢乐。女人犹如玩火之物，谁会去赞扬彼等！

这西域人大概是为情所困吧！奉光笑了笑。

年轻人总像是飞蛾，本可以好好活着，但一见着火光，便只图一时痛快，不分青红皂白地扑过去。

奉光扇走了扑火的飞蛾，吹灭灯火，轻轻把木牍放回案上，走了出来。

【3】

夜色降临，忙碌的悬泉置终于安静了下来。奉光闭眼欲寐，这当儿却听见悬泉置外车声辚辚，马蹄杂沓。有前驱车队来报，竟是鄯善国王母与鄯善国王夫人的车队要来了——去年年末，于阗王以及西域诸国的贵人，都前往长安朝见皇帝，如今大概正是长安方面遣使送他们归国的时候。

奉光赶紧整理好衣冠，带领着全置上下三十七人前去迎接。

说起鄯善国王母，悬泉置年纪大些的人都不会感到陌生。昔日昭帝元凤四年，遣傅介子斩楼兰王，以直报怨，不劳师从，持楼兰王头诣敦煌，可是极大的壮举！其后更楼兰国名为鄯善，立曾在汉为质子的尉徒耆为王，又赐以宫女为夫人。如今鄯善老国王已死，这位汉朝和亲嫁去的宫女，便成了如今的鄯善王母。

按照西域诸王夫人的标准，得要准备传舍里最好的房间，放置八尺床卧一张，张挂青色的帷帐，帷帐内放上四张凭几。供应的饭食则是每人每日四升粟。奉光在心里计算着两位贵人的用度——这些都需要被明确地记录在案。

正这样想着，两辆驷马驾的华丽安车已停到了置门前。等两个开道的小吏传呼了一声，两位鄯善的贵人终于走了出来。那位年老的，长着汉人面孔的妇人自然便是鄯善王母了；而她身后那位有着赤发碧眼的美貌少妇，应该就是鄯善新王的夫人，只是她的病态现于形色，由一个小侍女搀扶着。

鄯善王母吩咐侍女："夫人大病初愈，赶紧搀扶她进去歇息吧。"又转头低声对自己的儿媳关切道："春君，你放宽心，到了传舍里好好睡一觉！"原来这位鄯善夫人，竟取了个汉文名字，唤作春君。春君感激地对鄯善王母点点头，往前迈了几步。看样子她还是十分虚弱，脚下一软便要倒下去。

"嗳，小心！"鄯善王母亲自上前去扶起她来。

众人入了传舍坐定，奉光便张罗着把厨内备好的饭食送进了堂屋。

一面进食，一面是女眷们谈论着。春君却不开口，只静静听着。

"春君，你为什么总是闷闷不乐呢？是想你精绝的故乡么——我已嘱咐我儿剪了一枝你在精绝国宫外种的葡桃种到咱们鄯善王宫了。今年你父亲精绝国王也会来鄯善看望你！"

"母亲，并不是这样。你对我越好，我就越难过啊。"这番话让一旁伺候着的奉光费解。她双手交捧在胸前，长长睫毛覆盖下的一双眸子泪光盈盈，显得惶恐与困窘。看上去她想说话却又不敢，反倒惹人同情。鄯善王母却好似懂了，挥挥手斥退了侧侍的侍从。

奉光最后一个退出了堂屋，然而他的好奇心可没那么容易消失。啊，堂屋一侧还隔着一间小室呢，躲在那里偷听好了。

先是鄯善王母的声音，"我看看，可曾哭肿了眼？再哭就不好看了！"那边只一味抽噎，不答话。

"是担心匈奴人打到西域来么？唉，老妇也正愁这个呢……匈奴郅支单于斩杀汉使者谷吉，又联合康居国击破北面乌孙等大汉属国，甚至威胁到了朝廷驻扎在车师南庭屯田的戊己校尉，咱们鄯善国确实是很危险了。不过，咱们西域诸国这次联合去长安，不就是一致上书请陛下发兵征讨，还西域安宁么！我知你畏惧，但是我相信我儿必能守护鄯善。"

"……嗯。"这是春君的声音。

鄯善王母咳了一声，"你心里那个龟兹国太子早已抛下你不知所踪了，你何必为他伤心呢？"这一问异常突兀，却显然是切中要害的实话，不容春君有闪避的余地。

沉默了一阵，是春君惊讶的回答，"母亲，你怎会知道？"

"老妇活了这几十年，难道还看不出缘故么。昔日龟兹与精绝定下联姻的好事，却因龟兹太子的一走了之而告终，而且那人竟是为了敌国康居的王女——这在西域恐怕早已被传为笑谈了，不光气倒了龟兹老国王，连你父亲也觉得面上无光。可谁教我儿偏偏喜欢你呢？精绝与鄯善这相邻两国联姻，也未尝不是好事，何况你如今还有且末的封地……老妇只问你一句，是我儿对你好，还是那无情无义的龟兹太子对你好？"

"母亲，母亲！"春君仿佛颇感委屈，哽咽得什么话也不能说，哭声大了起来，引得外面的侍女敲门探问。

"无妨，是夫人累了而已。"鄯善王母回应道，接着柔声安慰起春君来，"老妇年轻的时候，在长安的未央宫，我也曾爱慕着那个年轻俊朗的孝昭皇帝呢，甚至幻想着有朝一日得其青睐——可是，我却被选中和亲了。为什么偏偏选中了我！来敦煌的路上，我一直想着这个痛苦的问题。我看到了自己黯淡的未来。天下扩扩，那些肉食者们从不会在意我的悲欢。我一个弱女，为何却要为他们的天下担当？我甚至想过在这里的悬泉边投水自尽——但是，连死也是不被允许的。我的意愿大不过国家的利益。我的命并不属于自己，而属于汉朝……"

"那后来……"听着鄯善王母讲起旧事,春君停止了哭泣。

"后来悬泉置的置啬夫与一个归乡的戍卒说话,恰好被准备寻死的我听到了,他说:'上天为何不绕开历经苦难的我们,而仍继续把悲痛加诸我们身上?我知道这不公平,可正是因为有了你们,战争得以平息,无数人家得以保全——你要记住,你并非是微不足道。'——我便带着这样的心思离开了敦煌,到了鄯善。那时候,鄯善王告诉我,匈奴曾豪取楼兰国,汉却给赠鄯善国。没错,他之所以娶我,原本就只是一桩贡赐的生意,他并不否认这一点。"

"母亲,你是否思恋过故人呢?"春君问。

"我曾经多么想化作鸿鹄,飞回我儿时的家乡广陵啊,那里江畔有数峰青山,郭外有几树桃花,我可以与邻舍的少女在歧路间采桑,可以嫁与同一闾里爱慕我的吴家阿兄……但每一次看到鄯善国王,都会提醒我这希望的破灭。我们最后互相妥协了——他年轻时也爱慕过一个楼兰城中的少女呢,可是因为我的到来,他只能眼睁睁地看着她另投他人怀抱……他并不爱我,但他敬我,他视我为唯一的妻子、鄯善最尊贵的夫人。我不再是汉宫里那个卑微的宫人。啊,假如我真的留在汉廷,只能在宫里耗光青春,直到年老才被放出宫去,即便真的被君王宠幸,我能得到什么呢?一个美人的封号,和终身监禁的荣誉?你知道吗,孝昭皇帝早早死去,他所宠爱过的女人都被霍光送去帝王的陵园里等死——而我,却可以在朝廷上,和曾经的孝宣皇帝以及今上交谈,以鄯善国先王赐妻和如今国王母亲的身份!"

"春君，不要再为不值得的、已经过去的人悲伤了。要知道，纵然不是皆大欢喜，却已是最圆满的结尾……"鄯善王母以一声叹息结束了谈话。

【4】

翌日清晨，奉光再见到鄯善王夫人的时候，她精神看上去已好了不少。在奉光奉上饭食的时候，她甚至倚着凭几微笑着对他点点头。

鄯善王母对此颇为满意，问奉光道："悬泉置里有医工么？"

"本置只备了些简易的医药，不过——"奉光拍拍头，倒是想起了这么一个人，"传舍里有个客人，是皇帝陛下遣去龟兹为老国王治病的，下走去请他过来为夫人看看？"

"这倒是好。老妇在长安曾对皇帝陛下说，龟兹国王这病，恐怕若不是太子回去，是治不好了！真是好奇陛下寻了什么样的神医！"鄯善王后意味深长地对春君看了一眼。

春君倒是神色不变，接道："那个人……听说康居王为了联合匈奴的兵力，已把女儿嫁与郅支单于，却未嫁与他。他恐怕早已死在黑沙漠中的某一处了……"

奉光向置佐建挥挥手，命他赶紧去请那医者过来。建却上前压低嗓门嘀咕道："不久前那队打着使节名义的康居商人，在酒泉郡卖完骆驼，又折返到这里来了。那怪人不知怎的，在门外和他们吵得厉害！"

奉光只好如实禀告。没想到鄯善王母竟好似对此事颇为好奇："你把他们都叫进来，让老妇看看他们为何吵闹。即使有什么争执，料想老妇也能给一个公平的判断。"

奉光有些不解，不过依旧奉命行事，把争执的两边都叫到堂上。

那队康居人，为首的名为杨伯刀，自称是康居国使。其余又有副使扁闻、康居苏玺王使者、姑墨副使沙国以及康居贵人为匿诸人，都是气势汹汹的模样。前日所见的医工，此刻却蒙着面衣，抱手侧立一旁，不发一语。

鄯善王母倒是含笑请诸人都坐下商量。

首先说话的是杨伯刀，他汉话说得不算流畅："我、我、我们康居国，贡献的骆驼，都是精挑细选、肥壮的骆驼，你们奸诈的汉人，却偏偏把肥的说成瘦的，那酒泉太守，案验时还把我、我的弟兄们都遣开。丢了骆驼，连长安也去不成了，只好折返过来……"

置佐建有些生气地插嘴道："你们康居国联合匈奴进攻西域，又假仁假义地派什么使节呢！你分明是在骗人！"杨伯刀粗鲁地咒骂了几句，瞪了他一眼。建到底有些害怕，愤愤地闭上了嘴。

"原来是这事，如今汉家天子对西域商道颇为重视，老妇上书一封，让朝廷派人案验便是。何苦与人争执呢？若你说得不假，老妇自能还你公平；若你编造虚言，也有你好看！"鄯善王母口气中充满责备，"不过，你们与那医工争执又是何故？"

"我说，咱们王女死了，他偏不信，你看，他、他还打了我一拳！"杨伯刀指着脸上一块青紫说。

"你们那贪生怕死、趋炎附势的王女，不是已经嫁与匈奴郅支单于了么！她一定是作为阏氏，在他的王帐穹庐里安享荣华富贵，她怎么会死？"一直沉默的医工发话了。听到他的声音，春君苍白的面庞闪过惊讶的神色。鄯善王母却拉住她的手臂，示意她继续看着。

"你凭什么这么说我们王女！她虽被迫嫁与郅支单于，可为了那龟兹国太子，没几日，就，就为了他，殉情自杀了……害得我们的贵人、人民数百人，都被匈奴的野蛮人杀死，我们亲人的尸体还被他们投在都赖水里，至今不许收殓。若非如此，国王也不会派我们来汉朝求和啊！"

医工张大眼睛，腾地站立起来，浑身哆嗦着往后退。还未等他发话，春君却挣脱了鄯善王母的手，掀开帷帐下床，走到那医工面前，猛地扯下他的面衣。

"丞德，丞德，我就知道是你！"春君尖叫道，"当年我爱慕的那个意气风发的龟兹太子果然已经死了，如今的你软弱、自私，自以为是，伤害着身边所有的人，却还以为自己是特立独行不同流俗的游侠！你、你、你怎么不去死！"

堂屋内一片寂静，只听得到春君急促的喘息声。她紧抿双唇，用手背狠狠拭去脸上的泪痕，努力掩饰虚弱身体的颤抖。身后的鄯善王母却正暗暗对康居国的使节点头。

最终是鄯善王母厉声打破了这长久的沉默："不，他还不能死！他必须活着，人死就是一口气的事。可他必须为亡人活着，去忏悔！去赎罪！"

【5】

"后来呢？"

奉光斜倚着悬泉置门，咂一口酒，用昏花的老眼看了面前好奇的旅人们一眼，"后来太子就回到了龟兹啊。建昭三年的时候，新任西域都护甘延寿和副校尉陈汤假传陛下旨意，调集西域各国兵马。原先的龟兹太子，即此时新任的龟兹王，亦跟随他们，远征康居，打得匈奴大败！接下来的事，老夫可就不知道喽——或许你们可以去问问陈汤将军，如今他也被朝廷贬到敦煌来戍守了！"

面对好事前来相询的旅人，陈汤将军则遥望着西边落日的余晖，这么说道：

郅支单于伏诛后，龟兹新王的军队在都赖水畔久久徘徊。远远地，汉军也能听见那里传来一声悲怆的大喊——不知道是谁发出的……

【余话】倾城与倾国

"倾国倾城"这个词，人们往往加诸汉武帝所宠爱的李夫人身上。

依东汉史家班固《汉书·外戚传》所记，武帝幸臣、乐人李延年一次在武帝面前唱起了这首歌："北方有佳人，绝世而独立。一顾倾人城，再顾倾人国。宁不知倾城与倾国，佳人难再得。"武帝闻之叹息："善！世岂有此人乎？"平阳公主遂向武帝荐举李延年之妹。武帝见她妙丽善舞，大为宠幸，她也就成了李夫人。

李延年作《北方有佳人》、平阳公主为武帝引荐李夫人，这两件事在《汉书》中记录是因果关系；然而在司马迁的《史记·佞幸列传》中，这两件事的前后却颠倒了过来：李延年最初不过是给事"狗中"（宫内养狗的地方）的宦者，在平阳公主引荐李夫人后，李延年才得以见召于武帝，为武帝作了诸多"新声"乐曲。

司马迁是汉武帝的同时代人，作为诸多事件的亲历者，记录当比东汉班固的转录可信。那么，"倾国倾城"的歌谣究竟是为谁而写？

这首歌极有可能是来自西域。

史载张骞入西域后，传胡乐于长安，李延年因之更造新声[1]。这首被班固用以形容李夫人的歌，也只是李延年采西域歌谣中的一首略加改造而成的新声，在听腻了周人正音、秦楚旧乐的武帝面前用于演唱而已。

所谓新声，并非柔靡之音，而是悲凉慷慨的军中之歌。歌中佳人一顾倾城、再顾倾国，这样的城与国，大约也只是当时西域的一座小小城邦国家，倾城即是倾国。[2]

虽然这位西域女子的故事或许并不存在，但在时代稍后的西域，却不断上演着倾国倾城的悲喜剧。

一幕关于倾国的喜剧，发生在汉宣帝时：

那时汉朝远嫁乌孙的解忧公主，派女儿弟史往长安学琴归来，途经龟兹。

龟兹新王绛宾对这位有着汉与乌孙血统的少女一见钟情，不愿她离去。

最终解忧公主允了他俩的婚事，又上书宣帝，希望弟史能像宗室一样入朝。而龟兹王绛宾也深爱自己的夫人，亦上书宣帝，称自己得娶汉的外孙女为妻，作为汉家女婿，希望能与公主之女一同入朝。元康元年，夫妇俩同赴长安朝贺，获赐颇丰，弟史更是得到汉家公主的封号。夫妇在长安留居一年，这才满载而归。[3]

若人们去这时候的龟兹游览，远远就会看见仿汉长安城修筑的城墙。流经城池的河流阻隔了沙漠的炎热，带来了开垦良好的肥沃田地和悬挂着石榴、葡萄的果园。

走进城去，听得到城里市声喧嚣，往来的行人并非只是龟兹本地居民，还有不少北道商路上各国欲往汉贸易丝绸的商队在此停歇——但把龟兹本地人辨认出来很容易，因为在龟兹国王绛宾与王后弟史的治理下，龟兹悉数仿效了汉朝的衣冠制度、宫室、道路、仪仗、音乐、礼法，与西域别国的人不大相同。若看见西域本地面孔的人，穿着汉式的服装，对来人致以汉语的问候，并不是什么奇怪的事。

《汉书》记载，有西域别国人用"驴非驴、马非马、若龟兹王、所谓骡也"嘲笑龟兹对汉文化的狂热，但这话显然是出于对龟兹富庶的嫉妒。而这份富庶，正是通过与中原友好交流才得以获得的。

稍后的西域，却又是一幕关于倾城的悲剧：

汉宣帝时匈奴内乱，五单于争立，呼韩邪单于与郅支单于攻伐不断。呼韩邪单于南下归附汉朝；而匈奴郅支王杀死汉朝派来的使节，又听闻呼韩邪单于得到汉朝援助变强，于是向西域的康居国迁去。

康居王想要借郅支单于的威名来威胁西域诸国，将女儿嫁与郅支单于，又娶郅支单于之女为妻。郅支单于数次攻打乌孙，威名尊重以后渐渐乘胜而骄，终于不被康居王所礼遇。郅支单于一怒之下杀死康居王之女，又杀康居的贵人、人民数百，肢解尸体投入河中。接着还欺压西域诸国，强令各国贡献。[4]

若前往这时候的康居，大概只会看到被血染红的河流、民生凋敝的城市和辛苦劳役着为匈奴筑城的西域百姓。

西域诸国既受匈奴侵犯[5]，当时远如大宛、大月氏等国，都纷纷遣使朝汉，请求汉朝维护西域和平。于阗诸国国王、贵人们更有不少亲自前往长安。

直到汉元帝建昭三年（前36年），西域都护甘延寿和副校尉陈汤联合西域兵力，讨伐匈奴郅支单于。敌人企图敌对分裂的阴谋，最终以"明犯强汉者，虽远必诛"的结尾告终。

本篇故事，便发生在这段历史之中。

一方面，康居国派出了一队使者往汉地贡献。但因为康居帮助了匈奴郅支单于，且数度攻击汉的"外孙"乌孙国，所以汉朝对康居的使节百般刁难。与此同时，以于阗国为首的诸国使节，正要从汉地返归西域。而龟兹国的国王绛宾，此时已身患重病四年，王后弟史上书汉朝，请求派遣医生前往治疗。

当时路上供人歇息的驿站（也就是敦煌郡悬泉置），将他们的往来如实地记录了下来。随着考古工作者对悬泉置遗址的发掘，这些两千多年前的旅客的故事又重新为我们所见。

《悬泉微澜》中，假设这三队人马在此相遇。

鄯善国王母与龟兹王子丞德，都是真实存在的人物。丞德是龟兹王绛宾之子，得名大约是因"承汉之德"的缘故。直到绛宾死后，丞德继位为王，仍自称是汉的外孙，常常来汉朝见，汉家天子对待他也很亲密。

而鄯善国，即原本的楼兰国。几代楼兰王夹在汉与匈奴之间，"不两属无以自安"，一面苦于匈奴压迫，一面苦于迎送汉往西域的使节。后来，新继位的楼兰王安归开始亲近匈奴，屡屡劫杀汉朝与西域别国往汉朝贡的使者。在汉昭帝元凤四年（前77年）时，大将军霍光派遣傅介子前往刺杀楼兰王。傅介子轻装率领勇士，以赐予楼兰黄金丝绸为名，诈楼兰王出，两壮士从后刺杀楼兰王。此后，汉朝另立安归之弟尉屠耆为王，又更改楼兰国名为鄯善，赐宫女为鄯善王夫人。[6]

这位没有留下名姓的宫女，或许没有留下解忧公主那样力挽狂澜、守护西域的伟大功业，也未如昭君出塞前那般"丰容靓饰，光明汉宫，顾景裴回，竦动左右"[7]。但她柔弱的双肩仍负担着与她们同样沉重的使命。悬泉置出土的汉代简牍中，留下了她与鄯善王派遣使者来汉朝贡的记录。

至于春君之名，来自1906年斯坦因在新疆尼雅遗址发现的汉精绝国时期的汉文木简上的记载。其中一枚木简上写着：

> 奉谨以琅玕一致问（正面）
>
> 春君幸毋相忘（背面）

奉谨以琅玕一致问
春君幸毋相忘

琅玕即一种美玉，被送与当时一位名为春君的女子。几十年前周作人先生见到此简，误把它当作了情书，因而作诗一首："琅玕珍重奉春君，绝塞荒寒寄此身，竹简未枯心未烂，千年谁与更招魂。"殊不知，"幸毋相忘"只是汉地优雅却寻常的问候话语。所谓爱情，不过是今人空寄的一场相思。

而在另几枚木简上，一枚书"臣承德叩头谨以玫瑰一再拜致问（正面） 大王（背面）"；一枚书"太子、太子美夫人叩头谨以琅玕一致问（正面） 夫人春君（背面）。"——《悬泉微澜》中精绝国王女春君对龟兹国太子承德的爱情便由此敷演而来。

大王
臣承德叩头谨以玫瑰一再拜致问

尼雅遗址出土汉简

在故事的结尾，在鄯善国王母的安排下，春君终于在悬泉置和承德再次相逢。往昔的梦魇解除，真相从此分明。

承德终于还是当回了龟兹太子。他偶尔会

从龟兹送来谒问的木简，还随赠致意的美玉。接着，送来的木简上记录变作了两个人，另一个人是龟兹太子的夫人，她是远近闻名的美人。春君命人把这些东西悉数埋在故乡精绝，也埋葬了她曾经的爱恋。

　　岁月漫长，时光推移，暮色的城门同时向故事中的人们打开，直到往昔的一切逐渐消泯在西域大风吹起的尘埃之中⋯⋯

【专题】行于汉朝

从长安到敦煌，从敦煌到西域

自秦一统天下之后，以秦都城咸阳为中心向四方辐射，逐渐建立起了一套全国性的道路网络。最高规格的是驰道。

秦始皇巡行天下，车马便行驶在驰道上。驰道东到燕齐，南达吴楚，江湖之上、东海之滨，无所不至。驰道皆宽五十步，路基夯土坚实隆高，并又用金属工具夯击平整道路以求安稳，道旁每隔三丈栽种松柏树木。[8]除帝王车马之外，其余人等非经特许，不得行驰道之中。汉承秦制，又进一步拓修完善秦驰道。在京畿三辅之地，这种大道如都城中一样，修作三道，中央一条驰道仅供帝王所用。获得特许行走驰道者，也不能行驰道中央三丈。[9]驰道两侧各有一条稍窄的"旁道"，才供臣民车马通行。在天下郡国之中，也有大量驰道延伸铺展着。只是未曾见有如"畿辅"地区那般严格的道路禁令。

随着疆土的扩展，汉朝又延伸出了不少新的道路。故事中长安与西域交通的道路便是其一。从长安出发，想要前往西域，最快捷的道路便是向着黄河以西的武威郡直走。这条道路的前半段被称为"高平道"。走完此道之后，便来到了河西。接着走上河西道，经武威、张掖、酒泉，到达敦煌郡。[10]

从长安到敦煌，有一千八百余里。寻常官吏、商队行走，需要四十余日。若遇极紧要的军情，用快马急报朝廷，只需要七八天。

行到敦煌西部边界的玉门关或阳关，出关便是西域。出阳关往西为大道。从鄯善傍南山北，渡河西行至莎车，为当时的西域南道。再翻越葱岭，可以到达更西的大月氏、安息。出玉门关往西为支道。自车师前王廷沿着北山前行，渡河西行至疏勒，为当时西域北道。翻越葱岭，则出大宛、康居、奄蔡等国。[1]

汉朝人对世界的探索进程中，总是难免武力的征服。但汉朝人并非以谋取利益为目的，始终以宣扬国威、结好友邻为实。

自张骞"凿空"、开辟西域道路以来，汉与西域诸国的关系日益密切。虽张骞两次出使西域，一次为联合大月氏，一次为联合乌孙，都是为了寻求在军事上钳制匈奴，但此举也大大便利了商队贸易。

首先通畅起来的便是西域南道。

一方面，西域各国的商人前往汉朝，他们常假托使节奉献的名义前往中原，以西方的香料、宝石、骏马等诸多产物换取汉地的丝绸、漆器、黄金、铁器。

虽然汉地从未刻意保护制造丝绸的秘密[12]，但西方人还是很晚才学会用蚕桑。于是西方贵妇们拖曳丝绸衣裳行走时沙沙响的声音，在商人们耳中如同黄金撞击般悦

仓松去鸾鸟六十五里
鸾鸟去小张掖六十里
小张掖去姑臧六十七里
姑臧去显美七十五里

氐池去觻得五十里
觻得去昭武六十二里府下
昭武去祁连置六十一里
祁连置去表是七十里

玉门去沙头九十九里
沙头去乾齐八十五里
乾齐去渊泉五十八里
右酒泉郡县置十一·六百九十四里

河西道传置道里簿，敦煌县悬泉置遗址出土，甘肃省博物馆藏
韩博文主编，《甘肃丝绸之路文明》，科学出版社，2008年，第72页

耳。他们心满意足地返归故乡，借由丝绸贸易获得可观利润的同时，也把东方汉朝的故事传到更遥远的西方。不过，这些携带着大量财富往返的队伍，也令沿途的强盗们眼红。唯有刀剑能平息他们不安分的心。因而汉朝往往派专使护送远道而来的客人返归西域，以防他们途中为贼寇所害。

另一方面，汉朝使节也纷纷前往西域，以图效仿张骞，建功立业。他们携带着黄金、丝绸，用于沿途交易甚至直接赐予，一度大受西域诸国欢迎。

然而此时的西域仍有数国并不归附汉朝。一支使节队伍，即便护卫的士卒一百余人，分五队轮流守夜，仍时时遭到侵盗。途中小国，有的贫弱无力供给使节食物，有的凶狠狡猾不肯接待汉使。使者即便拿着汉朝的符节也不管用，只能在途中山谷间忍饥挨饿，又遭各种疾病侵扰。西域的道路亦多艰难险阻。在山险谷深处，骑马的与步行的相互扶持，一走便是二千多里，一旦跌落山谷便是粉身碎骨。若是遇着匈奴奇兵拦击，更是难以逃避。

因此，在西域的部分道路上，也列有亭障烽燧以维护安全。又设使者保护当地屯田积蓄粮食以供给出使外国的人。

汉宣帝神爵二年（前60年），匈奴右地乖乱，日逐王率数万骑来降汉朝。当时汉朝的护南道诸国使者郑吉迎接。此后西域北道也得以畅通，郑吉被任命为西域都护，设都护府于距离龟兹不远的乌垒城。[13]

新莽、东汉时，与西域的交流数度断绝。但其间也有过班超、班勇等人定西域的壮举，使得当时的西域再度纳质内属。

东汉永元九年（97年），时任西域都护的班超派遣下属甘英出使大秦（罗马）。甘英一路西行，最终到达条支国海滨。甘英欲渡海前行，安息国的船员却说："海水广大，往来者遇着顺风也需要三月才能渡过；若遇着逆风，也有需要两年的。因此出海的人都需要准备三年的粮食。而且在海上有异物善于迷惑人思恋故土，常有人死亡。"甘英才不得不返回。[14]

但在不久后，安息、条支诸国，都曾遣使者来汉朝"重译贡献"。

汉和帝永元十二年（100年）时，甚至有了更遥远的西方国家来访汉朝。一支蒙奇兜勒（马其顿）大商人梅斯派遣的商队由陆上商路前行，到汉朝来访，东汉朝廷将他们当作远来内附的国家使者，甚至赐予了王者所用的金印紫绶。[15]

汉桓帝延熹九年（166年），一支商队也以大秦王安敦（罗马皇帝）使者的名义，转而采用海上的商路前往汉朝贸易。[16]

这些使节与商人走过的道路，在十九世纪末有了一个为人所熟悉的名字——丝绸之路。[17]

出行准备

汉朝普通百姓近距离移动多是步行，即便携带了重物，用"辇"、"鹿车"一类的人力车推动便也足够。而富贵者们出行，各式供人乘坐车辆是必不可少。

轺车是最常见的车型。其车箱四面敞开，以便远望。无论是富商大贾，还是贵胄高官，都喜爱乘坐轺车。轺车也是财富的象征，一个大商人，甚至可以拥有轺车百乘。[18]

因此，汉景帝决定把官吏的车驾衣服与民众区别开来。于是规定二千石以上官员所乘的车，车箱两侧装上朱红色的长板"轓"；六百石以上至千石的官吏车上的"轓"则只能左侧为朱红色。[19]汉朝人口中常念的话有一句"仕宦不止车生耳"[20]，指的正是一路高升当上了大官，连车都要安装轓。

"郎中时车"　　　　　　　　　　"供北陵令时车"

"巴郡太守时车"

仕宦不止车生耳（东汉壁画），荥阳苌村汉墓出土
邓本章总主编：《中原文化大典·文物典·壁画》，中州古籍出版社，2008年，第123页

　　若要仔细辨认乘车官员的等级，还可以观察车盖。二百石以下官员车用白布盖，三百石以上用黑布盖，千石用黑缯盖，王用青盖。[21]

　　贵家女子出行，不便抛头露面，往往使用车箱四面屏蔽严密、悬挂帷幕，仅在侧边开窗的"安车辎軿"。所谓"安车"，指的是相对于立乘而言，可以在车箱安然坐下。

　　用来驾车的牲畜，以马为最多。

　　如果能熟练地在没有马镫的时代骑马，出行也比较快捷。汉朝时还有不少异域名马传入中原。武帝时张骞从乌孙得骏马数十，汉武帝大喜之下名其为"天马"。后来细君公主远嫁乌孙，乌孙的聘礼仍有骏马千匹。李

立车

安车（秦）

1980年陕西临潼秦始皇帝陵区铜车马葬坑出土

广利远征大宛后，又献上大宛所产的汗血宝马。汉武帝于是更乌孙马名为"西极"，改称大宛马为"天马"。

骑马在汉朝颇为流行，就连皇帝微服出游，也常常是骑马出入市里郊野。

骑牛或使用牛来驾车，会被笑话寒酸。寻常百姓才使用牛来运货，破落贵族乘牛车是贫穷的表现。[22] 不过，东汉的开国皇帝刘秀，在骑兵反抗新莽之初，就曾无马而只能骑牛。[23] 又过了几十年，牛车开始在士大夫中间流行开来。到了东汉末年，牛车已经广为流行，上至帝王，下至士庶，都以为常乘。[24]

行旅道中

在汉朝境内，寻找住处不算难事。大道途中，都设有亭、邮、驿、传、置。

亭是最基本的单位，大约每十里一亭，设亭长负责一亭之事，率领求盗、亭父等，负责沿途治安。亭又兼作客舍，百姓们也可在此求得住宿。邮、驿、传是道路上负责传送文书的站点，只是传递方式略有不同。以车传递名"传"，以人传递名"邮"，以马传递名"驿"。每隔一日路程（通常大约五十至七十里左右），便普遍设置有负责提供往来旅客食宿的"传舍"。在中原地区，传舍多依托城邑而设，或在城中，或在城外。但在边陲地区人烟稀少之地，传舍便往往与负责交接传递文书的"驿"同置一处，孤零零地修筑在荒野道旁，作为驿传中的停驻之所，得名为"置"。

本篇故事中的敦煌郡悬泉置，就是这样一处地方。虽名为"置"，但实际下面设有传舍、厨、厩、驿、骑置五个部门：

置：设主官置啬夫、副官置丞、置佐等，负责处理全置事务；

传舍：设传舍啬夫、传舍佐等，负责住宿事宜；

食厨：设厨啬夫、厨佐等，负责管理粮食出入、制作饮食；

厩：设厩啬夫、厩佐、厩御、徒等以及马医，负责饲养马匹；

驿：设驿佐、驿骑、驿史、驿卒等，负责公文传递；

骑置：为皇帝和朝廷传送军情急报。

这些传舍通常只接待过往官吏。只要公务在身，出示官府开具的证明"传"，便可免费在传舍中留宿。

"传"上需详细写明开具者为谁，以及持用者的官职、任务与目的地等信息，附上"当舍传舍，从者如律令"字样，最后封检好。传舍官吏拆开封检核验无误后，应当据此依律令规定提供符合来者身份的膳食、住宿。

传舍亦备有车马，称为"传车"、"传马"，若遇着特殊情况，来者可以凭借传来动用。

官吏还得抄写一份"传"的副本（当时称为"副"）留作档案。提供饭食、刍藁等情况，所动用的车马等项，也都应具体记录在案，定期汇总上报。

持用者离开时，官吏会在传上注明日期并重新封好，交与持用者带到下一处传舍。

一日之计

出行在外，通常只能靠天上太阳的出没及位置来大致判断所处的时间。这对一般旅人而言，或许已足够；但若是官吏们传递文书，时间则有严格规定。

当时所利用的计时工具，常见的有"圭"和"漏"。"圭"是平置于地面的土圭，通过测量日影长度测定时间。"漏"是圆筒形的壶，内盛满水，壶底侧边开有漏水的水管，壶中央安插着刻度的浮箭；漏壶起漏后，随着壶中水逐渐滴漏，浮箭也随之下沉，进而便得以观察箭上刻度来得到具体时间。

西汉时广泛使用的计时制度是十六时制。一个传递文书的邮人，一时应行十里，一昼夜便是一百六十里。若有延迟，便是"不中程"，会依照延误的路程受处罚。

铜漏壶（西汉）
满城汉墓出土
河北博物院编：《大汉绝唱·满城汉墓》，文物出版社，2014年，第182页只是十六时制在传世的历史文献中并无明确的记载，关于具体的时段、时序，目前都存在争议。

另一种出现很早的时制是十二时制。但在西汉时，民间普遍使用十六时制，十二时制仅为历法家等少数人使用。百姓只有在查阅《日书》来判断时日吉凶时，才会用到十二时制。直到东汉章帝时，随着四分历的颁行，十二时制才逐渐推行开来。

东汉时流行的十二时制与十二地支、24小时制对应如下：

鸡鸣	丑	01：00—03：00
平旦	寅	03：00—05：00
日出	卯	05：00—07：00
食时	辰	07：00—09：00
隅中	巳	09：00—11：00
日中	午	11：00—13：00
日昳	未	13：00—15：00
晡时	申	15：00—17：00
日入	酉	17：00—19：00
黄昏	戌	19：00—21：00
人定	亥	21：00—23：00
夜半	子	23：00—01：00

1 《后汉书》卷四七《班超传》注引《古今乐录》："横吹，胡乐也。张骞入西域，传其法于长安，唯得《摩诃兜勒》一曲，李延年因之更造新声二十八解，乘舆以为武乐。"

2 这里参考了鲁西奇先生的见解。见鲁西奇《何草不黄——〈汉书〉断章解义》，广西师范大学出版社，2015年，第35页。

3 《汉书》卷九六《西域传下》。

4 《汉书》卷七〇《陈汤传》。

5 如《汉书》卷七〇《陈汤传》陈汤与甘延寿谋："西域本属匈奴，今郅支单于威名远闻，侵陵乌孙、大宛，常为康居画计，欲降服之。如得此二国，北击伊列，西取安息，南排月氏、乌弋山离，数年之间，城郭诸国危矣。"

6 《汉书》卷七〇《傅介子传》。

7 《后汉书》卷八九《南匈奴列传》言汉元帝时事。

8 《汉书》卷五一《贾山传》贾山言秦"驰道之丽"曰："为驰道于天下，东穷燕齐，南极吴楚，江湖之上，濒海之观毕至。道广五十步，三丈而树，厚筑其外，隐以金椎，树以青松。"

9 《汉书》卷七二《鲍宣传》如淳曰："令诸使有制得行驰道中者，行旁道，无得行中央三丈也。"

10 关于这段道路的复原，可参见初世宾：《汉简长安至河西的驿道》，《简帛研究二〇〇五》，广西师范大学出版社，2008年。

11 《汉书》卷九六《西域传》。

12 "东国"严禁蚕桑出口的故事，晚见于《大唐西域记》中于阗国"传丝公主"传说。实际上汉朝在西域垦殖屯田的同时，也传播了当时较为先进的农桑技术。

13 事见《汉书》卷九六《西域传》；又见《汉书》卷七〇《郑吉传》。

14 《后汉书》卷八八《西域传》。

15 见托勒密《地理学》引述马林努斯《地理学导论》；又见《后汉书》卷四《和帝纪》。参见杨共乐：《"丝绸之路"研究中的几个问题——与〈公元100年罗马商团的中国之行〉一文作者商榷》，《北京师范大学学报》（社会科学版）1997年第1期。

16 《后汉书》卷八八《西域传》："桓帝延熹九年，大秦王安敦遣使自日南徼外献象牙、犀角、玳瑁，始乃一通焉。"

17 "丝绸之路"一词不见于古代文献，19世纪末由德国学者李希霍芬首先提出，泛指欧亚大陆之间贩运丝绸的交通路线。

18 《史记》卷一二九《货殖列传》。

19 《汉书》卷五《景帝纪》。

20 《太平御览》卷四九六引《汉官仪》:"里语云:'仕宦不止车生耳。'"

21 《续汉书·舆服志上》。

22 《史记》卷五九《五宗世家》:"其后诸侯贫者或乘牛车。"

23 《后汉书》卷一《光武帝纪》:"光武初骑牛,杀新野尉乃得马。"

24 《晋书》卷二五《舆服志》:"古之贵者不乘牛车。汉武帝推恩之末,诸侯寡弱,贫者至乘牛车,其后稍见贵之。自灵献以来,天子至士遂以为常乘,至尊出朝堂举哀乘之。"

第六章

神鸟遗恨

行行重行行，与君生别离。

相去万余里，各在天一涯。

道路阻且长，会面安可知。

胡马依北风，越鸟巢南枝。

相去日已远，衣带日已缓。

浮云蔽白日，游子不顾返。

思君令人老，岁月忽已晚。

弃捐勿复道，努力加餐饭。

——《古诗十九首·行行重行行》

在内室里，遗羽已着意修饰了一番，季媪正替她绾发，高髻将成，只待最后加上玉簪固髻。听闻外室二人言语，遗羽却突然挣开季媪的手，气鼓鼓地起身出来。

【1】

六月初的东海郡，雨总是细密地下着。远山近树尽隐在烟里雾里，大小道路泥泞难行。即便是驿置间的官道，县廷掾吏亦未及征发百姓前来修补。因此许多心急的人，也不得不缩短每日应走的路程，而把到达终点的日子延长。

师饶便是那么个人。离了楚国彭城，晓行暮宿，等远远地能够望见东海郡治所在的郯城时，已过三日，人也累极。

雨停歇时日近衔山。在马车上凭轼远眺，但见鸡栖于埘，羊牛下来。田中荷锄的农人、旗亭罢市的商人，皆有所归。大约家中莫不有妻小倚着荆扉相候，厨下莫不备着热腾腾的饭菜。

师饶不由想到数十里外家乡东安侯国的外姑季媪与女儿遗羽了。爱妻阿横多年前去世，自己这为人婿、为人父的，平日忙于公务，难得休沐归家，长久以来家中唯有祖孙两人。这时候她俩用过夕食了么？在做什么呢？实在很想回家乡安闲地过几日，不过既然在府中谋得一官半职，只得整日为公务奔波。此次被东海太守遣去楚国治事，便因故停留了数月。虽只是食禄百石的卒史，但楚国国相、内史皆待自己礼遇有加，甚至在楚国南春单独备下了清净的住宅以便自己处理事务。虽然友人薛卿、董卿诸人偶尔前来拜访，但更多的时候是独自面对繁冗的案牍。实在厌烦，可又怎能懈怠！

一辆马车停在了太守府前，有人叫了一声"师君兄"，师饶才回过神来——"君兄"是师饶的字。一看，原来是同为卒史的老友赵君孙。他年初曾前往长安，上报本郡户籍租税之类的情况，大约也是归来不久。他身旁站着府中跟随自己学习律令的弟子，是个上进的年轻人，复姓宪丘，字骄孺。

相互见礼，寒暄一阵，等师饶入府往太守处交代了公事，天色已晚，赵君孙便邀府中诸吏置酒共话。

白日里案牍劳形，此刻日仄下曹，诸吏闲话之余，皆想听听师饶在楚国的见闻。可师饶在楚国所见，无非是与楚相、内史的奏对，无甚可讲。倒是赵君孙为师饶解了围——他因去岁往长安上计的缘故，曾在京畿勾留了月余，见闻不少，此刻不由侃侃而谈。

长安方面的消息，有些是煌煌诏令颁行天下，无人不晓；有些却是皇帝的"家务"，只有在三辅才有机会知道内情：如后宫中昭仪赵氏残害皇子云云。又如去年大司马卫将军王商薨，官职原应替以其弟红阳侯王立。然而此人怀奸欺上，狡猾不道，丞相司直孙宝按验发其奸事，王立身为帝舅得以不死，这官职却仍由外戚曲阳侯王根捡了便宜。

"唉，如今外戚当权，左不过是太后王氏一族！"师饶在心中感叹。

"不过——这也是去年的事：年号改元'元延'，陛下又下诏，令公卿与内郡国推举方正能直言者各一人，边郡则举勇猛知兵法者各一人啊！"也有人仍不忘颂扬圣德。

"说起来前些年天子诏举贤良方正，郡里不是推举师君兄么！"赵君孙不胜赞叹地说，"在下此次去往长安，长安令兒威卿还提起君呐！"

侍立师饶身侧的弟子宪丘骄孺闻言，眼中亦满是倾慕之情。

"不过，既是贤良，自当前往别郡担任高官，又为何侧身我等小吏之间？"有人低声质问。

"鄙人才疏学浅，只得以病请辞，幸而未让故太守担上举人不实的罪过！"师饶闻言这么回答。

"哪里的事！论起律令文法，前太守西郭君还得尊君兄一声'夫子'呐！那一年在长安，长安令兒威卿赏识君兄，甚至欲将息女嫁与君兄，但君兄早已娶妻，兒君此次提起还觉大憾！"赵君孙补充道。

师饶突将手中酒杯往案上重重一搁，把赵君孙正讲得起劲的话头拦住，冷着脸道："过去的事，不提也罢！"

举座都觉疑惑，赵君孙却是了解的，趁行酒时低声对人道："那年山阳铁官亡徒暴动，首领自称将军，攻杀长史，盗库兵，历经郡国十九。掠夺到咱们东海郡时，君兄夫人为护幼女，身中流矢而亡。那时君兄在长安得官，本是归来接妻子赴任的，却只见老媪幼女对一座孤坟。他大病不起，幸而得女儿照顾。如今君兄病是大好了，仍不敢远行，咱们太守也是恭敬地'请'了来，辟为卒史，甚至有意托他署功曹之事。周围诸郡国有了疑难的狱事，也常来请他过去。"

闻者不免感慨，知道了其中原委，席间气氛才又恢复融洽。

等到席散人辞，师饶独自回到太守府中住处。

天上也无月，阴云压着可怕的沉默，直至雨又流出哀哀的声音，风吹得舍中灯焰昏昏。连往来相伴自己的壁影也隐在黑暗之中。此刻他不再是人前那精明的文法吏，显出了些颓态。箕踞而坐，为了放松那酸痛已久的腿部——在自己房中，这无关紧要。

爱妻故后，大概是悲恸过度，加之东海卑湿，师饶的病态渐渐显现了出来。然而家中还有阿横之母季媪与女儿遗羽，上待孝，下待慈，总得寻一份差事，自己又不愿远离阿横之墓在别处任官，只得答应郡守相请，被征为卒史。

一想到女儿遗羽，师饶悲伤的心总算是得了些安慰。她虽然无法分担他任吏的辛劳，但在家中尽力孝顺父亲，细心照料他的饮食起居。连书写用的简牍，她都细心削刮平整置于案上。季媪眼神不好，家中缝补之事也是女儿一手操持。虽然家中没了阿横的身影，但日子还算安稳。或者说实在太过平静，如自己身上穿的旧布单衣——在阿横缝补过的痕迹上，女儿又重新补过——如今也洗涤干净打理平整，可终究让人觉得黯淡。

遗羽和她母亲的面貌是如此相像。想起亡妻，师饶常是心痛如绞。因此即便是朝夕饮食，也不过祖孙三人相对无言。意味阑珊，情绪萧索，是如此寂寞得近乎凄凉。

不过……依汉制"五日得一休沐"，在楚国一连辛劳了数月，应享的休沐日数如今叠在一起，可以归家休息些时日了。在那之前，可以先去旗亭市场为女儿买一件罗襦——师饶想象着遗羽见到新衣时惊喜的笑容。

现在女儿身高几何呢？如今她年纪是十五，还是十六？是得劳烦媒妁定下婚姻了吧？师饶心中一个声音连连问道。

不，不，她还是个不懂事的小孩呢。另一个声音回答。

【2】

到家是六月初六。难得的晴好天气，夏日里风光甚佳，远远望去，有江畔拂风的一堤垂柳、水塘带露的初绽新荷。然而师饶急于归家，又有所思，无心领略。

等走到家门前，只见蝎虫在桑树上爬动着，葫芦的藤蔓爬上了屋檐，甚至悬下几枚果实。屋外也无人洒扫，木柱上生有爬虫，门户上留有蛛网。

师饶喊一声"遗羽"，却只见季媪拄着鸠杖前来应门。

大汉以孝治天下，季媪年已七十，因此朝廷新赐下鸠杖来。今上早在建始二年时便下令：获赐鸠杖的老人，地位可当六百石之官吏，进入官廷不用小步疾走。即使犯耐罪以上，在无人起诉之前，若有人征召其服役或侮辱，则此人是大逆不道之罪。犹记得颁赐鸠杖的时候，女儿甚至笑言："咱们家，如今倒是外大母的官爵最高，竟把父亲给比下去了！"

季媪亦忍俊不禁，对师饶道："以后你可不许凶我外孙女，否则老妇去太守府找胡府君去！"

遗羽与季媪最亲，此刻家中却仅留季媪一人，师饶不由疑惑："阿媪，遗羽去何处了？"

"县庭捕到先前山阳铁官作乱的亡徒余众，无分男女老幼，一律皆斩。眼看今日就要弃市，她非要去看！"季媪叹气连连，"唉唉，老妇可见不得那些打打杀杀……虽暴徒该死，可他们难道不是活不下去才反抗的百姓？这未免太过残酷！"

"阿媪不过是妇人之仁！何不想想那些战乱中无辜死去的吏民们，他们可……"师饶讲到此处，见季媪脸色大变，必是想起了亡妻阿横，不由自悔失言。二人都静立着不说话，宁静中带着无可理喻的苦闷。

看着季媪蹒跚着走回屋去，师饶愈觉歉然，站在院里不说话，心头如打翻了热醋一般。

"好了！家里总是少了一个人，老妇知道这三年来你的苦处！"季媪转过身来，放缓了语气，"进来！老妇有话与你说。"

这话说得玄妙。平日里忆起阿横来，季媪总是叹息落泪，今日神情却是不同。

等二人在屋内坐定，季媪终于起了话头："正好此时外孙女不在，老妇便问问你吧！"季媪年纪虽大，实则遇事精明非常，讲起话来亦词锋流利，"女婿可想过续弦么？小女已经去了三年，如今阿媪倒是为你觅得一位女子！"

师饶一惊，正欲说话。季媪忙道："阿媪说的这个人，你大约也知晓，是本郡大儒东公之女！十年前东公病故，她母亲凌氏邑君怀念亡人，数日不进饮食，亦随东公去了。族中欺他家无子，巧取豪夺，财产分尽，连葬礼亦草草了事……父母生前没替这女子找个合适的夫婿，如今她孤苦一人，甚至被恶徒卖作了女婢。她母亲凌氏惠平是本郡有名的美人，阿媪央人去看过了，女儿容貌品性也都像她！先前你族兄子夏归还了往岁借的八万钱，老妇便用此钱买下她来——喏，这里是赎身的契券！过几日就过来。"季媪说着，轻轻将一枚木质契券放在师饶席前。

阿横故后，师饶被太守辟为属吏，时常还兼署官府中法曹、功曹、秩次虽只百石，却是太守心腹，所谓"郡之极位"、素来号称"极右曹"的。平日里说媒的人不少——他壮年丧妻，没有理由不续娶，但都被师饶一一婉拒。眼下季媪话却说得这般明白，师饶想再装糊涂也不能。只得离席伏地，正色对季媪行礼道："母亲！儿待阿横始终如一，自她以后，再无娶妻的心思！此话请母亲勿要再提！"

季媪听他这样说，却还不死心："是嫌她如今地位卑贱么？就算不为妻，为妾也好！如今阿媪年老，不知还有几岁可活；遗羽也到了该嫁人的时候，你总得要有个妇人持家……"

"苍天！苍天！天既生我，何不佑我？"师饶顿时心中大悲，顿足捶胸，"儿犹记迎娶阿横那日，是阿母亲结其缡，是儿九十其仪才娶她为妻……三年前，儿若非念想家有老母幼女，亦如那凌氏邑君一般，早萌与阿横同死之念——阿横也知我心，临死前写与我的遗书，我至今记得——"

佐子佐子！涕泣候下：

何恋亘家，愿汝欲俱。日为君故，我求不死。死生有期，各不同时。今虽随我，将何益哉？见危受命，妄志所持。以死伤生，圣人禁之。疾行去矣，更索贤妇。勿听后母，愁苦孤子……

闻得师饶念起阿横的遗言，想起自己丈夫早逝、儿女皆亡，季媪不由涕泣纵横。

此时师饶却转而想起遗羽，拭泪向季媪道："阿媪，那女子的经历、可再述一遍么？"

季媪仍在悲痛之中，未解师饶所想，只仍旧复述了一次。师饶听着却惊出一身冷汗：遗羽的境遇，岂不是和那女子仿佛么！如今尚有父亲在堂，还可托人觅一桩好婚姻。可自己一身病痛，自知命不长矣，即将与爱妻相聚，只是人前硬撑着精神。若是先去了，家中便只余下一个老妇，一个少女。持家或有族人帮衬，可婚姻之事若是走眼，她岂不是误了终身？

心有所思，自然现于颜色："过几日儿当赶回郡治，为遗羽觅一门亲事！等她回来，我便问问她的意思。"

【3】

主张一定，便不迟疑。同郡同乡的好男子不知都有哪些？该如何去选？师饶开始细细为女儿谋划起来。

首先那人应谨敕于家事、顺悌于伦党、可为乡里之表率；他还得是作健晓惠、文法无害，可效力于县廷的；信诚笃行、理事廉正的品性更不能少；假使通经术、名行高，能达于从政、宽和有固守，有朝一日扬名于公辅，女儿岂不是也成了尊贵的邑君、夫人？若再是才高卓绝，疏殊于众，多筹大略，能图世建功者，堪为天下之士，自己能为女儿寻着一个，死亦瞑目！

越想越是激动，师饶脸上亦浮现了笑容。正如此想着，忽觉背上被人轻推，原是女儿归来了。遗羽果然不再是小孩了，只见她高髻松绾，脸上微微傅粉，穿着的一领绮衣正裁作时下少女间时兴的样式。

"阿翁为何一个人傻笑？我看外大母却好似哭过的样子！"她忍着笑，又伴带着几分怒道："阿翁一去楚国就是数月，是忘了遗羽与外大母么？今日可算是归家了！"

"唉，你若是个男儿就好了！"师饶却不自觉地这么说道。

女儿娇声回应："难道阿翁是嫌弃我么？那女儿走好了！"

"胡说，"师饶弹了女儿额头一下，"你阿翁是在愁如何为你寻个好夫君啊！"

遗羽脸上一红，又羞又恼，"女儿情愿在家侍奉父亲，不婚不嫁，一生独守呢。"

师饶虽觉安慰，却仍得问下去，"你先别急，同阿翁讲讲，喜欢什么样的年轻人？儒生，抑或文吏？"

遗羽贝齿轻咬着下唇，歪头想了想："女儿绝不嫁那些酸文假醋的儒生！"

"难道儒生有什么不好么？"师饶数着指头说道，"自大汉孝武皇帝过后，便大兴儒学。就拿如今京畿的官员来说，他们以《禹贡》治河，以《洪范》察变，以《春秋》决狱，以三百五篇当谏书，岂不是其学极精而有用，治一经得一经之益？"

遗羽却吃吃笑着："女儿不懂阿翁讨的那些书，不过试问，假使河水决口了，就是将那什么《禹贡》，由首一字背诵到末一字，能像巫师念诵灵咒似的使水患平息吗？"见父亲脸上不耐，她又补上一句，"若真只空习儒术便得天下大治，为何又要夺了我阿翁去为律法劳累？又为何要征发百姓为赋役辛苦？"

这倒是问得师饶哑口无言，不过听着女儿顾念自己，心中即便有气，也消失得无影无踪。

"那么官府里习律的后生呢？"师饶问道，不待女儿回话，师饶又急忙否决了自己，"你可别嫁文吏！俗吏所务在于刀笔筐箧，成日劳苦，连家也不沾，还被儒生轻视，有什么好的！且习律令久了，性情难免有失敦厚，又怎能嫁呢……"

女儿闻言却不接话，愣愣地不知想些什么。此时季媪从厨下盛了酸浆上来，这饮料夏日里喝最是凉爽不过。遗羽用晒干剖为两半的瓜瓠掬了一杯，双手奉到师饶面前，似欲说话，又红着脸道："阿翁，我不与你说了！"接着便拉着季媪进了内室。

师饶心里明白，女儿是舍不得父亲。有这样好的女儿，实是人生大慰，可嫁人毕竟是迟早的事。想想自家是世代为吏的良家子，皆立身谨严。如今中年无子，后继乏人，可如何是好！

思前想后，有事在心，师饶夜里睡觉也不得安稳。好容易睡去，梦中只觉与阿横变作了一双飞鸟，自在翔翔于天空，预备筑巢于官府园中。不料辛苦收集的屋材，又被盗鸟偷取。阿横飞去理论，最终却身受重伤……

【4】

一夜辗转反侧，魂梦皆惊。鸡鸣已久，师饶只觉头疼，还不愿起身。

"好哇！阿翁又晏起了！"遗羽进来奉上了朝食，她大概刚栉发盥沐过，半湿的长发随意披散着，"宪丘君早来了，等着见阿翁呢！女儿沐发后不便出去，只好留他一人在院中踱步。他好似有什么急事似的。外大母问他，他又不肯言说！"

师饶倒不觉奇怪。今日是休沐日，弟子得假来探望老师也是应该。

"让他等着。"师饶用过了朝食，又换了新洗好的家常衣物，这才走去唤宪丘骄孺进来。

宪丘骄孺刚入内，不等季媪奉上坐席，便伏地拜在师饶面前："实是有要紧话要陈告夫子！"

"哦？"

话到嘴边，宪丘骄孺却显出颇为为难的模样。

"你说！为师又不会刻意为难你！"

宪丘骄孺闻言，立刻整一整衣襟，免冠叩拜道："学生遇着位故人，原是幼时学生读书所从夫子东公之女，失踪多年，再见时却因山阳亡徒之事复又沦为官婢。学生原想赎买……"他嗫嚅着，"谁知、谁知，却听闻已被夫子买来……"

"原来是这事！"这是昨日季媪不曾对师饶明说的——原来那女子已嫁作人妇，是因着夫君犯了死罪，罪人妻子才照律例没入官署，成为可以买卖的官婢。如何应付此女，正是师饶心中一事，不想宪丘骄孺次日便来提起。师饶爽快答应，"买倒是买了，不过若是你的故人，契券在此，你到时候带她走便是。说起来，到了如今这岁数，你也该有妇人持家了！"

在内室里，遗羽已着意修饰了一番，季媪正替她绾发，高髻将成，只待最后加上玉簪固髻。听闻外室二人言语，遗羽却突然挣开季媪的手，气鼓鼓地起身出来。眼看一头绾好的青丝泻下，玉簪亦摔在地上断作了两截，气得季媪跟了出来："你又使什么脾气！白费老妇半晌梳头工夫！"

遗羽却抬手指着师饶与宪丘骄孺道："你们师徒俩，我可是错看了！还有阿媪，你也瞒着我！"

"你可别为你父亲生气！都是阿媪的错啊！"季媪有些哭笑不得，只好细述起曲折缘故来。

遗羽颇为委屈，终于还是点点头："我，我不怪父亲。"

季媪道："那你更没必要气宪丘君呀！"

"我不生气，我犯得着为他生气吗！"遗羽背过身去，却是显得越发伤心，甚至哭出声来，抽抽噎噎不停。

宪丘骄孺却是脸一红，"那……那女子原是我启蒙恩师之女，又是我义兄之妻。可恩师早死；义兄又因援助山阳铁官亡徒的缘故，受株连而死。她如今是吕氏之妇，已有一子，我赎她是为了助她归乡与孤子团聚，可不是为了要娶她！遗羽，我待你的心，你还不知么？"

遗羽闻言，双眉已渐开展，眼波流转，神情竟好似出水火而登衽席。她转头低声问道："你说的可是真的？"

“若是有假，便让我不得好死！”话音未落，宪丘骄孺还欲继续赌咒发誓。

“你别！”遗羽膝行上前，急欲阻拦，又想起父亲在堂，只得含羞侧身低头，“……可别这么说……”最后仍忍不住用眼光偷偷瞥了宪丘骄孺一眼，见他亦望向自己，又赶紧转过头去。

师饶此时终于明白，前日提及文史，女儿的沉默竟是为了这般！往日里宪丘骄孺便借着学习律令的由头常来拜谒，这边先生施教，那边弟子是则——难怪他学习律令这般努力，竟是因着有佳人在侧。

季媪拉遗羽进去谈话，师饶亦在前堂问起宪丘骄孺来。事已至此，二人想瞒也瞒不住。

原本渺茫的亲事，竟是这般轻易寻觅到了。也好也好！他随自己学习多年，自然精于文法史事；又怀着仁义之心，以儒雅缘饰之，未来为吏为官怎会没有长进！

商量好媒人委禽提亲之日，师饶终于长舒一口气。临别时，又对弟子交代许久。本是喜事，只是师饶的神态语言，都如诀别托孤、嘱咐后事一般，唬得宪丘骄孺避席伏地顿首不迭。

临别时不见遗羽来送。看着宪丘骄孺不顾礼法，伸颈往内室张望，一旁站着的季媪嗤一声笑了出来。

“烦请阿媪去告知一声，就……就说我走了。”宪丘骄孺向季媪深施一礼。

“你等着！”季媪顿了顿鸠杖，走入内室，旋即又拿了先前捧折的半截玉簪交到他手中，"小竖子，她让你收着——若是敢惹老妇外孙女再流一滴泪，有你好看！"话虽严厉，眼中却是满含笑意。

　　等他离去，屋中重归安静，只闻得遗羽坐在织机前"札札"纺织的声音。

　　"阿横，阿横！如今能使你安心了！"师饶在心中默念。

　　阳光照着窗棂，屋外檐前仍有积雨下滴。师饶拈着略已斑白的胡须，起身望出窗外，眼中浮现出似喜非喜的笑影，同时也流出了似悲非悲的泪水。雨后红日初悬，照映着一带江水穿过平畴，一脉远山仍蒙着薄薄的云霭，一架淡淡的虹桥转瞬消逝了……

　　"阿横，人失所爱，易于速老啊。"

【余话】元延二年

1993年春，考古工作者于江苏省连云港市东海县温泉镇尹湾村发现一座汉墓，墓主人是西汉末一位名为师饶的东海郡太守府属吏。随他同葬的，还有诸多简牍文书。[1]据所出木牍的明确纪年，可知墓主人葬于汉成帝元延三年（前10年）。而简牍中又有一篇《元延二年日记》，是师饶自己所记录的该年一年的行事活动。

我们所说的历史，却是他亲身经历的生活。

元延二年（前11年），在汉朝历史中并不算特别重要的一年。即便当时汉帝国已隐隐有了倾颓之忧，然而在东海郡的官府中，一切仍旧有条不紊地运行着，并无多少动荡。即便偶有邻郡发生铁官徒反的波澜，不久也归于沉寂。

师饶先生的生活就要生动得多。通过他这一年的日记，我们还能了解更多细节——当一个郡府属吏颇为辛苦，常年因公务外出，难得归家。历日、当日行到的地方、住处与所交房钱，都在日记中有记录。

在师饶的这一年中，有乐亦有哀。有时友人来访相谈甚欢，有时孤灯独坐愁听夜雨；又有得太守赏识升职的喜，夜里失火的惊，突闻家人去世的悲……

墓中还有记于竹简上的一篇《神乌傅（赋）》，赋中所记略述于下：

阳春三月，万物复苏。在飞翔空中的动物中，乌鸦最为仁孝，却在今岁横遭灾祸。

　　这对乌鸦夫妇，蒙府君仁恩，托身府官，预备筑巢于此中。为夫的雄乌出行在外，不料此时家中辛苦备下的筑巢材料，却被盗乌偷去。为妻的雌乌与盗贼相逢于途中，于是追而呼之，一面陈持家艰难之情，一面晓之以君子礼义。讲理不成，盗乌却反怒作色，更重伤雌乌。

　　雄乌归家，见爱妻已遭惨伤、命不久矣，痛不欲生，只求与爱妻同死。弥留之际的雌乌却言："但愿与夫君长相厮守！然而死生有期，各不同时，如今夫君即便随我而去，又有什么益处？为妻以往与你同甘共苦，见危不避，这样的心志不会改变。如今怎能以我的死拖累于你，圣人的教诲不允许这样。快快去吧，再娶贤妇。只是不要因为后母，委屈我俩的孩子。岂不闻《诗》曰：'营营青蝇，止于樊。岂弟君子，无信谗言'……"言犹未尽，命已将绝，遂投地而亡。

　　雄乌大哀，踟蹰徘徊于亡妻身旁，长叹太息，号呼人间不公：亡乌被患，盗反得完，无所告愬。最终雄乌只得独自高翔而去……[2]

　　由于竹简部分文字漫漶，这个委曲宛转的故事的作者姓甚名谁，我们不得而知。但在本书看来，这很可能与师饶自身的人生经历相关。

　　师饶年少时担任官府小吏，一度蒙太守赏识，任官有望，甚至蒙天子恩泽诏书，随上计官吏一并前往长安。天子的恩泽诏书，离家时亲友赠钱送行的名籍，上计所用的集簿，在长安时与官宦交际使用的名谒，均在墓中发现了相关木牍。

　　师饶原本一路志得意满，谁知归家以后，却惊见爱妻在乱中死去。悲痛之下无能为力，唯有作赋一篇，以寄托对亡妻的悲恸与思念。他不愿因为任官再离家乡，于是仍任职太守府中，凭借一己之才，深受太守倚重，连邻近郡国也请他前去治事。师饶又收有弟子宪丘骄孺，教授为吏之道。

　　故事中的外大母季媪，也是在简牍中有所记录的真实人物。依照《元延二年日记》的记录，她大约在是年年末便去世了。之后，师饶亦故去，他终于得以与爱妻合葬于一处。

　　关于师饶夫妇俩留下儿女的信息，随葬简牍中并无具体提及。因此故事中便取"神乌"的遗意，为师饶的女儿取名"遗羽"。按照故事发展的脉络，有些后话需要交代：

　　为服丧的缘故，遗羽与宪丘骄孺的婚事只得推迟了些时日。他俩婚后的生活，大约仍旧如同师饶夫妇一般，为夫的在官府任职，为妻的持家。

　　可这样的日子持续了二十年后，就迎来了新莽代汉的时代。那时候宪丘骄孺不仕乱世，既不为儒生，也不为文吏；同时也不避恶君，与妻遗羽皆成了任侠的义士，从琅琊吕母起义，加入了反抗新莽暴政的义军中去。听闻在刘秀复汉的行伍中，还有他俩儿女的身影呢。

【专题】仕于汉朝

关于书写

若在汉朝想走仕途为官一道，识得一定数量的文字并能够书写，是最基本的要求。接下来，便带大家前往师饶先生的书房，看看他日常读书写字所使用的文具。

汉朝的毛笔已经颇为精致，往往笔头选用兽毛长毫制作，深栽入笔杆，再用漆粘线缚使其稳固。笔杆长一汉尺，末端削尖，以便簪在鬓边随时取用。

写字所用的墨，以粉末或颗粒状的居多，使用时需要放在板形的砚台上用研子细细研磨，添水调和成为墨汁。汉朝的砚台往往只是圆形或方形的长板，没有后世砚台那样储蓄墨水的功

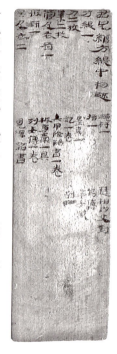

君兄缯方缇中物疏
方缇一
刀二枚
笔二枚
管及衣各一
板研一
筭及衣各一

绳杆一
捂一
墨橐一
记一卷
六甲阴阳书一
板旁橐一
列女傅（赋）一

思泽诏书

楚相内史对
乌傅（赋）
弟子职
列一

师饶使用过的文具及记录诸物的木牍〔西汉〕
尹湾汉墓出土
连云港市博物馆等编，《尹湾汉墓简牍》，中华书局，1997年

能。于是另有砚盒以供存储研磨调和好的
墨汁。

两汉时代的书写材料，以竹木材质
的简与牍最为通行。简牍虽然比较笨重，
但一旦在简牍上书写出错可以直接用小
刀削去、改正。这种小刀被称作"书刀"
或"削"。

简多为窄长的细条。一般一枚简上供
人自上面下书写一行文字；较宽可以书
写两行文字的，被汉朝人直接称作"两
行"。[3]根据书写的内容不同，使用的简的
长度亦有相应规定：皇帝颁布的文书依制
都需使用"两行"，其中策书长二尺[4]，诏
书长一尺一[5]；书写律令用简长三汉尺，
因而在汉代律令又名"三尺法"[6]；寻常
人们通用的简长约一尺。

书写好的简枚数一多，就需要以丝麻
或皮革质地的绳子编连成册；再将写有文
字的一面朝里，收卷起来。

宽度大于两行的，便是"牍"或
"板"，大多是以木材削制。其方便之
处在于，文字不多时，可以直接单行，
不用编连。牍通行的长度为一尺，汉
朝人常常用它来写信，因此书信又得

笔二枚，管〔笔套〕一

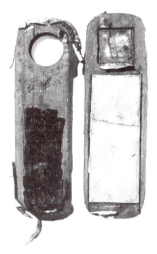

板砚一

刀二枚

尹湾汉墓出十
连云港市博物馆等编，《尹湾汉墓简牍》，中
华书局，1997年

名"尺牍"。人们寄信时为了让信件内容保密，便在牍上盖一块类似大小的木板"封检"，写上收信人姓名地址，再用绳紧紧缠好，于其上押印一块封泥。因简牍宽度有限，汉朝的印章也十分小巧，以便在封检上押印封泥。

重要的文书，多以织物裁制的书囊包裹，再以绳子捆扎囊口，附上木检与封泥，称"封事"。书囊的颜色同时起着区分文书类别的作用。如皇帝玺书用青布表白素里的书囊[7]；宫廷中所用书囊往往为绿色[8]；臣下密奏用皂（黑色）囊[9]；传递紧急情报则用赤白囊[10]。汉文帝时为了俭省，一度把群臣上书奏事的书囊加以再利用，缝制成宫殿的帷幕。[11]

布帛织物也是一种贵重的书写载体，往往被用于誊抄重要的典籍、绘制图画。东汉末年，天下大乱，连宫中收藏的各类帛书典籍，竟也被剖散用于制作实用物件[12]。

另外需要说明的是，在西汉时就已经出现了纸，并已经被用于书写、绘图。东汉时经蔡伦改进造纸术以后，优质的纸开始大量被用于书写。纸也是汉朝人对世界的一大贡献。

陵叩头再拜言
君夫人御者足下毋
不审至不陵不……
从者景君惠大恩……

甘肃玉门关出土西汉墨书麻纸残片

仕途初阶：成为少吏

年满十七，又学会读书写字，人们就可以准备踏入仕途了[13]。但此时大部分汉朝人仍旧不能直接被任命为朝廷官员。在那之前，首先还要成为中央公府或地方郡县的属吏，经历一段在官员手下历练的时期。这也是开始仕途的最佳方式。

汉朝初年尚承秦朝制度，各级官吏无论大小，其任命都要经朝廷过问。但天下郡县既多，需要任命的小吏也多，导致朝廷事务繁琐；加上不久之后由于道家黄老学说"清静无为"思想的流行，朝廷以少事为尚，因此渐渐放任公卿郡县自行征辟属吏而不用上报朝廷。几十年后最终成为一种定制。[14]上至中央公卿，下到地方各州刺史、郡守、国相、县令长，都有了自行任命秩在百石以下的少吏的权力。

与此同时，除了京畿郡县不受限制之外，其余地方郡国长官的属吏依照规定必须选用本郡国的人。长官想任用别郡国的人，必须事先向朝廷申请。

汉朝人想要为吏，首先得要计算家产。这是因为当时的朝廷认为，人们只有在家产足够的时候，踏入官场才不会搜刮贪污；所以家产达到一定数额才能被任用。[15]若为吏时家产减少至不足标准，也会被罢免。

家产足够，加上自身才能被长官们赏识，便可成为一名"属吏"或称"少吏"。少吏依附于长官，为长官办事，如同仆人侍奉主人一般。不过，只要当上少吏，就有了升职的可能。朝廷对少吏也时时优待，赐酒食、赐爵位都较平民百姓为多。

最低级的少吏通名为"佐史"。其中为武的是"亭长"，司禁盗贼，维持基层社会秩序；为文的则是作为具体政务的助理，只需要粗通文字、计算的简单技能即可，有协助处理文书的"书佐"、帮助计算的"用算佐"之类。他们工作辛苦，收入也微薄。当时官吏的工资称"秩"，通常以粮食作为等价物来计算，一个佐史的月俸只有八斛粟米而已。

在佐史之上，郡府县廷中还有各种正式的专项办事员，如令史、狱史、啬夫、游徼等等。担任这些职务有能书会计、治官民颇知律令、文无害[16]（才行兼备）一类更高标准的要求。他们秩为"斗食"（"一日得食斗粟"），月俸总计约有十一斛粟米。

在郡一级的官府，更有卒史。他们就是所谓的"有秩"（"有秩禄之吏"），是少吏中的最高位者，在所有的少吏之中只占一小部分。因为"卒史"是作为协助郡长官的高级办事员而存在着，因此往往选用经验丰富者或是长官亲近信任之人来担任。长官们也常辟除本郡大族豪强子弟为卒史，以便借助其力量进行治理。

郡还在下级派遣部署"官有秩"、"乡有秩"等吏员。从卒史开始，就开始以"石"为计量单位，以年为计时单位来标识秩的等级。卒史秩为百石，但实际俸禄仍按月发放，为十六斛粟米，其中一半折成钱来发放。

西汉时，郡、县的少吏，往往会遇到因事设职的情况。例如在郡太守府中，卒史们分曹治事，即作为主管某一曹（主管本郡某一事务的机构）的掾吏来工作，依照主管事务大小，称"曹史"或"曹掾"，也可以直接以某曹来称呼。直到东汉时他们的职务才逐渐固定为专人专职，事务多的部门又兼分左右曹。

故事里的师饶先生，便在西汉元延二年担任了东海郡功曹史一职。作为太守的重要助手，还要负责管理整个郡府诸曹掾属任免、赏罚一类的人事。郡府又有"督邮"，负责协助太守管理本郡的监察事务。功曹和督邮的权限都很大，因此号称"郡之极位"。

总而言之，百石、斗食、佐史之秩的低级官吏都属于少吏。他们由本地人担任，秩次较低但职务繁忙。即便是师饶先生那样作为太守亲近信任之人，也常常为公务出差在外，在府中则历署几曹事务，过得并不轻松。因此，两汉朝廷也给少吏们加过几次工资[17]。

同时，汉朝的县乡又有三老、孝、悌、力田一类的道德模范或劳动模范，作为民众表率，负责协助吏员们维持风俗教化。他们自身虽并不是在编的正式吏员，但可以免除徭役并享有各种与吏同等的尊崇和优待。

仕途中阶：少吏到长吏

在少吏之上，又有长吏。长吏便是朝廷任命的官员了，秩阶在比二百石至二千石之间。可以将他们理解为直接为皇帝工作的人。

要想由少吏升为长吏，比较多见的一种途径是老老实实认真工作，积累资历，凭借功劳次序升进，由百石少吏升为二百石长吏；或是因为捕格群盗、亡徒、不道者，立下了大功，则可以升进更高。

不过，凭借功劳升官实在太慢，立下大功的机会更是可遇不可求。汉朝还有其他选拔长吏的途径。例如"察举"（由长官考察后予以荐举）便不妨一试。

汉初时就有了"诏举"或曰"特举"，即皇帝下诏，要求公卿、郡国二千石举荐朝廷所需要的人才，在京师经过皇帝亲自对策检验，然后分等派官。诏举没有特定的项目，只是因事立名，"贤士大夫"、"贤良方正，能直言极谏者"、"文学秀材"、"明经"、"明法"、"武猛堪将帅者"以及各种有德行的人都可能是被诏举的对象。

汉武帝元光元年（前134年），"初令郡国举孝廉各一人"（孝廉即孝子、廉吏），又于元朔元年（前128年）严格规定，"不举孝，不奉诏，当以不敬论；不察廉，不胜任也，当免"；[18]每年各郡国举孝廉，遂成为一种定制。东汉和帝时，举孝廉的制度又改为依照各郡人口多少来确定所举的人数与间隔的年份。[19]

汉武帝元封五年（前106年），由于朝中名臣文武欲尽，又令州郡察举"秀材异等可为将相及使绝国者"。州刺史举秀材也逐渐成为定制。东汉时公卿与刺史每年都要察举茂才（东汉为避光武帝刘秀讳，改"秀材"为"茂材"）。

秀材、孝廉这两科面向一切吏民，选贤任能，因而当时确有经由此途从一介布衣徒步的平民百姓直接越过少吏阶段被朝廷拔擢为长吏的人。但更多情况下，长官所荐举的多是自己的故吏门生一类。

每岁郡所举孝廉，初由御史复核，到东汉顺帝阳嘉年间又建立了"诸生试家法、文吏课笺奏"（儒生测试所学经学大师的经说，文吏考课行政文书的写作）的程式化测试制度[20]，其后又加孝悌、能从政者两科，合为"四科"，分科考试[21]。合格的孝廉多补为郎。

秀材的举荐等级更高，所取人数也少，西汉时由丞相复核，以三科取人[22]，再分别安排官职。合格者得官多在县令以上。

对少吏们而言，升职最常见的途径则是"察廉"。一旦某些官职出现了空缺，中央朝廷的三公九卿、地方郡府的太守、都尉，甚至县令，都可以举荐自己所征辟属员中的优秀者直接迁补，这就是所谓的"察廉"。汉宣帝以后，从最底层的佐史，到秩在六百石以下的吏员（不含六百石）[23]，都属于基层官吏，可以凭借"察廉"得以升迁，幸运的话还能一次提高两三个秩级。只是长吏的数量比起少吏来说要少得多，空缺更是难得。很多汉朝人只能在仕途上止步于少吏。东汉末年，桓帝将规定进一步升高[24]，更是断绝了大部分少吏的上进之路。

中央公卿所任用的属吏，其中不乏秩级原本就高于百石的长吏职位，需要上言报请皇帝才能征辟。如西汉时丞相辟召属吏，甚至需要"四科取士"[25]，再分别派给官职。

东汉时的三公府中沿用这样的标准不改。即便是其余自辟百石以下的属吏，往往也是位卑而职重。蒙长官提拔荐举，以请诏除，由属吏迅速升为州郡长官乃至于公卿，也并不是不可能。[26]

还有一部分人，可以凭借家中父兄为官带来的恩荫、家赀巨富、博士弟子射策甲科、军功特拜等条件补为秩比三百石的郎官。郎是所谓"宦于皇帝者"，采用"比秩"比附于正式行政吏员的俸禄和待遇，进入郎署承担宿卫之责，可随时作为高秩官员的候补，进一步获得升迁。

为了成为长吏，汉朝的人们究竟得付出多少努力呢？他们或是要熟知律令与案例，或是要精通儒家经典，自小就得开始努力，还得加上被长官赏识的机遇，才能有机会。汉朝人当时就念有两句诗："郡举孝廉州博士，少不努力老乃悔"[27]。

东汉时，还有一个名为罗敷的美丽妇人，面对地位颇高的使君倾慕相请，不卑不亢地讲述自家夫君的升职经历：

十五府小吏，二十朝大夫，
三十侍中郎，四十专城居。

年岁虽是虚数，其夫的经历却是汉代少吏升为长吏的实际过程。他先是郡府中低级少吏，其后升为高级的卒史，又以郡吏身份经察举而为郎，最终专城典县做了县官[28]。这一番辛苦奋斗，罗敷都看在眼里且并不讳言。她甚至心满意足地表示，自家夫君风度翩翩，再高的官也比不上：

> 盈盈公府步，冉冉府中趋。
> 坐中数千人，皆言夫婿殊。

仕途高阶：升任长吏

幸运地成为朝廷长吏之后，就必须告别原先赏识提拔自己的本郡国长官，带着家人离开家乡，往外地任官了。

汉朝有着严格的地方行政长官回避本籍的制度。自汉武帝中叶以来，除了长安地区京兆尹、司隶校尉、长安县令丞尉之外，地方官员都不用本地人。刺史不用本州人，郡守国相、县令长丞尉都不用本郡国人。西汉时各诸侯王国的人也一度不能在京师任官[29]，禁令虽未持续很长时间，但却常常被援引作为旧例。

东汉后期，回避本籍制度更为严格，为防止官吏勾结庇护，婚姻之家及两州人士不得互相监临（地方官员不得在姻亲所处地任职；两地不能交互任官，如甲州刺史是乙州人，则乙州人不能任甲州刺史）。汉末灵帝时又有了夸张的"三互法"，致使出现某些地区无人可用的窘境。[30]

长吏也有所谓基层，即在县一级任职。当时万户以上的大县，设有县令，秩千石至六百石；少于万户的小县则设县长，秩五百石至三百石。因县的官署称"廷"，汉朝人又尊称县令、县长为"明廷"。

有了长吏之位，所需要承担的责任也更多。一县之事都由县令长来主管。县令长可以主管一县、专城而居、自行征辟属吏。同时，每县亦由朝廷直接任命县丞、县尉作为佐官，秩四百石至二百石。县丞为文，负责协助行政文书、仓库、诉讼刑狱一类的事务；县尉为武，负责协助一县治安、军事事务。长官公务外出，便由佐官来暂时代理，"守令长事"。

西汉时丞、尉之类的佐官更是要每岁上计于郡，承担输送赋税、卫士戍卒、徙民之类的事。长吏们后来又把这些事务转移给属吏去做。

关于他们的生活，拿一个三百石小县的县长举例，一月不过得粟二十斛、钱二千。即便过得节省俭约，但除去一个从者或门客的工钱、两人日常吃食后就所剩无几，并不足以养活一家老小。[31]卖官鬻狱、盗贼主守以获取钱财的情形便因此而生。

但若是能一路仕途顺利，或是凭借功劳升迁，或是察举，甚至因为才能显著被皇帝诏征，进而当上大县甚至郡一级的长吏，境况就会好很多。

一郡的长官为太守，依照郡的大小，秩亦略有不同。京畿地区长官比于朝中为官的九卿，地位尊崇；其余列郡人口在十二万以上的大郡，秩中二千石；以下为小郡，秩二千石。同郡又有负责军事的都尉，秩与太守相类。

两位长官都可以征辟属吏、开府治事，因而人们往往尊称他们为"明府"。而太守府俨然如诸侯国的朝廷一般，人们又直接以"朝"来称呼，而把太守称为"君"，位为有秩的属吏则被人们视为"田间大夫"。但两府中仍有朝廷直接任命的佐官"丞"，秩六百石。

六百石以上的高层长吏们，固定的俸禄已是不菲，平日里有官府供应食物，制衣的缯帛、宴会的酒肉也时时有朝廷赏赐下来，家人可以过上相当优裕自得的生活[32]。

同时，汉武帝在元封五年（前106年）时，开始将京师近畿七郡外的天下百余郡国划分为十三州，各设刺史一人，周巡部属郡国，掌刺察一部的高官和豪族大户。[33] 刺史每年八月会巡行所部郡国，课第郡县长吏殿最，治理有能力成效的郡守县令可以被刺史察举为"尤异"[34]，得以升迁官职。

刺史秩虽只六百石，但属于朝廷派出的使者，有监察重权，因此即便是二千石的官员也不敢怠慢，还得尊称一声"使君"。刺史借此也时常越职干涉地方行政。西汉末，刺史改称为"牧"。

直到东汉初再度设置十二刺史（一州属司隶校尉）后，才以刺史每年"道归烦挠"，停止了刺史奏事的制度，仍旧主要倚靠郡国上计的方式来维持朝廷与地方的联系。

但刺史职权已经不断强化，甚至直接介入地方政务，逐渐成为总揽地方大权的行政长官。在东汉末灵帝时，州已成为高于郡一级的正式政区，长官则是秩两千石的高官，称为"州牧"。

官吏的节假日

少吏们辛苦工作获取俸禄，便是为了自己和家人的衣暖食足。他们平日里都住在官府中的史舍，远离父母妻儿。好在依照汉朝的制度"五日一休沐"，即每隔五天就允许回家一次。所谓"休沐"，一是放下繁冗的公务休息，回家谒见双亲、与妻儿团聚；二是在家好好地沐浴一番，以便打起精神、干净整洁地回官府去继续工作。

夏至、冬至一类的重要节日也有假日可以休息。关于假日还有这么一个故事：

到了冬至日官吏休假的时候，长安左冯翊的官府中，唯独贼曹掾张扶不肯休息，还在官署中办理公事。他的长官薛宣出来开导他说："礼仪崇尚和谐，为人之道重在通情达理。冬至这一天，吏员依照律令应当休假，是规定已久的事。官署里虽然有职责事务，但家里也盼望着你的恩爱情意。你应当依从大家的做法，回家陪伴妻子儿女，摆设酒菜，宴请邻里，一起欢笑作乐，这也是很合适的呀！"张扶大感惭愧。一众属吏们都认为薛宣说得很对。[35]

吏员若是生病或别的原因不能工作，必须向长官告假。通常而言，病假不能超过三个月，超过的人就只能被免官。但若是亲人死去，汉朝却相当通融，会特别给予官吏们丧假归家治理丧事，称作"予宁"。

外地来当官的长吏们，比本地少吏们幸运。他们可以把父母妻子都接到任官处团聚，平日官府里也有官舍供家眷们居住，时时可以相见。部分官吏不带亲属到官舍居住，则被人们视为廉洁的表现。

---

1 连云港市博物馆等编：《尹湾汉墓简牍》，中华书局，1997年。

2 释文参考裘锡圭：《〈神乌赋〉初探》，《文物》1997年第1期；扬之水：《〈神乌赋〉谫论》，《中国文化》1996年第14期。

3 蔡邕《独断》卷上："文多，用编两行。"

4 《后汉书》卷一《光武帝纪》李贤注引《汉制度》："策书者，编简也，其制长二尺，短者半之，篆书，起年月日，称皇帝，以命诸侯王。三公以罪免亦赐策，而以隶书，用尺一木两行，唯此为异也。"

5 《太平御览》卷五九三引蔡质《汉仪》："周景以尺一诏召司隶校尉左雄诣台对诘。"

6　《史记》卷一二二《杜周传》："君为天子决平,不循三尺法",集解引《汉书音义》曰:"以三尺竹简书法律也。"

7　《汉旧仪》卷上:"(皇帝玺书)皆以武都紫泥封,青布囊,白素里,两端无缝,尺一板,中约署。"

8　《汉书》卷九七《外戚传》:"(汉成帝)诏使严持绿囊书予许美人……美人以苇箧一合盛所生儿,缄封,及绿囊报书予严。"

9　《后汉书》卷六〇《蔡邕传》李贤注引《汉官仪》:"凡章表皆启封,其言秘事得皂囊。"

10　《汉书》卷七四《丙吉传》:"此驭吏边郡人,习知边塞发奔命警备事,尝出,适见驿骑持赤白囊,边郡发奔命书驰来至。驭吏因随驿骑至公车刺取,知虏入云中、代郡。"

11　《汉书》卷六五《东方朔传》:"(汉文帝)集上书囊以为殿帷。"

12　《后汉书》卷七九上《儒林列传》:"董卓移都之际,吏民扰乱,自辟雍、东观、兰台、石室、宣明、鸿都诸藏典策文章,竞共剖散,其缣帛图书,大则连为帷盖,小乃制为滕囊。"

13　许慎《说文解字》引《尉律》:"学僮十七岁以上,始试,讽籀书九千字,乃得为吏。又以八体试之,郡移太史并课,最者以为尚书史。"《汉书·艺文志》引萧何《草律》:"太史试学童,能讽书九千字以上,乃得为史。又以六体试之,课最者以为尚书、御史、史书令史。"

14　《续汉书·百官志》:"汉初掾史辟皆上言之,故有秩比命士。其所不言,则为百石属。其后皆自辟除,故通为百石云。"

15　汉初为吏的家资条件是十万钱。商人有钱却因身份限制不得为吏,廉士无财也不得为吏。因此汉景帝于后元二年(前142年)放宽身份限制,又将家资条件降低到了四万钱。见《汉书》卷五《景帝纪》。

16　《史记》卷五三《萧相国世家》,《集解》引《汉书音义》:"文无害,有文,无所枉害也。"

17　如《汉书》卷八《宣帝纪》宣帝神爵三年秋八月诏:"吏不廉平则治道衰。今小吏皆勤事,而奉禄薄,欲其毋侵渔百姓,难矣。其益吏百石以下奉十五。"

18　《汉书》卷六《武帝纪》。

19 《后汉书》卷三七《丁鸿传》司徒丁鸿与司空刘方上言："凡口率之科，宜有阶品。蛮夷错杂，不得为数。自今郡国率二十万口岁举孝廉一人，四十万二人，六十万三人，八十万四人，百万五人，百二十万六人。不满二十万二岁一人，不满十万三岁一人。"帝从之。又《后汉书》卷四《和帝纪》永元十三年诏："幽、并、凉州户口率少，边役众剧，束修良吏，进仕路狭。抚接夷狄，以人为本。其令缘边郡口十万以上岁举孝廉一人，不满十万二岁举一人，五万以下三岁举一人。"

20 该制度起于尚书令左雄上疏，见《后汉书》卷六一《左雄传》。

21 《后汉书》卷六一《黄琼传》。

22 《汉旧仪》："刺史举民有茂材，移名丞相，丞相考召，取明经一科，明律令一科，能治剧一科，各一人。诏选谏大夫、议郎、博士、诸侯王傅、仆射、郎中令，取明经；选廷尉正、监、平案章，取明律令；选能治剧长安、三辅令，取治剧。"

23 《汉书》卷八《宣帝纪》黄龙元年（前49年）诏："举廉吏，诚欲得其真也。吏六百石位大夫，有罪先请，秩禄上通，足以效其贤才，自今以来毋得举。"

24 《后汉书》卷七《桓帝纪》本初元年（146年）七月丙戌诏："孝廉、廉吏皆当典城牧民，禁奸举善，兴化之本，恒必由之。……其令秩满百石者，十岁以上，有殊才异行，乃得参选。臧吏子孙，不得察举。杜绝邪伪请托之原，令廉白守道者得信其操。"

25 卫宏《汉旧仪》："武帝元狩六年，丞相吏员三百八十二人。……以为有权衡之量，不可欺以轻重；有丈尺之度，不可欺以长短。官事至重，古法虽圣犹试，故令丞相设四科之辟，以博选异德名士，称才量能，不宜者还故官。第一科曰德行高妙，志节清白；二科曰学通行修，经中博士；三科曰明晓法令，足以决疑，能案章覆问，文中御史；四科曰刚毅多略，遭事不惑，明足以照奸，勇足以决断，才任三辅剧令。皆试以能，信，然后官之。第一科补西曹南阁祭酒，二科补议曹，三科补四辞八奏，四科补贼决。"

26 崔寔《政论》："三府掾属，位卑职重，及其取官，又多超卓。或期月而长州郡，或数年而至公卿。"

27 《古镜图录》记汉许氏镜铭。

28 阎步克先生于本诗官制有详论。见阎步克《汉代乐府〈陌上桑〉中的官制问题》,《北京大学学报》(哲学社会科学版)2004 年第 2 期。

29 《汉书》卷七一《彭宣传》颜师古注引李奇曰:"初,汉制王国人不得仕京师。"《汉书》卷七二《龚胜传》:"(龚胜)为郡吏,三举孝廉,以王国人不得宿卫。"

30 《后汉书》卷六〇《蔡邕传》。

31 崔寔《政论》:"夫百里长吏,荷诸侯之任,而食监门之禄。请举一隅,以率其余。一月之禄,得粟二十斛,钱二千。长吏虽欲崇约,犹当有从者一人。假令无奴,当复取客。客庸一月千,刍膏肉五百,薪炭盐菜又五百,二人食粟六斛,其余财足给马,岂能供冬夏衣被、四时祠祀、宾客斗酒之费乎?况复迎父母、致妻子哉!"

32 《汉书》《贡禹传》:"臣禹年老贫穷,家訾不满万钱,妻子糠豆不赡,裋褐不完。有田百三十亩,陛下过意征臣。臣卖田百亩以供车马。至,拜为谏大夫,秩八百石,俸钱月九千二百。廪食太官,又蒙赏赐四时杂缯、绵絮、衣服、酒肉、诸果物,德厚甚深。疾病侍医临治,赖陛下神灵,不死而活。又拜为光禄大夫,秩二千石,俸钱月万二千。禄赐愈多,家日以益富,身日以益尊,诚非草茅愚臣所当蒙也。"

33 《汉官典职仪》详记刺史职责:"刺史班宣,周行郡国,省察治状,黜陟能否,断治冤狱,以六条问事,非条所问,即不省。一条,强宗豪右田宅逾制,以强凌弱,以众暴寡。二条,二千石不奉诏书遵承典制,倍公向私,旁诏守利,侵渔百姓,聚敛为奸。三条,二千石不恤疑狱,风厉杀人,怒则任刑,喜则淫赏,烦扰刻暴,剥截黎元,为百姓所疾,山崩石裂,祅祥讹言。四条,二千石选署不平,苟阿所爱,蔽贤宠顽。五条,二千石子弟恃怙荣势,请托所监。六条,二千石违公下比,阿附豪强,通行货赂,割损正令也。"

34 《续汉书·百官志》注引胡广曰:"课第长吏不称职者为殿,举免之;其有治能者为最,察上尤异。"

35 《汉书》卷八三《薛宣传》。

第七章

公无渡河

今夕何夕兮，搴舟中流。

今日何日兮，得与王子同舟。

蒙羞被好兮，不訾诟耻。

心几烦而不绝兮，得知王子。

山有木兮木有枝，心悦君兮君不知。

——《榜枻越人拥楫歌》

王于依旧记得，多年前，在夹岸桃花盛开的一江春水上，有一位蓬首乱发不夺其美的越人少女，对他唱过同样的歌。

【1】

滔滔五溪一何深，

鸟飞不度，兽不敢临，

嗟哉五溪多毒淫。

——细细追溯起来，这歌中讲述的还是光武帝时候的事：年已六十二的伏波将军马援，自请率军南征武陵郡五溪蛮。军至下隽，前有两道可供行军，一路近却险，一路平却远。为扼敌咽喉，将军不惜以身犯险。谁知山深水急、地苦雾多，敌军据高凭险、紧守关隘，汉军舟师也难以前进。天气渐转酷热，士卒多遭瘴疫而死，将军亦中病，全军困顿在此。将军拖着病躯侦察敌情，又作此歌，令门生爱寄生吹笛相和。不久后将军病死，歌却在当地作为一首名曲流传下来。

讨平乱军后的几十年内，治理者常以征服者自居，不时仍有所谓"不慕王化"的蛮军反叛，于是大汉也还在险要处屯兵驻扎。但到如今，一切是不同了。山间的居民并非原先人们所想的那样野蛮到无可理喻，他们同是以耕织为生，与内县互通商路的亦多，不少甚至已经内属；朝廷于武陵郡的屯兵已罢，原先连绵的烽燧也成为残垣断壁。其后，由于郡县徭税失平带来怨恨所招致的百姓叛乱，仅靠郡兵便足以平定。这一支郡兵，驻扎于沅水边上的临沅城外，也借着马援将军的威名，称作"伏波营"。

盛春时节的清晨，在通往伏波营的道路上，一支人数不多的小队正缓慢行进着。领队的屯长王于，正对着他的士兵们讲述故事开头的一番话。

他甚至还津津然地指点着周遭景物：远山处有马将军命人穿岸凿出的避炎气的窟室；近处比邻相望的低矮土丘其实是征人的旧墓；溪流畔那丛丛蔷苡也是那时候种下的，军中常常采食其果实，传说能够以此抵御瘴气；在山林中还有虎豹之类的猛兽，寻常仍不能去。

几个脸上稚气未脱的小兵，却受了耳畔宛啭鸟鸣的诱惑，十分喜悦地四处张望着。入目景象皆秀丽可人，溪水清浅，群峰积翠，山谷中浓绿的竹篁里飘飞着桃杏花的香云。先前夜里的一阵小雨更恰到好处地压下了道路上的浮尘。因此他们也并不把屯长话中描述的那些险恶当一回事。

"屯长，天气还早，歇一歇！"有人喊道。不等王于回话，自往溪边蹲下，掬一捧水洗面。王于无可奈何地跟过去，倒是也在溪中盥手，只觉山水仍有些清寒刺骨。

为了要引起他们警惕，王于接连说道："你几个小竖子，如何想要应募从军？不怕死么？蛮夷兵可是凶狠得紧，他们会趁着夜色来偷袭。涂了毒的箭矢，几百步以外射过来，洞穿人的胸口！你们可不能懈怠啊！"

好几个人闻言皆是变了脸色。王于细问起来，才知他们是家中田地被豪强所夺，只得从军谋生的农人。蛮夷虽然厉害，但比起为土地和粮食烦恼，似乎也可以无虑了。其中一个谈及此处，脸上甚至有喜色："家里贫苦得很，拿了应募从军的购赏，便可以有钱娶妻生子了。"

"还不是离家从军了，不知何时才能回去！还想什么娶妻生子？"有人抱怨连连，又转面向王于问道："屯长又是如何从军的？"

王于坦然指着脸上一道早已愈合却仍显可怖的长痕道："我同尔曹一般大

时，与人打斗毁伤了面目，再无法在官府谋职，便不得不从军了！"接着又对他们说了一番伏波营里长官时常教训新兵的话："身为大汉的男儿，死于边野，以马革裹尸还葬，何能卧床上于儿女子手中死邪？"王于早做好了战死的准备，但这话在此时讲却并不合适。众人有些紧张，脸上也都露出了几分懊悔的神情。

王于闭口不言，背过身继续往前走。沉默地行路，直到见着一条长蛇从路上溜过去，才又惊起喧闹的话语。到了伏波营外，王于取下头上赤色的平巾帻，抹一把汗。露出的头上，却并未束起发髻，只剩下剃得短短的发桩。听闻身后兵士中传来低卢窃笑，王于终于开口骂了一句："童竖倓子！让你们看看四下军营！"

有人不服气地答道："什么也没有，连竹木都砍伐尽了！"

"这正是为了防御敌军隐藏林木之中偷袭的缘故！先前路上我说的蛮人来袭，你们大可不必忧心！就像我剃掉头发，才荡荡然虮虱无所复依呐。"王于爽朗笑道。几个年轻人这才放松，也跟着他大笑起来。

【2】

营中校尉不在，王于便往代为领兵的守司马处去报知募兵情形。

守司马名为朱郢，听闻原是家在鲁地的豪敢之吏。鲁素来以儒教闻名，他的祖先朱家却是以任侠为名。朱家甚至不顾高皇帝追捕购求项羽部将季布时"敢有舍匿，罪及三族"的严令，收留这位落魄将军，后又赶赴洛阳托人奔走为他脱罪，朱家得以闻名于世；朱家的这位后人，也是因为好为游侠之事，为信义替人报仇，犯下了杀人之罪，才到这南地来定居安家。

朱郢作战时的骁勇善战、果敢悍勇，令一众士卒都佩服；他带领着精心训练过的士卒，在战场上是常常得胜的。他试守为伏波营长官，身在公门，却仍以侠行闻名，且因着不羁，并不太会去禁约部下，反而是多加维护，众人念他待人的慷慨尚义，也都报以忠诚。对王于而言，对朱郢还多了一层感激：多年前自己渡河时不幸为贼人沉入江里，是船行经过的朱郢救他起来，又留他在自家休养了月余。王于面上为贼人留下一道长长伤痕，朱郢对此也并不在意，又征他为客吏，如今更拔擢王于成了屯长。

这一日在营中，朱郢倒好像是遇着极大的麻烦一般，浓眉紧蹙，踱步不定，一筹莫展似的。

"朱公莫如此！"王于见状忙道，"若有难事需下走效劳，自当奔走风尘！"

朱郢略点一点头："是有个运送军粮的船师，因欠人钱财，被收系在长沙郡临湘县，还带累全船不得发遣。可营中军粮将尽，只等这官米送至屯营。无人看管地停在岸边，恐生变化，无人可以担责。军粮重事，原本只能亲往解决，可营中事务繁冗，哪里能去！我记得足下便是临湘人，可愿替我前去了结此事么？"

王于闻言却愣了一下，面带难色，可见其中有些滞碍。朱郢神情便严重了，连连问道："禾黍不获君何食？愿为忠臣安可得？"

为怕朱郢将自己先前所言认作敷衍之语，王于有些尴尬地解释道："臣追随朱公已有十年，即便朝行出攻，暮不夜归，亦是无悔！然而官府与战场不同，臣怕自身人微言轻，被县廷长吏为难，事不谐矣……"

话还未完，朱郢纵声大笑："这倒也无妨，长沙太守是我旧识。只需请君将我亲笔所书一封，递往太守府中，托他照应，再往县廷商议便可！"未等王于回话，他已自在案上取了笔墨，在木牍上书写起来。好任侠者总是善交际、礼数清楚，不过朱郢这次写的是"武陵大守伏波营军守司马郢叩头死罪敢言之"，是少有的客气话。

见朱郢如此为自己考虑，为良臣的诚然可思，王于也只得不假思索应承下来。

因急事一刻不能休息，王于告辞出营，就赶去临沅。若是走官道，春雨过后却是泥泞得紧，一站站传舍相隔六十余里，其实是"蛮路"的。更好的方式是前往下津渡，乘快船过去。沿着山溪向下走，走到看见溪流与沅水汇合而变得浑浊，就到了登船的地方。

春水已涨，又遇着顺风，船速颇快，夹河的田地和屋舍皆疾疾望后退去。如此走了近一日，便进入云梦的平原广泽区域。接着再转入湘水，逆流而上，一切就变得比先前从容得多了，远处沿岸的景物如缓缓从水面浮出一般。王于凝视着自己在水面上的倒影，缓慢地支桨一划，将它拨碎了。

【3】

本月八日出发，十日便可靠岸。

岸是临湘的岸。

王于在渡口问过太守府的所在，前去奉上文书。长沙太守见来者是朱郢所遣，倒是迅速吩咐守丞安排书佐抄写文书移交临湘县廷。

一句"多谢明府"拜过，相请入坐之后，太守又对王于言道："三楚子弟因追慕朱公豪侠气概，从军的亦多。然而彼等却偶有些骚扰百姓甚至奸淫掳掠的行动，以致百姓间已升起了怨谤与恐惧呐！本府恐朱公不知此事，还请君归去时奉书相警！"王于不信，但从太守口中说出，只得再拜应诺，心中却想着，恐怕自己告知朱郢之后，他会气愤地说出"自许马革裹尸，何畏谗言"之类的话吧。

太守老于仕途，阅人无数，自然能看出王于心思。王于见他沉默，知是自己失态，便伏地顿首深施一礼，"下走替朱公谢过明府好意！"太守只避席不受，连连叹道："朱公素来强直自遂，今军粮事尚可周旋……还愿朱公好自为之！"

王于只得出太守府往县廷去。然则县廷鞫狱需召集人等，尚待明日。只是由于太守的特别吩咐，已有狱吏引着王于往临湘县狱探视。

还未进入狱中，就能听闻罪犯被拷打时的一声声惨叫。开门的狱吏还恨恨向前来的同僚道："已问过这贼刑徒三次供词，要么是畏痛自诬，要么各实核不相应状，害得我曹被府君移书责怪！"等来者引见了王于，狱吏转而又换了一副恭敬客气的面容："君是朱公派来的？请进！虽县令严命详审此事，不过我曹也不敢苛待朱公的人。"

王于见他是如此反应，略略有些欣喜："君也识得我军司马？"

"朱公之侠，如何不知？"狱吏深深点头。

这是光武帝复汉以来就有的风气，地方的统治者有几重，最上为天帝神师，其次为郡府县廷长吏，又其次却还有一重，是为声名在外、好任侠理不平事的豪强之属。吏民们敬神畏官；至于豪强，是吏畏其威，民怀其惠。朱郢占了这一重缘故，倒也属应当。

狱中关押的人不少，见有外人来，有些刑徒赶紧拥上来，大声喊冤；有些又似乎自以为有罪，默然不语。运送军粮的船师名为王皮，在最内一间稍僻静的狱室。王皮带着一点谄媚的神气向王于行礼，但不等王于宽慰他，已是转头趾高气扬地对狱吏道："我王姓本是临湘大族，又有朱公保我出去，你们能奈我何？"几个狱吏倒是一改先前拷问刑徒的凶狠，只低头唯唯而已。

王于见那人狐假虎威的模样，心中生厌，但碍着狱吏眈眈注视，不便训斥他，只得退出来。诸吏又邀王于留下用饭，以便请他讲讲朱郢任侠之事。

前来送羹饭的妇人面目秀美，只是肤色微黑，忙着为众人布饭。听一众狱吏呼她作"嫂嫂"，王于推测她大约也是县廷某个掾吏之妻。又一小厮捧上一个瓦缶，揭开盖子，便冒出极浓郁的肉羹香味。妇人用勺撇开羹上浮油，盛了数椀亲为众人奉上。有狱吏半是向那妇人称赞，半是说与王于听："嫂嫂作羹，可是截肉未尝不方，断葱寸寸无不同呐！"

王于闻言后却不再回话，对众人相请谈论侠客故事，也连连摆手不应，只低头作忙于饮食状，举箸夹了菜肉放在嘴里咀嚼。妇人有些迟疑地看他一眼，待诸人食毕才收拾杯碗出去。王于这时候开口说话，却是询问起这妇人。从狱吏的话语中，得以约略听闻一些关于她的旧事：

她大父从大汉极南面的交趾郡来，是在水上跑船的越人客商。贩卖的货品多是从茫茫大海上来，诸如大秦国的琉璃器、安息国的银器，又有西域的氍毹毾毲、五木、迷迭、艾纳及都梁诸香，据说其至可以奉给洛阳宫中；而一众本地妇人喜爱的，还有各式金环银钏、珍珠宝石之属。不过这客商最珍爱的，还是这个名为翡翠的孙女。临湘豪强大族王家有兄弟俩爱慕她，争执着托人作媒提亲，客商最后是将翡翠许了王家长兄。

然而那年河上忽然来了几百船匪，劫了翡翠去，要客商奉上极多的金珠宝玉去赎。王姓兄弟很勇敢地领着部曲徒众要救她。人是救出来了，可长兄却在打斗时出了事，掉入滩下漩水里死了！翡翠最终便嫁给了那王家二弟。如今她的夫君是在县廷担任着掾吏的职务，因此她也常常前来给夫君同僚送酒食。

"翡翠的夫君王纯，现今遭遇了一桩极麻烦事……不过倒是难以细说，"有狱史笑着问道，"君是临湘本地口音，难道不知这事？"

"离临湘往伏波营从军已有十余年，只是乡音未改。"王于含糊着应一声，不愿细说，"年少的旧识业已老去，年老的旧识或许不少也已物故，别的一时也记不清了。"略再交谈了数语，即告辞出门。

却不是往传舍去住宿，而是如追逐着什么人一般，径直往临湘城外走着。临湘的人与物已不同于十多年前，然而路仍是王于熟悉的路。

【4】

一番忙碌奔走之后，看看日薄西山，王于直走到城外墓冢连绵处，才停步歇息。

四处张望探看，只见道旁一处高敞阔大的旧冢，冢茔旁还有石砌的祠堂，有人携着鸡豚在其中祭祀。仆佣守候在外，不让外人走近。冢边四围皆立了木表，王于倒是远远能看到上面书写的墨书文字——这原是高赀富人家买墓地的券书：

永元五年故长沙太守掾王于衣冠迁葬此，买地一亩余，直钱万二千。东西南北，以木为界。根生土著毛物，皆属王姓。田中若有伏尸，男为奴，女为婢，皆当为王姓给使。

富者丧葬奢僭，原是法令不能禁止的。可眼前广种松柏、大起冢舍的地方，竟并未葬有死人，只是埋有死者衣冠供人祭扫的。王于怔怔望了半晌，才欲折返回城。却又被一列乡人送葬的队伍堵在道旁。说是送葬，死者不过是卷席包裹，由蔽旧的牛车拉着。有巫师在前领路，哀哀唱着《蒿里》，挽车者亦跟着唱和：

蒿里谁家地？

聚敛魂魄无贤愚。

鬼伯一何相催促，

人命不得少踟蹰！

王于等着队列过去，一面听路人谈话。

"这是谁家死者？"

"是昨日寻死的王负母子！"答话者又稍露出些怜悯的神气，"她家男人先前战死，只余王负与一个幼子。原本还能过活，由她一个妇道人家拉着耕牛在田间劳作。可前些日耕牛却遭游侠儿强盗了去，及她发觉，只残剩一些炙牛肉了。前些日还见这妇人在河畔哭泣，谁知竟怀抱小儿跳河死了，由湘水上的渔父捞起来，已是泡得肿胀的尸身……"

乡民的悲或喜，常与游侠有关系，于是接着就有乡民说："你道那游侠是何人！竟是本县最为慷慨好义、负气任侠的名人黄胡，正月时为救复仇杀人的好友郭幽，劫狱与他逃出来的！"

死者的确可悯，可助丧者最终不过是在累累荒冢处寻一处空隙草草将其埋葬了事，并无半分祭享。众人的谈论也并不觉得游侠劫狱行为成为问题——他们本就强梁好事，相互仇杀者亦多，不必麻烦官吏。洛阳朝廷也曾颁布过"宽厚"的《轻侮法》，因孝义复仇者不罪。虽此法已在永元九年废止，可仇杀仍旧号称难治。现处盛春时节，不宜动刑，县廷也就可以不管。游侠必是为着大义急忙赶路，有大事要干，才不得不盗那妇人的牛，日后必是有回报的。

然而此事竟尚有余波，现任县令却是极其痛恨游侠，甚至称彼等为"败法惑世"之人。县廷派出掾吏逐捕逃犯，待事掾王纯寻得黄胡、郭幽踪迹，他俩拒不就捕，各拔刀戟与掾吏格斗。王纯怕徒手不能取胜，一怒之下拔刀将二人格杀在地。

"那掾君没事吧？"王于听着竟有些替那杀了罪犯的待事掾担心，向乡人问道。

"王纯颇擅刀剑，毫发未损！临湘县令也极赞他勇猛，格杀宿命贼也算奉公行事——"有乡人转脸向着王于，略一沉吟，又说了这一句，"近日那黄胡的同产兄弟黄宗、黄禹，领着不处姓名的二男子、各自拿着兵器，一并去王家寻仇！还好王纯又为县令遣往醴陵追逐犯人，这才躲过了。他夫妇正在墓旁那处祠堂祭祀呐！"

"原来如此！"王于叹口气，迟滞的目光中终于透出几分了然。他甚至又转而走回头路，往大家旁寻了一个守墓的老仆，想要细细询问此事。

老仆先是放下脸不愿多说，直到王于赠了他几枚酒钱，这才开口："夫人今日往县廷归来路上，险些为游侠所劫、幸而有人出手相救！"老仆又转以极抖颤的语声，"……可夫人竟说……说那相救之人，是十多年前已死的、我家主人长兄的鬼魂。主人这就忙着赶来祠堂祭扫……"

闻老仆这一说，王于稍稍思索，以极郑重的语气对他道："烦请告知你家主人一声，他人寻仇之事不必担心了。"

【5】

一夜过去，次日鸡鸣一声，天色欲曙。

临湘县廷中诸吏已提起足够的精神，来应付先前尚未定谳、直到长沙郡太守昐咐下来才开审的案件。原定是由伏波营遣来的屯长王于携罪犯王皮诣县，与债主商议债务。然而直至天下大明，案件的两方仍迟迟未到。

有人进县廷，却是身为待事掾的王纯，言说的也是另一番事务："敢告明廷，是臣先前格杀黄胡之事，竟引来黄胡同产兄弟复仇！彼等游侠仇怨奉公，纯孤单，妻子赢弱，恐为其贼害。唯愿明廷裁省，严部吏考实，谋议刑执！"

县令闻言大怒，起身从堂上下来，对王纯温言宽慰几句，又正色厉声道："彼等游侠，不顾朝廷法禁，作威福，结私交，既有仇怨奉公、议害县吏之事发生，应当治以弃市大罪！"

县令话已说得清楚，王纯也就安下心来。但旋即又见自家家仆冲入县廷，吓得王纯慌了，结结巴巴地问道："是……是夫人已被仇家伤害了么？"

待家仆喘完气，跪在县令面前，诸人才得以知晓详情：

"昨日夜里寻仇者的确来过，然则为对门邻家发觉，呼喊了起来。几个游侠砍伤邻家后便落去不知所踪。今晨却见主人墓地祠堂里摆着血淋淋一串人头，地上又用血题写了'王于'二字。有年老的家仆识得字迹，那正是主人十年前不幸死于河中的长兄王于的。众人皆说，这是死者复活了来杀人啊！"

听了这一番讲述，众人皆震动了，脸上惊得变色。有了这样奇诡的命案，县令急忙派人前去探查。就在这一阵大纷乱的时候，先前诸吏所真正等候着的人们才姗姗来迟。

先进来的是一个军吏打扮、面容由一道长痕毁伤了的男子，正是从伏波营来为军粮事务奔走的王于，领着先前欠人钱财的伏波营船师王皮；后进来的债主，却是再度引起诸吏惊讶——一个穿着粗麻丧服的妇人在前，身后两个乡民又将一口素棺放在庭前。棺上覆一麻布铭旌，上书"临湘某氏某之柩"。原来债主竟是个死人！

待身着孝服的妇人走近，可以见她原本姣好的脸上，竟也如那军吏一般横有一道足以毁容的伤。这倒不算怪事，时下朝廷所倡导表彰的"贞妇"，正是这种在丈夫死后，自我毁伤面容立誓不再嫁的妇人。她自称名为彭孝，是替死去的夫君文来讨债，跪在庭前重重叩头，以嘶哑的嗓音道："万望明廷垂察此事，为妾冤死的亡夫报仇！"

县令并不假以声色，王于也未发话。船师王皮倒是满不在乎地叫道："你那该死鬼又不是我害死的！是他自己赌博将船输给我，又自己喝醉酒掉入河里去了！我何尝欠你债，反遭你诬陷，险些延误了军粮重事！"

"你这贼人，自己赌博将运粮之船输与他人，又转来谋我夫君之船，夫君拒了你，你便将他杀死，尸身还抛入河中！"彭孝号哭着起身，蓄积在心中的恨意从满是血丝的双眼透出来。她欲伸手撕扯仇人，王皮却欺她力弱，一伸手便去抓她头发，又一脚踢在地面。彭孝还想上前，已有县吏上前以长戟将她格开。

"若你是要钱，这里有！"王皮颇为不耐地将数贯铜钱扔在地上。

彭孝并不理会，只继续向县令叩头，直至额上都叩出血来："妾素闻明廷最恨那些依倚豪强形势、侵陵百姓小人的恶徒！妾不求钱财，妾但愿明廷让罪人以命抵罪！"

虽明知诸事应如彭孝所述，但苦于案发时无旁人作证，长久纠缠仍无结果。最终是王于拿出一枚木简奉给县令，有书佐接过，打开封检，为堂下众人念了起来。原来应朱郢相请，长沙郡太守早有安排：

闰月十日乙亥，长沙大守行文书事、大守丞虞谓临湘：

写移，县知皮受偿当保载，而盛春拘留皮，又不遣孝家受取直，更相推移何？书到，亟处言会。皮讼决，手械，部吏传诣武陵临沅，保入官。急疾如律令。

既如此，县令也无可奈何，只得在竹简上记录结案定谳。只是县廷里诸吏看向王于，无不是轻蔑的眼光了。简上说将罪犯系着"手械"刑具带往武陵郡太守治所临沅，不过是做做样子，有军司马担保，王皮自知诸事无虞。于是他径直上前，往伏地哀哭的彭孝唾了一口，大笑着随王于扬长而去。彭孝仍不死心，发出呼天抢地的号叫："妾听闻伏波营朱公是扶危济难、好施周急的豪侠，哪知却助奸犯公法，何谓贤？何谓贤！"说到最后，声音已如裂帛一般凄厉。终由好事的乡人搀着彭孝扶棺而出……

在临湘城外渡口，连看热闹的乡人也逐渐散去，唯余这妇人独自倚在棺上哭泣，毅然说道："阿文，为妻不能与你报仇，这便前来见你！"言毕就欲举刀自尽。

这时河中远处行船上却忽地抛来一个滴着血的橐囊，将彭孝手中的刀击落在地。彭孝惊疑地探看，又打开橐囊，其中所盛正是仇人头颅。于是仍旧向着河面远去的行船叩头不止，又扯着破嗓喊道："恩公！多谢你！"接着是凄厉的大叫，"阿文，大仇得报，我不负你！"拾刀疾速往项上一抹，伴着沥沥流下的鲜血滑倒在棺旁。

【6】

最终，是王于重又雇来了几个船师，押送着军粮往伏波营去。

天气由晴转阴，灰暗的天上落下了雨滴，打在江面上形成圈圈涟漪，又转瞬卷入滔滔的河水中。从前的湘水，何曾是这样浑浊，一些也照不见人影？

王于立在舟上，许久许久，如从噩梦中觉来似地，许多纷乱的思绪如狡兔般在胸中跳脱无定。好容易放出理智的猎狗拿住它，咬在口中交还主人时，已见岸边有五六只枭鸟拉沓着飞进暮色里安宿了。

口中不觉哼起一曲越人的歌谣。王于依旧记得，多年前，在夹岸桃花盛开的一江春水上，有一位蓬首乱发不夺其美的越人少女，对他唱过同样的歌：

滥兮，抃草滥，（夜晚啊，欢乐相会的夜晚，）

予昌枑泽，予昌州，（我好害羞，我擅摇船，）

州鍖州焉乎，秦胥胥！（悠悠摇船渡河啊，心中喜悦！）

缦予乎，昭澶秦踰，（鄙陋的我啊，君竟高兴结识，）

渗惿随河湖！（隐藏在心中不断的思恋！）

【余话】情与法的困局

一个西汉武帝时的困局，见于安徽天长纪庄汉墓出土的书信木牍：

墓主人谢孟有二子，名谢高子、谢赣。谢高子任东阳县尉，后却因罪逃亡。谢孟选择帮助隐匿谢高子，父子三人一同逃往当时汉法所不能及的诸侯国广陵国。谢孟的友人贲且，身为郡丞，早已知晓谢孟"通亡逃事"，劝谢孟依律令举发亲子，保全自身，却反遭谢孟以家室事羞辱。

不久贲且往长安上计，与广陵长史同行，听闻长史将以"吏亡"向朝廷劾奏此事，于是仍寄信一封与谢孟，劝他长远谨慎行事。此时的谢孟，因子事烦扰，已大病不起，恐怕命已不过二三日。而谢高子的同产兄弟谢赣仍试图写信向东阳县长官求情，希望长吏搜捕犯人时不搜自家，使自己能送老父返故乡……（由于十余枚书信至今尚未完全公布，这个故事只能大致讲述至此，没有结尾。）[1]

早在秦朝时，就禁止隐瞒犯罪、鼓励告奸；更有"连坐法"，隐匿奸邪罪恶者的人也将受重罚。[2]汉初仍鼓励人们相互告发，哪怕是父母、妻子、同产，隐匿罪犯也一同坐罪，唯有告发才可得以免罪。直到这些简牍的时代，汉朝仍有"首匿之法"[3]，藏匿犯罪者，无论是否亲人，都一律严加惩处。当时的临汝侯灌贤因藏匿犯有伤人罪的儿子，甚至被免除爵位。[4]谢孟为了儿子，甘愿犯"通逃亡事"的大罪；他的友人贲且、另一子谢赣却希望他与此事撇清，保全自身与其余家人。

直到此时，情与法都还是两股势均力敌的力量。而此时谢孟所遇的两难，在几十年后已不再成为难事。

原来在儒生看来，严惩亲人间相互隐匿罪责，与儒家"君君臣臣，父父子子"的伦理道德相背离。随着儒术的渐兴，汉昭帝时代的盐铁会议上，便有不少文学对朝廷处理隐匿亲人犯罪的方式提出了异议[5]。到了汉宣帝时，甚至颁布了"亲亲得相首匿"的诏令[6]。若亲人间出现了犯罪者，只要是卑幼隐匿尊长，便无罪；而尊长隐匿晚辈，哪怕犯了殊死之罪，也可以上奏朝廷得以从轻发落。

儒术治国强调社会教化，伦理道德便开始成为一种普遍的、胜过律法的要求。[7]直至东汉，已出现了社会全靠"仁义道德"的情理维系，律令却难以施行的情形。犯罪者们亲亲相匿，律法对犯罪的惩处难以落实。无数的受害者不能求助律法制裁罪犯，顺应形势以儒家之矛陷儒家之盾的"血亲复仇"便大为盛行。

为尊长亲人报仇而杀人犯罪，不仅不受寻常百姓指摘，反而得以成就一种孝义的"名节"。复仇的正义性被无限夸大，其中的是非曲直却缺乏准绳。朝廷也一度颁布《轻侮法》来使其合法化[8]，即便后来又限定报仇过当牵连无辜是死罪，家属亦会被处以流刑。然而百姓间相互仇杀之风已盛，困局很难解开。

无论情与法，都是属于人治时代的。我们可以从湖南长沙五一广场出土的东汉官府行政文书简牍的案例详情中，窥见当时的双重标准：

案例一：船师王皮为武陵郡伏波营运送军粮，半途中却因犯罪欠债，被关押于长沙郡临湘县。一面是债主已死，其妻彭孝仍往县廷苦苦追索债务；一面是军队急需军粮，派遣军吏王于前来催促县廷将王皮放行，即便犯罪也当押往武陵，甚至搬出长沙太守的吩咐要求依律行事。

案例二：县廷待事掾王纯追捕罪犯，罪犯拒捕，甚至拔出兵器格斗。王纯不得已将罪犯就地格杀。王纯本是奉公执法，不想其后罪犯亲属却多次率众前来寻仇。王纯孤单，难以防范，加上妻儿羸弱，恐怕因人寻仇被害，只得上书县廷请求帮助……[9]

运用情还是法，竟是根据当权者的需要以及势力的大小来分别。在追讨亡夫财产的寡妇面前，偏以制度律令来为依附势力的犯罪者脱责；在奉公执法的小吏面前，罪犯的亲属又仗着情理有恃无恐地寻仇。

本篇故事便在此基础上构建。

从所谓文明之地往荒蛮之处从军十年的王于，这一次返归故乡，反而是从清流转入浊江。情与法都容易被权力者所左右，彼时所谓"正义"云云，不过是身涉险地式的渡过律法的河，成为拥有更大的暴力手段却仍旧脱离不了悲剧的角色罢了。想到此处，不免又为那时的人们更多生一重悲哀。

河上的歌，名为《榜枻越人拥楫歌》，著录于西汉时刘向所著《说苑》卷一一《善说篇》。原文为古越语的汉字记音[10]。又有楚人汉译版本，最为今人熟悉：

今夕何夕兮，搴舟中流。

今日何日兮，得与王子同舟。

蒙羞被好兮，不訾诟耻。

心几烦而不绝兮，得知王子。

山有木兮木有枝，心悦君兮君不知。

【专题】汉朝生死观

侠客行

　　游历四方、行侠仗义，是如今人们对于侠客的印象。但在汉朝，由于户籍既定不便迁徙，侠客往往只是居留一方的郡国豪杰，依托家族，凭借侠义招揽宾客，有的势力甚至大到可以干预地方官吏行政治民。

　　侠客们的确讲求"义气"，重诺言、轻生死，时常助人于危难，却往往被正统视作"不轨于正义"[1]。因为侠客们总是专和官府作对，无视朝廷颁布的律令；而律令正是朝廷给天下编户民制定的"正义的标准"。为了打击侠客，西汉时朝廷常采取往关中迁徙郡国豪杰的措施。元朔二年（前127年），汉武帝下令迁豪富往茂陵邑居住，便特别指定了当时颇为著名的侠客郭解必须迁徙。

　　但也有很多时候，侠客和帝王是相似的，只是在现实人治社会里再建立一套新的秩序。他们可以自立法度、随意处置他人生死。有时为了标榜正义，反而更无标准。为私怨睚眦必报、残忍好杀，纵容宾客为恶的侠客也有不少。

　　如前文所提到的迁徙豪杰事件之后，因当时一个杨姓县吏主张迁徙郭解，郭解侄子便割去他的头颅。郭解的门客更杀死杨县吏之父，他的家人诣阙上书申冤，甚至被直接杀害在阙下。如此不允许有对立意见、任意夺人性命的事，在治民者眼中，不仅是滥杀无辜，更是大逆不道。

　　东汉初年，伏波将军马援听闻自家侄子喜好任侠，即便忙于在交趾作战，也赶紧修书一封劝诫："任侠好义，忧人之忧，乐人之乐，固然能获得好名声；可一旦学人任侠不成，刻鹄不成尚类鹜，就会背上"天下轻薄子"的恶名，甚至招灾致祸。唯有敦厚谨慎处世，才是正道。"¹²

这或许也代表了汉朝一般百姓的看法。乱世需要游侠，那时侠是人们寻求"被拯救"的心理寄托。当律令不能行时，行侠复仇也赢得了褒扬之辞。可一旦安定下来，人们敬畏地方豪杰的同时，又视行侠为轻薄放荡，并不希望自家人任侠。毕竟侠客不顾法禁、不治产业，虽然对朋友讲义气，但往往视自家亲人为物品，寡恩薄义。¹³

与此同时，侠客也不断寻求着自身的出路。他们通常与官员交游密切，有的甚至直接踏入仕途，之后仍以为官侠义、不畏强暴或不顾律令、任意行事获得美名或恶名。

再后来的历史叙事中，侠客的"侠义"之前又有了"忠烈"，任侠立功扬名之后，求的是封爵拜官，盼的是名臣大吏、圣明天子。这样的风气至少可以追溯到汉朝。

由生入死

与看轻生死的侠客们不同，汉朝上至帝王下至百姓，都在为生死的问题操心。

在战争频发或缁墨乱世的时候，百姓们难以作长远的打算，便只能安于眼前，有了钱财也不储存，功名利禄、佳衣美食都要趁还活着时赶紧享用，即使死了也不要留下遗憾；可一旦世道风平浪静，人们安稳度日，蓄积有余，有了可以留存给子孙后代的财物，反而生出了对死亡的恐惧。

汉朝人把死亡称作"物故"（遭遇意外）。为了避免发生更多的意外，死而无憾，就需要在生前就立下遗嘱做好安排。百姓生前想要预先分割田它、奴婢、财物，需要邀来乡部啬夫作证，立下涉及家财分配继承的"先令"（遗嘱），书写一式多份的券书。继承者们在立遗嘱者死后，便能以"先令券书"作为凭证分割遗产[14]。

当时的人们相信，人死之后魂魄依旧存在，要迁徙去另一个世界生活。[15]

活着的人归京城住着的皇帝管理，死者也应当有相应的长官统辖管理。西汉时多称其为"地下主"，东汉时则普遍认为这位地下的长官是泰山的山神。事死如事生，因此便有了"告地策"或"买地券"，即将户籍移往地下世界、告知地下官吏的文书。

因担心死者的鬼魂留恋人世，生出邪祟，世间便流行起厚葬，让他们能在地底世界好好生活下去。帝王会征发民夫修筑庞大的陵山、预先随葬大量珍宝，地面上修筑陵庙；百姓的葬礼同样盛行厚葬。富人家举行葬礼，亲人会谨慎选好葬地、葬日，举行盛大的送葬仪式，墓中会随葬衣食器物以供死者使用，地面上修筑祠堂。人们以厚葬为德，薄葬先人会被人指责"不孝"。为了埋葬死者，有的人家甚至卖掉家业、耗尽家财[16]。

为了"义"，死者的亲朋故旧有必要助丧，甚至向死者葬礼提供财物支援，称作"赙赠"。若是

姑臧东乡利居里壶（某之柩）

铭旌（东汉）
磨嘴子54号汉墓出土，甘肃省博物馆藏
出丧时置于棺上，上书"某氏某之柩"
中国国家文物局、意大利文化遗产与艺术活动部编，《秦汉—罗马文明展》，文物出版社，2009年，第318页

高官死亡，朝廷也会进行赙赠。

异地死去的人，理应归葬故乡。而由于孝道，即便是在异地为官的长史，遇着父母去世的情形，也得归乡服丧，在接下来一段时期内穿上麻衣孝服，减免饮食，以表哀思。东汉时，服丧已成为一种情理的必然，亲人往往需要服丧三年；而与死者有关系的门生、故吏等，也同样有服丧的义务。

厚葬的奢侈之风引起了一些有识之士的警觉，他们著书立说推崇薄葬，朝廷也屡屡下诏严禁厚葬，但民间厚葬之风并无衰落的迹象。

汉朝人的信仰

汉朝地广人众，因此人们眼中，天有日月星辰、风雨雷电，地有山川河流，都是可以崇拜的对象。最高的天神为"太一"，又有白、青、黄、赤、黑五帝作为辅佐。地神则有"社"（土地神）、"稷"（谷物神）、山川神等。帝王须按时祭祀天地，以求国泰民安。

汉儒董仲舒又成功向汉武帝推行了儒家的"天人感应"论，认为皇帝既是天子，权力天授，因此必须依照天道行事。上天也时常会降下符瑞或灾祸对帝王表示奖惩。

……田章对曰：臣闻之，天之高万万九千里，地之广亦与之等。风发溪谷，雨起江海，震……

敦煌汉简《田章》故事中对天地的认识

稍后的儒生们，又开始讲起"谶纬"。谶是含有预言意义的隐语，纬是假托孔子之名对儒家学说的神化解释。帝王们信不信是一回事，他们如何阐释以让百姓相信，又是另一回事。

而一些帝王则被方士们编造的服仙药求长生之类的骗局所迷惑。而方士们口中所谓不死药的来源，除了东海上仙山中缥缈难寻的仙人之外，还有一位神秘的西方女神"西王母"。虽有帝王为求不死仙药不惜一切代价[17]，但人固有一死，求仙药自然是以失败告终。

对于汉朝的百姓而言，天上最高的神也是西王母。因为太一神管的是王者圣人之类尊者的荣辱，只有西王母才顾万民死活。西汉末年，由于连年大旱，百姓难以为生，衣食无依的难民们只能寄托于西王母信仰。关东的人们向关西奔走，聚在一起祭祀西王母，甚至震动了京师长安。[18]

东汉时，人们又盛行祭祀"司命"神，将司命雕刻为一尺二寸的木像，行走时担在箧里，居家时另作小屋供奉。[19]

为了耕种收获好，乡里百姓每年春二月、秋八月时也会自发组织集钱

西王母与太一神（蒿葬—东汉壁画）
左侧为端坐芝山之上的西王母，右侧为隐而不显只有傍题的太一神
徐光冀主编：《中国出土壁画全集·陕西（上）》，
科学出版社，2012年，第64页

祭"社"。这时候也是他们宴饮作乐的好机会。人们的家中，又有与生活更近的五神，分别为门、户、井、灶、中霤，时称"五祀"[20]。

魂兮归来

汉朝人的价值观，是在情与法之间徘徊；而他们日常的风俗，则大多依照情理所成，为律法所不能禁止。因此治民者也常常利用信仰的力量教化百姓。

这样的做法实在很久远。西晋武帝太康二年（281年），汲郡一个名为不准的人盗掘战国古冢，发现大量竹简。其中一篇记录了这样一则故事：

周穆王姜后，昼寝而孕，越姬嬖，窃而育之，毙以玄鸟二七，涂以蠡血，置诸姜后，遽以告王。王恐，发书而占之，曰："蜉蝣之羽，飞集于户。鸿之庚止，弟弗克理。重灵降诛，尚复其所。"问左史氏，史豹曰："虫飞集户，是曰失所。惟彼小人，弗克以育君子。"史良曰："是谓关亲，将其留身，归于母氏，而后获宁。册而藏之，厥休将振。"王与令尹册而藏之于椟。居三月，越姬死，七日而复，言其情曰："先君怒予甚，曰：'尔夷隶也，胡窃君之子，不归母氏？将置而大戮，及王子于治。'"[21]

这段文字或有错讹，但大意还是清楚的：周穆王姜后生子，越姬趁偷用"涂以蠡血"的玄鸟更换王子。周穆王请太师占卜，左史和史良用隐语解释占辞。过了三月，越姬突然死去，七日后复活，讲述起之前在地下被先王怒斥罪行的情况。

如果说这则神异故事的道德隐喻还不算明显，书写年代稍后的秦简牍则是直接以死而复生者的口吻，讲起死者所喜爱的丧葬方式。如甘肃天水放马滩一号秦墓出土的数枚竹简，记载略述如下：

一个名为丹的人，杀人后被弃市埋葬，三年后却死而复生，自称是因为地下的官吏认为他罪不该死。虽已复活，丹却是喉部有疤、眉毛稀落、面色发黑、四肢无力。

丹说道，死者不愿多穿衣服，人们用白茅祭祀就可以让鬼获得财富。接着又说起祭祀的宜忌……[22]

北京大学所藏的一方秦牍，记载了类似的事件：

泰原上葬有死者，三年之后竟死而复生，被送到咸阳。死者说道：

死人所厌恶的，是把给死人准备的衣物随便解开。衣物应当让活着的人见到，否则就会被别的鬼夺走。

死人喜欢黄豆芽，把它当作黄金，又把黍粟当作缗钱，把白茅当作丝绸。

女子死后三年就会在地下另嫁他人，因此不要与原来的丈夫合葬。

为死者坟冢奉上祭品时，不要哭泣。等死者享用完才可以哭，否则就会有别的鬼夺走祭品。祠墓时不要把酒和羹浇在祭品上。埋葬死人时也不要捆绑死者。不要弄坏他的鞋，不要打碎他的器物。保持死者生前的卧姿，不要让他的魄找不到凭依。[23]

前文已经提到，汉朝时单靠劝说或是诏令来禁止一些丧葬方式，收效并不好。然而由此处可以得知，早在秦朝，官员已经找到一个更为有效的办法：直接编造出百姓所相信的鬼神志怪故事，去促使他们移风易俗。[24]

1　部分简牍图片及释文见天长市文物管理所、天长市博物馆:《安徽天长西汉墓发掘简报》,《文物》2006年第11期。又杨振红先生研究对本文颇有启发,见杨振红《天长纪庄汉墓谢孟的名、字、身份及与墓主人关系蠡测》,《浙江学刊》2011年第6期。然本文观点略有不同,陈述已见于正文,"逃往广陵国"为笔者推测。

2　同时秦朝时也有规定,子告父母、臣妾告主,若所涉及的罪行是"家罪"而非"公室告",官府便可以不受理。参见睡虎地秦简整理小组:《睡虎地秦墓竹简》,文物出版社,1978年,第117—118页。

3　《后汉书》卷三四《梁统传》言汉武帝时事:"武帝值中国隆盛,财力有余,征伐远方,军役数兴,豪桀犯禁,奸吏弄法,故重首匿之科,著知从之律,以破朋党,以惩隐匿。"

4　《汉书》卷一七《景武昭宣元成功臣表》。

5　《盐铁论》卷一〇《周秦》:"自首匿相坐之法立,骨肉之恩废,而刑罪多矣。父母之于子,虽有罪犹匿之,其不欲服罪尔。闻子为父隐,父为子隐,未闻父子之相坐也。闻兄弟缓追以免贼,未闻兄弟之相坐也。闻恶恶止其人,疾始而诛首恶,未闻什伍而相坐也。"

6　《汉书》卷八《宣帝纪》地节四年诏:"父子之亲,夫妇之道,天性也。虽有患祸,犹蒙死而存之。诚爱结于心,仁厚之至也,岂能违之哉!自今子首匿父母,妻匿夫,孙匿大父母,皆勿坐。其父母匿子,夫匿妻,大父母匿孙,罪殊死,皆上请廷尉以闻。"

7　《盐铁论》卷一〇《刑德》:"法者,缘人情而制,非设罪以陷人也。故《春秋》之治狱,论心定罪。志善而违于法者免,志恶而合于法者诛。"

8　汉章帝建初五年(80年)至汉和帝永元九年(97年)。

9　简牍图版及释文见长沙市文物考古研究所:《湖南长沙五一广场东汉简牍发掘简报》,《文物》2013年第6期。

10　文中参考了郑张尚芳先生对《越人歌》汉字记音的释读版本。见Zhengzhang Shangfang, "Decipherment of Yue-Ren-Ge (Song of the Yue boatman)", *Cahiers de linguistique-Asie*

Orientale, Vol. 20, No. 2, 1991, pp.159–168.

　11　《史记》卷一二四《游侠列传》。

　12　《后汉书》卷二四《马援传》马援与兄子严、敦书。

　13　如《汉纪》的作者荀悦在《孝武皇帝纪》形容游侠："简父兄之尊而崇宾客之礼，薄骨肉之恩而笃朋友之爱；忘修身之道而求众人之誉，割衣食之业以供馈宴之好。"

　14　张家山汉简《二年律令·户律》。

　15　东汉时随着佛教传入，才逐渐有了因果报应、生死轮回之类的说法。

　16　《盐铁论》卷六《散不足》。

　17　《汉书》卷二五《郊祀志》："秦始皇初并天下，甘心于神仙之道，遣徐福、韩终之属，多赍童男童女入海求神采药，因逃不还，天下怨恨。汉兴，新垣平、齐人少翁、公孙卿、栾大等，皆以仙人、黄冶、祭祠、事鬼使物、入海求神采药贵幸，赏赐累千金。大尤尊盛，至妻公主，爵位重絫，震动海内。元鼎、元封之际，燕齐之间方士瞋目扼掔，言有神仙祭祀致福之术者以万数。"

　18　《汉书》卷一一《哀帝纪》、卷二六《天文志》、卷二七《五行志》均记载了这次流民运动。又时代更晚的《博物志》卷九《杂说上》："万民皆付西王母，唯王者、圣人、真人、仙人、道人之命上属九天君耳。"大约代表汉代以来常见看法。

　19　《风俗通义·祀典第八》。

　20　《白虎通》卷二《五祀》："五祀者，何谓也？谓门、户、井、灶、中霤（室）也。所以祭何？人之所处出入，所饮食，故为神而祭之。"

　21　古文《周书》已佚，此出《文选·思玄赋》李善注引。

　22　原简释文见李学勤：《放马滩简中的志怪故事》，《文物》1990年第4期。

　23　原简释文见李零：《北大秦牍〈泰原有死者〉简介》，《文物》2012年第6期。

　24　详参陈侃理：《秦简牍复生故事与移风易俗》，《简帛》（第八辑），上海古籍出版社，2013年。

第八章

妄稽之死

荧荧白兔，东走西顾。
衣不如新，人不如故。

——汉乐府《古艳歌》

洛阳早已流行"汉死在戌亥"的谶纬。可在夫人心中，只觉眼前那因惊恐而紧紧抱住夫君的虞士如灾星祸水一般了。

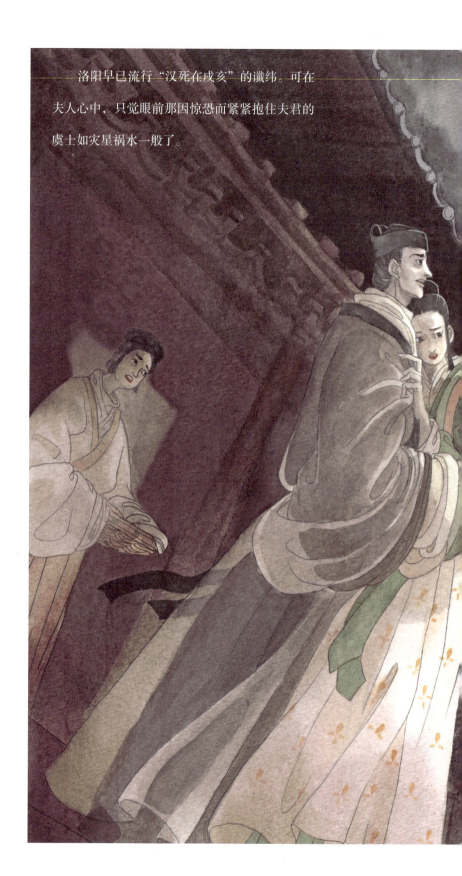

妄 稽

誉阳幼进，名族周春。

周春之贤，乡党无有。

谋乡长者，欲为娶妻。

媒妁随之，为娶妄稽。

【1】

"以往男人们不都是把妲己、褒姒那样的美人视作灾星祸水么？确实，殷纣大乱，用彼妲己；赫赫宗周，褒姒灭之。丽靡烂漫于前，背后却存着要令君子背德、天子亡国的祸心。要说好奢侈、进谗言、引战事，正是彼等手段……这些女子多可恨呐！至于嫫母、无盐、仳催那样的丑女，只要正色端操，照样得以生存，甚至会成为匹配明君的贞妃贤后。"

夫人仍旧记得年少时候，恩情深重的少母总是这样对她说着。初生之时，亲母难产而死，夫人又因面貌丑陋，不得父喜。正是少母将自己养大，并极力减轻父母所造成的悲伤。

无论如何，夫人自身也是洛阳豪富之女。虽缺乏父母的照拂，可自幼也倚靠着少母成长，教养到底是与京都王侯贵胄之女无二。

可少母亦不曾想到，丑女成年后，提亲者却众，还都是所谓"名士"。因为"娶妻当娶贤"，不待援引"相敬如宾"的古例为证，本朝原本就有梁鸿孟光"举案齐眉"的佳话。

此时朝廷选官，多凭地方荐举；州郡征辟，又必采名誉。所察者虽称学问、品行，实则更重声名。乡举里选的所谓"清议"，全靠百姓口耳相传，以讹传讹之事亦多。士人本为沽名钓誉已不择手段，相互品题标榜，恭维吹捧；彼等伪装孝行、矫饰友悌的手段，连寻常孩童都能看清，甚至编了歌谣来唱：

举秀才，不知书。

举孝廉，父别居。

寒素清白浊如泥，

高第良将怯如鸡。

出身势家的丑女因此倒有了优势——娶来当作高贵的正室夫人，便可以得来名士高节的声望，再加上妻家财富，封官拜爵之后，何愁不能再纳几个美妾？

这样的"名士"自然嫁不得。父亲一一回绝过后，反倒为女儿扬起更大的贤媛名声，甚至引来了真正的名族注目。最终父亲为她所选出的良人，乃是荥阳大族周家的独子周春。这桩婚事顺利定下，父亲也心满意足地称赞少母教女有方。

夫人出嫁时，一切用度可谓华丽。但自从十五岁时嫁入周家，她便收起钗钏绮缟，更作椎髻布衣，想要效那古之贤妇，平日里在家中勤心侍奉舅姑、夫君。

夫君离家往洛阳太学读书已有数年。哪怕独留空房、相见日稀，她也不敢有丝毫怠慢，偶尔平白受了舅姑的委屈，她也从不敢告知父兄，更不会形于颜色，顶多就是微皱一下眉，深深吸一口气又呼出来，还得偷偷侧过身去，生怕舅姑看在眼里。

可就在今晨，夫人第一次觉得有些难以抑制怒气。梳洗后上堂拜见，初闻夫君在洛阳学成，即将返家，尚未及高兴，却又听舅姑提起要给夫君买妾的事。这足够让她怀疑自己以往辛苦持家和漫长的等待是否值得了。

哪怕心中十分委曲，夫人仍先试着装作不在意的样子，只轻声向二老道："吾不惮买妾，恐君家财散！"那边却如同未闻。只好又言："吾既为君家之妇，自当有所谏言。若贸然买了来路不明的妾，在家中平白生出是非来又如何是好？"

阿姑只瞪了她一眼，仍不回话。

"家大人以周门德行修明，故使妾执箕帚于此。妾自问侍奉舅姑一切唯命是从，难道有何事令舅姑不喜？"夫人终于只得跪在二老面前，话里还带着哭腔，"今夫君游宦洛阳，买妾之事，不如待夫君归来，问过再作打算！"

终于等到阿姑言语，可那话却更是令夫人心冷："你是嫡妻，何必辩口利辞、如此嫉妒？买来一妾，难道不能分担你持家之苦？何况你面貌黑丑，买一美妾助你夫君延续后嗣，你不也免了生育之苦！"

不敢多言，也无话可说，身为人妇，还是被郡县长官作为乡里表率来宣讲的贤妇，她岂能嫉妒，岂能担上令夫君无后的恶名。眼中是不甘的泪光，不由暗叹一声"时也命也"，低头走归空房。

　　到底是何人发明了铜镜这样的物事呢？

　　次日，夫人在房中对镜自照的时候，突然生出了这样的想法。若是没了镜，不能知晓自己样貌妍媸，自己也不会这般丧气了。甚至直到有人在门外报"主人将从洛阳归来"，夫人也未展现一点笑意。

　　沐后散乱的长发被涂抹上泽，梳成光亮平缓的大髻；侍女为她洁面，接着在夫人脸上涂上一层铅粉。用毛笔蘸着墨，绘出端正的两道阔眉。胭脂薄拭于两颊，唇亦涂作小小的红。可无论如何妆饰，镜中仍旧映出一个庸常到连夫人自己都感到失望的面容。

　　花落暮春之时，日光透进帘幕，晃在镜中，令人中心烦乱。虽未打扮停妥，但已迁延了好些时辰。夫人索性挥手示意侍女合上镜台，又吩咐收起预备的锦缘绮衣，只如往常那样穿着家常半旧的裙襦去等待迎接久别归家的夫君。

　　在席上坐等了长久，一面偶尔同舅姑言语几句，一面心中已"胡不归？胡不归？"念了千百遍，才听外有人进来。刚笑着欲离席起身去迎接那人，却又脚下一软，跌坐在地。不欲拂了舅姑迎亲子归家的兴致，夫人只招手唤来侍女搀扶，说话音细如丝："扶我进去吧！胸口疼呐！"

　　夫人自幼有病在心，心口疼痛也成了常事。若是古代西施那样的美人，皱眉捧心也不会损害半分美貌；可夫人不行，曾经实在难受了倒在地上，惊得家中急忙请了医工来，却并没有什么大碍。夫人身体看着太壮健了，加上那样丑陋的面容，摆出病弱的模样，有如效仿西施的邻女一般，不仅不让人同情，反倒令人起疑。

如今大约是因为忧伤的缘故，又引发了旧病。夫人很想趁着夫君归来的机会，借这病痛摆出积劳成疾的模样，让夫君来怜惜她。可是要说夫妇相见，也不过是先前堂上拜见父母之时，其后夫君便称有事在外，竟长久不归家室。于是夫人只能眼睁睁地看着舅姑安排纳妾之事，想去言语几句，却毫无底气。

所纳的妾名为虞士，是乙未日阿姑亲自在市中选好的，又请了五行家占卜选定了进门的吉日。归家的夫君虽未置可否，不过看他这几日的模样，一定是乐意纳妾吧！

夜里孤枕难眠，好不容易有点睡意，却听见室外几个婢女毫无顾忌地谈论着。

一个说道："夫人总说什么'卑弱第一'云云，待周家长辈亦尽心尽力，连累咱们这样陪嫁过来的也跟着受气！若是在夫人父兄那边侍奉，虽说凭借经商末业带来的财富为世人所讥，但到底倚靠着当朝梁大将军的权势，哪怕咱们这样微贱的仆婢在外行走，别人亦轻视不得哩！"

"那是那是，"另一个也连声赞同，"力田不如逢丰年，力桑不如见国卿，刺绣文不如倚市门！夫人只顾着好名声，可却从未得意于夫主！你知道周家新纳的妾么，听闻是位原要送入洛阳梁家的美人儿。主君素来嫌厌夫人貌丑，早有纳妾的意思；前几日因着主君在洛阳学成归来，正好由舅姑提起来告知夫人。"

"若夫人拿出半分父家的威势来，主君又哪里有在外纳妾的胆量？说什么名族出身，为着好名声，装出一副高士的气派不肯屈身降志，三察不起，九辟不就，甚至不愿应梁大将军之召在朝为官——不过是个太学生，竟敢忤逆了那边的意思！若不是有夫人在，他怎得逍遥至此？全家上下，不也是靠夫人来操持打点？"

"夫人总是低声下气地去讨好夫家，哪知那边因此却轻视夫人呐！主人这几日虽称在士林间交游品题，实际不过是在为爱妾新买的外宅处呐，大屋广室由去水九里的高墉重门围绕，由洛阳随主人来的仆佣守着，也不让咱们进去探视。夫人带病劳碌备好的酒食，怕是便宜了什么仆佣。欺骗嫡妻去取悦一个还没进过家门的贱妾，哪里是真正君子所为呢？可咱们若如实告知夫人，夫人准以为咱们是无事生非，总免不了一顿笞骂！"

诸婢声音渐行渐远，只留下这妇人守着空房默然垂泪。

终于到了纳妾之日，上下琐事依旧是由夫人来操持打理。聊借忙碌来掩藏纷乱的心绪，恍惚着应对完往来吵吵嚷嚷的宾客，还未及休息，却见一婢已扶着一位黑发白肤、身形窈窕的美人进来。

美人云髻上玳瑁质的长钗斜插，珠珰环绕耳畔、随步轻摇；身上是外罩纱縠的春草色绮衣与流黄纨长裙；腰系釦金银的玉钩，身侧还垂挂玉环玉璜；织成吉语"宜子孙"的锦履再以翡翠装饰……尽是华丽入时的打扮，众宾客看得出神，一时堂下竟静默无声。

那美人并不言语，只向扶着她的小婢递了个眼神，那小婢也摆出一副傲然的模样向夫人道："请问僮使，周家夫人在何处？小夫人今日特来拜见！"

原来这可恨的女子便是虞士！她竟将自己当作了仆妇之属！夫人胸中燃起的怒火又烧得心痛。

可想来也难怪她。自己虽因着夫君归家，新制了单複衣裳，可裙襦所用不过是家常未染色的粗布，腰上围着劳作时用的蔽膝，脚上趿着平日劳作时穿的鞋袜；唯有项上系的一串青碧玫瑰珠玑宝石串作的项饰，是因着出嫁时少母所赠，不舍得收起的。以往总想着服饰鲜洁、身不垢辱即可，太过注意妆饰令舅姑不喜，又有损贤妇的声名，今日夫人的心却委实难过了。

宾客中有好事的叫道："夫人应当教训教训这无礼之人！"

夫人未及回话，那边虞士闻声已是推开小婢，一掌打在小婢脸上，接着盈盈下拜道："妾虞士见过孺子。系颈之人无礼，还请孺子见罪！"

看着她那装模作样讨人嫌厌的样子，夫人倒也不生气，仍笑着答话："哪怕是系颈之人，姝又哪里比得上！"

闻言虞士变了脸色，时青时红——夫人分明是讥讽她也同这小婢一般，是俯首系颈的微贱奴婢之属！不过若是不知情由的人看见，虞士楚楚可怜地在堂下跪着的模样倒是惹人同情，他们准以为是凶神恶煞的当家主母找了小妾好大麻烦。甚至有好管闲事的妇人来劝："她毕竟只是个妾，哪怕夫君对她百般珍爱，名分也难以越过你去！你为长便足，何必索求更多？"

夫人正欲发作，夫君却已过来，妻妾都连忙换上笑脸。

眼见夫君眼中全是对虞士的关切之情，忆起那夜里半梦半醒间奴婢的言语，夫人难得地有了怨言："丈夫新娶，错我美彼！今妻妾相争，不知何人当愧！"

夫君满以为夫人绝不知晓他为妾买了外宅的事，一脸理所应当的模样，转头又在堂中寻了相识的儒生友人侧坐定，滔滔不绝地讲述起在洛阳的经历。妻妾二人则在众人眼下相互见礼，相携进入内室；待无人处，才甩开手，嫌厌地瞪向对方。

一阵风吹了进来，帷幄帐钩喤啷乱摇，室中一暗——大概是灯火被风吹灭。忽闻外宅处亦人声嘈杂，颇不寻常。奇怪，是风刮倒了灯盏么？若是惹来火灾如何是好？夫人略有些焦虑，出外一看，却是白日移光，连天色都一片昏黑。

"这是灾异日食之变啊！"有人大叫着。至于这灾异的起因，无论是往来宾客，还是上下家人，都各有说法。连夫君都作出神神秘秘、欲言又止的模样，低声向友人言说洛阳早已流行"汉死在戌亥"的谶纬云云。

可在夫人心中，只觉眼前那因惊恐而紧紧抱住夫君的虞士如灾星祸水一般了。

【2】

转眼过了七十余日。天已大热，几令铄石流金。这日傍晚，夫君竟少见地抛下了美妾，来到夫人处。

夫妇俩相对坐着，客客气气地聊着些琐事。夫君甚至让人拿了博局来，说要与夫人玩。那和睦的模样连一侧伺候的仆佣都觉得惊奇。

"博弈好饮酒、不顾父母之养，可是大不孝！"夫人仔细查看他的神色，知是有异，丝毫不为所动。

夫君讨好似地赔笑几声，又吩咐人温酒，亲自奉与夫人："孔子不也有言'不亦有博弈者乎'？哪里严重至此！"

"可不是，有了美妾在侧、饱食终日、无所用心、连家亦忘归，"夫人好似看透了他的心思，却略再拜跪，然后持一杯，"夫君素轻妇人之语，若是为妾买了外宅、久不归家令舅姑不悦的事，妾也管不着！"

那边却出乎夫人意料地连连摆手。夫人一问之下，才知是有更加堪忧之事。

"是洛阳为官的夫子、上表直言于陛下，谁知反遭奸宦诬告，身陷洛阳狱中，恐有死罪；我为门生，当往洛阳奔走——"

"这同妾一小妇人有何相干？"

"夫人少母不就是襄城君孙氏之姊么？听闻如今权臣梁冀对妻襄城君孙氏最是畏惧，若请少母托言襄城君去劝解几句，夫子便无虞了！"

夫人不言，看夫君脸色略显焦急了，过了一会才缓缓答他："妾也听说过，'牝鸡之晨，惟家之索'，这话是你们儒生常在口中念的。如今求妾作这些，岂不是'外戚干政'？岂不是有违圣人之训？"

夫君固请道："夫人难道要为夫顿首伏地再拜么？我也不是贪生怕死、不慕高义之人！若夫人不愿相助，为夫便去洛阳诣阙上书喊冤，只求与夫子一同坐罪才好！"

夫人这才答应："好了好了，先前是玩笑呐，妾修书一封，君带去洛阳便是。"

心愿得偿，甲子日的时候他便急忙赶去洛阳。

去洛阳的还忙着为人周旋，少母得信，又约略听闻了周春纳妾之事，竟又放心不下夫人，急忙赶来这边探视。

听夫人潸然细述前事，少母也蹙着眉头道："这也太无礼、太欺负人了！经书上言：'相时而动，无累后人。'那些在朝堂上讪君卖直之人，不过自寻死路，我本不必助他去救！他夫子不过是去左校服弛刑，哪里是死罪？那些儒生却上疏威胁陛下，甚至有人挂冠而去，情愿同去服役。彼等自诩清流、空有大志，却各树朋徒，互相讥揣，所图无非各自声望！岂有一分半毫是思虑朝政实务？这哪里是什么正人君子？"话言至此，犹不解恨，"亏我还一声声唤作'贤婿'，备了礼物去请小妹帮他呐！"

然而往者不可谏。女子有行，远父母兄弟，这是难以奈何的事。少母只懊恼当初养育夫人时说话未明白，竟让她糊涂了这么些年，于是又言道："曹大家作《女诫》，原是自家贵女年少骄横，欲要稍加教养，又兼博了贤名，无甚损害的。女儿你嫁去这样的地方，不过是些竖儒，他们不当恩人供着也罢，竟糟践至此！你也是，如此低声下气，岂不是令父兄蒙羞？"

欲追来者，少母不由仍举出西京时候《淮南子》还是什么书里的传闻故事："淮北有一女，面貌丑陋，可仍旧让丈夫与四个妾室且敬且怕，何则？原是这女子遇事无论有理没理，誓争到底决不罢休。你也该强硬些，勿羞父兄啊！只要这般如此，今后你夫君也定然不敢轻视你。"

见夫人愁眉不展的模样，少母又讲起洛阳的奇事："就说我那妹夫梁冀，在外是显赫无比、政自己出的大将军录尚书事，对我那小妹襄城君却十分惧怕。昔日服丧时，他在外与妾友氏私通事发，襄城君只哭闹着要去奏闻天子，唬得他连连顿首叩头，直至请了母亲来劝，这才作罢。大将军既为妾室修筑外宅，襄城君也毫不客气，直接于将军第舍对街为宅，殚极土木，广开园囿，欲要建筑得胜过皇帝的宫室御苑呐！”

闻得少母如是笑言，夫人亦“噗嗤”笑出了声。可要抛却贤妇的作风，改变以往的习惯，谈何容易。少母也细细为夫人计划起来。

夫人遂下定决心，作出病痛难忍的模样，请了医工来看。待医工去报知舅姑，少母又往彼处言说了些自家威势显赫的情形，欲吓唬得他们不敢再欺负自家女儿，这才离去。

夫人终于可以长舒一口气。以往的日子，夫人不敢不快，不敢做出有辱“贤妇”美名的事。但现在一切都过去了，这么多年，夫人第一次作出置身事外的模样，全然不管家事了。

如此寂寂无事了好些天，这日夫人仍病坐舍中，闲望着舍后池中，鸳鸯罗列成行。阿姑却突然找上门。夫人抱病起身，到室外搀扶阿姑进来坐定，阿姑便向夫人抱怨起虞士的诸多不是来。

原来这刚入家门的妾，全然养成了洛阳豪富大家姬妾的习性，仗着夫主宠爱，每日留周春留宿外宅，少有前来侍奉舅姑。周春给外宅的花费数目惊人，虞士挥霍无度。室中摆的是桃枝席、楠木几案上放的是象牙杯箸；楚郢的练帛、齐阿的细缯、雍锦、蔡纺，遑论邯郸直领、郑袴、鄗带，各地时兴式样的衣装都随意地买了来，穿厌了又随意赠人；红紫之类的艳衣丽裳竟用以为亵服。这还不算完，还遣了仆佣往乡下亲戚处遍赠金财，以致卑贱之人竟也壮着胆想与名门攀亲！

这模样哪里像是妾呢？

夫人拿过侍女手中的团扇，恭敬侍立在阿姑身侧扇风，听她诉苦。待阿姑说完，夫人这才端正神色走到阿姑面前坐下："哎，我这妒妇，如今病倒在此处才知天命呀！自夫君纳妾以来，我嫉妒得难以休止，以致灾祸生于嫉妒。妇人的嫉妒难以停歇消散，如同想要疾速丢下瓦块以毁掉重叠的耳杯、解散系牢的绳索以分开汲水的瓶与桔槔那样困难啊！正是因我嫉妒，患病以来，夜夜都难以安睡，以至于不能好好孝敬舅姑！"一气说完，还欲伏地再拜，向阿姑请罪。

阿姑见此颇有些感动。以往的贤德之名，足证夫人此时所言乃是卑下体贴之语，非关嫉妒。对比虞士之恶行，夫人的容貌也不那么丑陋了。

夫人更是作出欲要为阿姑助力的模样，待她走后，便吩咐几个力壮的仆妇去将那别宅妾虞士给"请"来。

"这是太夫人的意思，她不能不识抬举！"夫人如此说道。

面对堂下跪着的小妾，夫人一改在阿姑面前的和善面容："我病在家中，无暇理你，你倒越来越放肆，欺侮人到这般程度，不仅轻视我这正妻，连家大人都不放在眼里了！"

不待虞士答话，已有两个仆妇上前，一人执柘条，一人执竹笞，劈头盖脸地往虞士身上打去。她大叫："孺子！若夫主归来见此……"

"周春如今往洛阳去了，三月不归，恐怕难以左右此事。"夫人冷笑着打断她说话。

仆妇的笞打之声令夫人暗暗心惊。夫人只等着虞士哭泣讨饶，但虞士竟未显出惧色，说话依旧毫不客气："孺子！别人家纳妾，悉皆以为荣华，把妾当作自家人看待；可孺子待为妾，却如见到乱人室家的仇雠祸害一般！我哪里令孺子不快呢，竟至于受鞭笞殴打之灾！普天之下，哪里听闻有这样的事？为妾的连人伦都不得，也是苦极！"

"啊呀！你竟敢这样说！还是如初来之日那般跋扈啊！我并非妒你，而是你横亘在夫妇间，且花钱如流，给家中引来诸多变数，亟须管教！我已够宽容你，如今才开始笞骂。"

夫人走到虞士面前，一手拉扯着她蓬松的发髻，使她脸向上仰，一手便狠狠打过去："且周春未走之时，我便告诉你，'与其媚于奥，宁媚于灶'，丈夫宦游在外，始终不能同你长久相留。你却如未闻一般，夜里枕着夫君手臂哭泣叹息，妄图谋划将我休弃。可哪怕我自请求去，夫君也没那胆量吧？他哪里会听你这贱妇之言！若果真遂你心志，我岂能站在这里？"

夫人实在怒极，亲自鞭笞了虞士半晌。直到打得累了，自觉长久以来积累的恨意稍减，这才饶过她。衣衫破碎、遍身伤痕的虞士只倒在地上默默啜泣着，不发一语求饶。

见此情状，夫人又改换一番语气："想来你侍奉我，也算够劳苦了！既然难以忍受、无力坚持，为何不逃走？如今我放你走！你这样的好面目，何人不喜爱呢？与其在这样名族大姓之家居人之下，不如嫁与黔首百姓作人家正妻好啊。若仍不走，可就避免不了箠打鞭笞！若你需要再嫁的金钱财货，只要你不再媚惑夫君，请速速取去，我这里不告无有！"

闻此，虞士强撑着再拜而起："孺子的确宽宏大量，有赐小妾，妾自当衷心为报！可圣人有言：身为女子之义，行动当端仁忠笃、不事两夫；无论生死都随夫主，决不会离开；若夫主死了，便为他服衰三年，终身不嫁，不为富贵荣华动摇，才是大诚。虞士虽不肖，愿效仿此道，既为周家之妾，命便属夫君，此生亦当侍奉孺子！"

"可恨可恨，分明是偷人丈夫的贱妾，装什么善人，我恨不得杀了你！"

夫人怒得瞋目裂眦，躯体战栗，却终究是无可奈何，只得放她归去。唯一令夫人欣喜的是，经此之后，听闻虞士在榻上卧了月余，身上的伤痕才得以痊愈。

看来少母所言不误，夫人又想着寻着什么理由再打她来解恨，直至把她赶出周家……

虞 士

乙未之日，其姑之陈市。

顾望闲中，适见美子。

问其齿字，名为虞士。

其姑卒娶之，以为子妾。

【1】

天气似乎比以往都燠热难耐，如同把人封在瓦甑里干蒸一般。

虞士觉得自身正被一种难以奈何的威风压迫着，心绪不宁，昏昏地抬不起头。哪怕是霜縠冰纨裁制的裙襦衣裳，贴在身上，也会渗出一层薄薄的香汗来。

她正坐在车上，从荥阳城出来，准备归乡探看父母。推开轩车的窗往外望去，日光烤得土地发白，热气腾腾往上冒。暖风熏得道旁一排老树枝叶懒洋洋动了一动，树上倒是蝉声凄烈，犹似鸣于耳畔。它们是年复一年地繁殖与死亡着。

据说很多年前，此地驰道未废的时候，那些老树就已经很引人注目了。这里处处都透着荒凉，不过小时候听本地乡人讲，在不远处的鸿沟之水尚未枯竭时，荥泽也有着一片宽阔的湖面与数滩连绵的浅水泽数，尚未被塞为平地。秦曾设敖仓于此；大汉初兴，高祖与项羽争雄时，便是因夺得敖仓之粮，才得以获胜；在西京时代，汉设工官、铁官于荥阳城，因而此处仍作为交通要道的一个中点而繁荣着。但如今往洛阳的车驾都不爱走此道，敖仓也早缩减成了敖亭。枯竭后的荥泽虽仍用着旧名，但已被各豪强大户圈作了一片片私田。

虞士的父母便是荥泽里依附于本地富家的农户。虞士曾经也是，不过现在她是荥阳名士周春的妾。

若是以往，虞士绝不愿回到那个贫穷的地方，只是吩咐仆佣提前备好赠与父母的财物，再耀武扬威地派人送去。除了要尽大汉所提倡的"孝道"，这里边未必没有一层赌气的意思在。永兴元年那场饥荒，狠心无情的父母为了自身能活下去，为了她的兄长能活下去，竟将她卖作本地富家的奴婢！

那富家收了一些贫家女子，再挑出美貌的教习歌舞，作为贿赂送入洛阳梁大将军家中；余者亦转卖以牟利。听闻梁大将军有一爱妾友期通，藏在外宅居住，然其妻孙氏善妒，竟寻得机会，毁伤了友氏的面容，又杀死丈夫与友氏所生之子。大约送去梁家的美貌婢女亦免不了卒遇飞祸，那时虞士便作如是想。

幸而本地大族为子购求一妾，挑中她去……她的夫君周春，正是顶有为官之望的太学生，不久后大约便能衣冠仕于洛阳。虞士自以为从此过上衣绮罗、曳流黄、挟琴上高堂的富贵日子——他甚至为她买了外宅，温柔地唤她为"夫人"，让她忘了他早已有妻，而自己只是个买来的妾。

她的父亲也早早以"女婿"在洛阳为官来自夸，甚至昂首向乡党邻里骄傲吹嘘。不过，听闻自己被卖的第三年，又是蝗灾颗粒无收，父母再无女儿可卖，虞士之兄也被送入洛阳宫中腐身为宦了。

　　一见到别人比自己活得更不堪，人的同情心就易被打动；或者说，自己活得再风光，也需要向怨恨之人招摇才来得痛快。因此当虞士见到父母来请求借钱之时，仿佛把自己曾经被卖作婢女、与牛马同栏的记忆都遗忘了。她对父母的恨，就因为有了居高临下的优越感，竟然减轻了许多。她乐于接济他们，乐于让父母来城里探望，乐于看见父母一改往日态度，把她当作一位贵夫人来奉承。她感到某种可怕的满足。

　　可是此次虞士却临时起意，欲要回乡看一看他们。

　　匆忙从内宅出来，只携了一个小婢，便吩咐平日堂外伺候的老仆驾车。直等车驾出城，才终于长舒一口气，从袖中取出铜镜照面。镜中的女人脂粉未施、双眉轻蹙、眼角因刚哭过而微带着些红色，高髻是昨日所绾、未及重梳，斜堕一侧——这倒好似"愁眉啼妆堕马髻"——名称虽听着可怕，时下这却是京都妇女流行的打扮，哪怕有着"服妖"恶名，却已成了流被四方、诸夏仿效的风尚。

　　待路转了个弯，她终于瞥见了桑林后家乡那些幼时所熟悉的屋顶。屋上片瓦也无，只用石头压着杂乱的麦秸。但并未见哪一户升起炊烟。等车缓缓地驶入田庄，虞士悄然走到家门前，便听见家中父亲仍在高声谈说着旧事："哎，虽然天灾不断，咱们大儿不得已送入宫中为宦，小女亦卖作人妾……可咱们这样微贱的农人，苟活至今，儿女也在吃穿不愁之地，还有什么不满足呢？"母亲亦叹道："如今女儿还能时时归来，听闻亦受主人家周君宠爱；可咱们儿子，不知在宫中会受怎样的苦啊！"

可怜他俩还认为女儿所侍奉的主人是大族名士，不会受苦呐！若告诉他俩，自己仅风光了七十余日，夫君便因洛阳有事，无暇他顾，将她扔在了荥阳。他的嫡妻在丈夫面前还全然一副贤惠模样；可待周春一走，她便将为妾的昏笞至旦！自己在家不堪忍受那厉鬼一般的夫人虐待，才私自寻了理由出门。若是这样地说起来，父母又作何感想呢？

想到哪怕自身向父母祖露了事实，也未必能获得几分同情，虞士只得装作无事地轻轻叩门。

"谁啊！"里面父亲闻声叱道。

"是我……"虞士的声音低得只能自己听到，待屋里又问，才强撑精神提声回应，"是女儿回来了。"

屋中的人立马改换了语气："快进来，快进来，今日怎么想回这里来了呢？"

二老开门后是客客气气地迎到了门外。母亲伸手想要上前扶她，看了看虞士身上丝衣鲜亮的颜色，终于还是把沾着泥土的手缩了回去。父亲忙说："你为何突然归家，是有什么急事么？到席上坐，屋内没扫过，污了缯帛的衣裙就不好了。乡下也不及准备什么招待，阿负别发愣了，快把夕食煮上！"

"无事无事，女儿今日只是顺道看看，阿翁阿母近来无恙？可有强饭加餐呢？"

"一切都好，因为你的缘故，此地主人如今待我们很客气！"父亲大笑道。

屋中灶边忙于炊事的母亲亦转过头来，满面笑容地絮叨不休："老妾刚还与你阿翁讲，如今若非有周家照拂，咱们哪里能过得这般安稳？你在周家衣食无忧，又有仆佣伺候，自然也过得很好吧？今后还得好好侍奉周君才是。腹中可有动静么？为妾的，总得有子倚靠才好！"

听母亲这样讲，虞士心中悲伤，却不愿多说话，只佯装咳嗽几声，偷偷用袖端拭去眼角泪水。

"倒是你阿兄，如今不知道在宫中侍奉哪一位贵人呢？洛阳终究是没有机会去了。你阿翁阿母也想多去城里看看你，不过每次前去都是有求于你，也真怕咱们这穿着裋褐陋服的乡下人让你难堪。"

父母果然首先挂念的仍是阿兄，之前因二老几句关怀之语略有感动的虞士，内心又升起了怨恨。

【2】

一提到这些乡下地方的生计，官吏们总是描绘出男耕女织、奉慈养幼的场景来，并将此作为政绩写入每年上计朝廷的集簿中。但实际在这里的农家，壮年的男子并不常归家。运气不好的，已被征去远方打仗，过了数年也无法返乡；运气稍好的，虽不至远离家乡，却仍得承担本郡本县修治城垣、道路、桥梁、水利的沉重劳役。因此农人家中便只好"健妇持门户，亦胜一丈夫"了。

女人们除了照顾家中老弱，白日里还得在田地里耕作，偶尔还如男子一般被征去服劳役。夜里她们仍不得休息，得继续白日未完成的纺绢织布任务。冬日里为着节省夜里纺绩织补时照明的油火，她们便聚到一起"会烛"。所谓"会烛"，便是邻近人家的妇人们相聚一室中纺绩，互相学习。女子无论老幼，在整日操劳后，相聚谈笑，总是难得轻松的时刻。

虞士归家的消息已经传开。本地每逢灾荒就会有女人或孩童失踪，从此杳无音信，她是唯一一个"衣锦还乡"的。天色未暗，农妇们便不顾如今还是盛夏，入暮未几，日尚悬空；纷纷以"会烛"这个拙劣的借口聚到她家门前来，想看看这个失踪多年，却以贵妇身份返乡的女子是何模样。

与虞士同来、忠心的仆婢守在门前，怒目瞪着这群妇人，使她们只敢在外张望着。

"虞士，让我们进来吧！"一个女人在门外喊道。

"可是，夫人，她们……她们那么脏，会污了房室……"门外小婢回道。

"我说让她们进来！"虞士的语气竟有些生气。

可小婢说得不错——进来的几个妇人，都像是经火烤过、干枯黑瘦的木材，弯腰驼背，身上的衣服其实只是几块破布缝合到一起。其中一个女人正对着虞士微笑，咧嘴露出磨损残缺的牙齿："你还记得我吗？曾经我们常在一起玩呐！"她背后还背着一个哭闹的男童。看着虞士一脸茫然，她又自己接话道，"是我，李吾。"是李吾！虞士还记得邻家那个与自己同岁的少女，她有着杏一样的大眼，与眼前这个人依稀有些相似。她是自己小时最好的玩伴。那时候两家人甚至还玩笑着说，要娶李吾过来，再把虞士嫁去她家。

可她为何老得这么快？

"一别经年，你如今都已为人母了呀！"虞士试着想掩饰自己的惊讶，膝行上前，逗弄起李吾背上的男童。"是啊。这已是第二个了。第一个是女儿，被舅姑扔了。"她面无表情地说道。

另一个妇人一瘸一拐地走了上来，她眼旁的一颗泪痣让虞士想起，此人是多年前邻家买来的新妇。虞士只知道，那时她也是个年轻貌美的女人，强盗将她掠卖至此；她欲逃跑，邻家还打断了她的腿。如今的她，蓬发颁白，面尽鱼腊，甚至有些吓人。"真难为情，我这模样让夫人瞧见。"妇人低声啜嚅道。

自家的父母，尚能因为女儿的接济、远离饥寒。可眼前这些以艳美的眼神望向她的农妇们，她们不用再多说一个字，虞士便能猜想到她们过的生活：不断地耕织劳作，背灼烈日，足蒸暑土，可仍旧缺衣少食、历尽忧苦。恐怕直到死亡，她们才能获得长久的安息……

"看看你，你就像天上的神女一样！"李吾的声音打断了虞士的思索，"听说你去洛阳了，去了咱们大汉的中心。你嫁给一位顶厉害的大官，成为一位高贵的夫人，黄金的大门，璧玉的大堂……"

看虞士并不答话，且神色不对，李吾终于察觉了些蹊跷，试探着问道："……你过得还好吗？"

虞士默然不言，一众妇人却都嗤笑起李吾："人家作夫人的，早不是我们这儿身无恒产的黔首百姓，怎么会不好呢？"最后一句听着却像是自嘲的叹息。或许这些女人，也不敢再问，害怕与虞士间的鸿沟更深，害怕让自己无望的人生变得更加无望。

虞士借口欲睡，起身退入内室。屋中阒然无人声，只李吾深深地望了虞士一眼，也不再多话，埋头开始缝补起旧衣来。

【3】

次日一早，虞士终于还是告别了父母，回荥阳城去。仍旧走的是来路，可心中所想却已是不同。

刚出里门，车前坐着的小婢突然指着道旁喊道："夫人，是昨日来'会烛'的那人！"虞士也顺着小婢所指的方向看去，只见道旁龟裂的田地里，收割过后的麦茬密布，其间还横卧着枯干的麦秸。平地上一条煌煌的焦黄长带延伸出去，直逼得天色也成了一幅极浅的流黄纨。

麦田中一个佝偻着的身影正挥着手、冲虞士的马车跑来，是李吾。她不顾小婢阻拦，上前来将一把男人用的拍髀铜刀递与了虞士，"是我阿兄的物件，还请夫人好好收着。"

一滴泪水终于突破重重的掩饰，从虞士的眼中落下："……你阿兄……如今他娶妻了么？"

李吾点头，指向麦田中众多还在俯身拾麦穗的妇人中的一个说道："昨日会烛时她也来了，只是躲在后面，不敢与你说话。"

"那你阿兄夫妇俩一定过得很好吧？不像我，哪怕有着美衣甘食，却不过是个取媚于人、主人喜欢了便买来，不喜欢又可以抛下卖掉的玩物罢了……"虞士紧紧握着拳，强忍着放声大哭的冲动。

"阿兄他去岁被征了兵，听说是西面边郡羌人作乱，朝廷征发士卒前去镇压……所以请夫人收好，没准是最后一点念想了。"见虞士默然无声，李吾仰头向天深深吐了口气，似乎想压抑着什么却又终于爆发，"你知道么……你怎会知道……那年大饥，我的女儿……不是被舅姑丢弃了，是被全家分食了呀……我这样的母亲……将来一定是要遭天谴的……"

对于荒年至亲相食的惨事，虞士并非不知，昔年消失的妇人孩童，除却卖作奴婢者，有的恐怕便是这般下场。常言道："天之道，施善人。"可究竟天道是耶非耶？虞士也说不清。想起洛阳那些衣裳楚楚、礼仪翩翩的贵胄家眷们，难道她们就是善人？她们的所取所用难道不是自这些不堪为命甚至吃人的农妇日耕夜绩而来么？

虞士不由泛起一阵恶心，奔至道旁呕吐。小婢搀扶虞士时，还不忘怒目瞪向一侧的李吾。李吾瞧着虞士情状，脸上满是愧意，却逐渐改换了神色，凄然泛笑着说道："夫人……夫人莫不是有身了？"

虞士并不回话，小婢倒是惊喜地对李吾连声谢过："阿姑，多谢你！若果真如此，夫人得赶紧回城里去了！"待手忙脚乱扶着虞士坐回车中后，又红涨着脸拍手道："夫人若真是有身，如今咱们便不惧那当家恶妇了！今周家无后，若夫人得男……"

　　虞士赶紧叱住多嘴的婢女，可苍白的脸上也终于抑制不住泛起一丝笑。

　　李吾还在车后喊着："夫人，如今的你和我们不一样！请夫人别回来这地方，一定不要回来啊。"

　　车声辚辚，逐渐远离了村舍。望着道路上虞士远去的车驾，田野里的一众农妇都唱起了挽歌：

　　　　小麦青青大麦枯，

　　　　谁当获者妇与姑，

　　　　丈人何在西击胡。

　　　　吏买马，君具车，

　　　　请为诸君鼓咙胡。

　　天广地阔，却没有一处地方可以安放妇人的哀愁。

周 春

妄稽为人，甚丑以恶。

周春见之，曾弗瞵视。

坐兴太息，出入流涕。

必与妇生，不若早死。

【1】

等周春在帝京洛阳城中大致处理完诸多事务，已近黄昏时候。

斜阳中崔巍巍屹立的南北二宫投下的阴影，道路上一片黑暗。道旁所植的栗、漆、梓、桐，如同鬼影般幽幽晃动。夜禁即将到来，他要急忙赶往太学去，甚至已经想到了明日将要早早乘车赶回荥阳去。

周春是荥阳城中大族周家的独子。他的贤名也的确配得上这样的出身：孝悌慈惠，以养亲戚；恭敬仁逊，以待乡党。言行适度，行动合宜，为人持重有礼。美好的德行之外，又兼姣丽的容貌。这样的男子，自然不忧虑婚姻之事。他的母亲，面对一众上门提亲的媒人，也仅仅是傲慢地回答道："苟称吾子，不忧无贤。"

即便如此，年十六的时候，他终于还是娶了妻。他的妻，是依照父母之命、媒妁之言娶来的。妻家是洛阳的大族，虽不如周家名望高，但周家自老父辞官归家后，家计日渐衰落；妻家却因着与本朝皇太后、皇后外戚梁氏的亲族沾亲带故，积累了权势赀财。夫人出嫁时，陪嫁的车马金财、童仆奴婢、篆组五采，无不尽善尽美。唯一美中不足的，却是夫人本身。她年始十五，状貌却肥丑而黑。关于她可憎面目的种种形容，已由婚礼宴会时窥见她的宾客在城中传开，甚至有人神异地夸张附会，有了"貌可以惧魅"这样的流言。

可夫人的确也是周家父母凭着好意为儿子娶来的。除了样貌之外，一切她都无亏。出嫁时丰厚的装送已为周家所有；婚后她也正如《女诫》所要求的那样贤淑端庄，努力尽她为妻的义务，爱敬夫君，尽心侍奉着舅姑；她所做的事，诸如摒弃华丽的衣饰换穿粗麻短衣、亲自在织机前劳作，甚至连郡县长官也赞她，把她作为乡里的表率宣讲。在多名周家子弟得到妻家赀财助力、有了仕宦之望后，她更是得到了族中一致称赞。

唯一失望的人是周春自己，面对那样丑陋的妻，他毫无同床共枕的欲望，甚至内心有了"必与妇生，不若早死"的念头。他所期望的妻，是蛾眉皓齿、颜盛色茂、能弹琴鼓瑟、唱和辞赋的佳人，而非这个温顺至乏味且面貌不佳的贵妇人。可为着自身的名誉，为着父母乡党的期待，他无法让这可怕的念头实际显现出来。他对待夫人，哪怕情感上有连舟楫都难以渡过的大河横亘着，仍只得采用相敬如宾的方式，并不敢显现出有一分憎厌她。

直到被选入洛阳太学，要离开家乡，周春才终于松了一口气。他的妻与父母都满怀希望地送别了他。之后便是几年的分离，他借口学业之事从未归家。

洛阳太学的生活拥挤而枯燥，但毕竟有志趣相投的先生与同窗。偶尔的波澜，大概只是平日书写经书时那些刚杀青的新简翻起的倒刺刺痛十指，或经年不动的陈牍忽然被取出时喷散的积尘迷住双眼。不过，这只是儒生固守志向、砥砺节义之路上所经历的微小考验。

太学学毕，仍旧负笈追师于如今的夫子门下。直至家中寄书一封，称父有疾，他才不得不归家。

没想到，归家却得到了他原本所幻想的女子——那是母亲为他新买的妾。周家需要一个子嗣，他需要一个佳人，这是两全其美的办法。虞士，正是那个色若春荣、身类缚素的佳人，她能以愉婉的言辞和曼妙的歌舞来宽解他，能在他对如今朝廷豺狼、狐狸当道表示愤慨与不满后，奉上一杯解忧美酒；她热切地听着他的理想，他和她热烈地交欢……

原本内心所憎厌的妻，如今却代替着他孝养父母，为他省却了无数烦恼。她贤淑端庄，含笑说着"蒙君不弃"、"长与子生"之类的话，安排好了他的生活。

所谓齐人之福，大概便是如此吧！因此如今即便身在洛阳，周春也急切地想要归家了。

在洛阳为了被奸宦构陷入狱的夫子周旋奔走数月，是作为门生的应尽之责。夫子固然是受宦官诬陷得罪，不过自己如今所求的外戚梁冀，亦非善人。两难间竟有了"斯文坠地"之感。《诗》中有一句"岂不怀归，畏此简书"，隐约道出此时心情。

本已渐归寂静的洛阳街上，一队疾速奔驰的车马打断了周春的思索。

来者定然都是梁孙两家子弟，别无他人。如今梁冀专权，凤凰在筊，鸡鹜翔舞，连爪牙都敢在御道上如此嚣张！周春心中升起了强烈的愤慨。之前梁冀还假意摆出想要选贤任能的模样，召儒生为幕僚，见儒生不为所动，便撕破假面，摆出"能奈我何"的态度，甚至对忤逆之人加以报复。

眼看着先是执兵器的武士过去，又是一辆辆平上軿车驶过去，车后满载打猎所获的野味。除此之外，末尾的数辆安车中，还隐隐传来女子的啜泣——他们的游猎，原是包含猎艳在内的。有位全身是血的老妇在车后无力地追逐着，呼喊着某个车中女子的名，旋即又被梁家苍头踢倒在道旁。那老妇最后发出一声声嘶力竭的尖叫："梁氏灭门驱驰！"却无人敢应她。

面对此景，周春只能缄默不言，掩面走过那倒在路旁不知是死是活的老妇身旁。遥遥听着鸡在高树之巅鸣叫，深宫中也传来孤独凄凉的一两声狗吠。

【2】

"如今在家有贤妻美妾，上天待我不薄了！"周春在归家路上，已在心满意足地想着。先前在洛阳染上的一些阴霾，也随着飘散无踪。心中取而代之的，是虞士温柔可爱的模样。

本来归家拜见过父母，便急忙要往外宅去见她，可母亲却在身后幽幽喊了一声："你站住！"

看母亲板着脸，一丝笑容也无，竟好似有要事相告的模样。周春只得停住脚步，恭恭敬敬地问道："敢问母亲大人何事？"

"让你的妻来告诉你！"

是父亲知晓我令夫人求助襄城君，因此发怒？或因她少母来访之事，见罪于母亲？周春左思右想，却总无头绪。然而妻所提起的，却是小妾虞士之事。

"……夜晚进出其它的男人颇多，弹琴鼓瑟都挑时下的艳歌来唱，接着便淫浪之声不绝，简直要到了反夜为日的地步！为妻一个小妇人，病在家中，哪里敢去节制她呢？若不速速鬻卖此妾，而让丑事长久留存于家中，有人添油加醋传了出去，必将成为里巷内人人议论之事，更甚则州乡惊骇，以致羁于狱讼！"妻的话语，在周春听来只觉扰耳烦人，因此尽管她在一旁苦心规劝，周春却毫无回应。

见儿子如此，母亲的脸色顿时一变："那女人就令你痴迷至如此地步？自她入周家已有一年半载，却连半分喜讯也无！无子、淫、不事舅姑，还引了你往那饮酒、博戏、不孝父母的路上去！"

在生养自己的母亲面前，周春怎能违背孝道礼义，只得伏跪在地，免冠请罪："阿母何故如此言？纳妾不足一年，子嗣自当徐图。且此妾佳好，怎会有淫泆之事？别宅而居，是此妾既小，侍奉嫡妻或失礼节……"

母亲闻言，槌床大怒："小子无畏！为护着这贱妾，如今竟敢忤逆亲母了！"

妻在一旁又言："哎，妾是羞于言说那些关于私情的丑恶之事呀！看虞士若是这般，夫君大概就要死在此处了！"说到此处，竟哀哀哭出了声，

"那贱人早已与私通之人相约，'我必定杀了周春，与你私奔，你我相约于某地，正好半路截杀了那人'云云。妾巧合之下听闻此事，正在恐惧之中，还好夫君及时归来，未给险恶之人以暇！请速速鬻卖此妾，不要招致大祸！"

周春只得恭敬向母亲道一声"唯大人之命"，又转头安慰哭泣的妻，"诺，她不过一个小妾，也很容易对付。若果真如你所言，有非分之想，则鬻卖她犹算是轻的！仆刚从洛阳归来，今日家中还有前来拜访探问的宾客。待到夜里，我去彼处窥看，听其言辞，再作决断。"

忐忑着待到暮色降临，周春往外宅处时，只见虞士似刚沐浴过，半湿的长发盘绾在头顶，随意以一象牙簪固髻，身上虽穿有层层纱縠，仍旧透出玉臂上一串莹白的珍珠。如以往那样，懒懒地从卧榻上起来。

"呀，你来了！你把妾抛在荥阳三月，大约忘了先前'岁日苦短，命毋众辞'的盟誓吧！"她拽住他的袖子撒娇，拉了周春往内坐下，转头又流出泪来，"别走，今后决不让你走了！"又是换衣又是温酒地忙碌了一阵，直到虞士又为周春奉一粒口含用的鸡舌香时，才发觉周春一直闭口未言，只看着自己。

"色鬼，别看！今后难道还看不够么？"虞士坐在周春身侧，略略笑着问他。那报然低头娇艳的模样令人疼惜，周春强忍着想抱她入怀的心思，硬着心肠问道："讲讲身世吧。"

"何苦讲那些？怪难为情。"虞士推了他一把，脸上显出挺落寞不甘的样子，直到周春再三要求，这才言道，"妾也是阿母怀胎十月生的呀！可贫贱人家的儿女原算不得人，遇着灾荒只得当了'自卖人'，原是养大了要送进洛阳宫里，我那阿兄为宦，妾便做个小宫人。若不是因为阿姑为你将我买来，也许我如今都受了陛下恩幸，在后宫有了封号呢！"

她在周春面前，仍是毫无顾忌地一味玩笑。可这话在周春听来，却是别有他意。周春遂颇为狐疑地端详她，冷笑道："你倒想得好！十多年前孝顺皇帝宫中也有位虞美人，还先后诞下舞阳长公主与孝冲皇帝，却遭皇后外戚梁家贬抑，连贵人之号亦无，如今宫中也仅称'大家'而已！"

虞士闻言，却并不如周春预想的那般撒娇作恼，倒好似想起了什么，含羞引着周春步入内室，"你进来！妾哪里是为了这点名分呢？"

内室中的布置，一如三月前周春离家时——不——床笫间分明放着一把男子所用的环首小刀！那粗劣的质地，对比周遭华丽的布置显得颇不相称。心中忆起先前家中妻所说的话，已信了大半。如同轰雷掣顶一般逃出室外，唤早已守在门外的一众壮仆，绑了她往家中细问。以往在外它伺候的仆佣亦皆唤来问话。

母亲与妻已在家等了许久。母亲见虞士被绑跪在堂下，才对周春温言劝慰："不过是个妾，这个卖了，阿母再为你求便是！东邻秦家有位贤女，名为罗敷，可爱的模样没人比得上，阿母当为你去求取。赶快卖掉这贱妾！"

一旁的妻起初还掩面似抹着泪，听闻母亲说完，只神情可怪地沉默着。

"不、不能卖，"周春阴沉着脸回答，"我妾有阴，我自死之！"

命人取来竹笞，不待虞士言语便开始笞打。她只哭着叩头讨饶，直至额头都叩出血来，全然不同于先前被夫人虐打时咬牙坚持的模样。唤了声夫主，虞士连连道："是妾不好，是妾轻慢了夫主，妾再也不敢了！如今离了周家，妾便再无去处了。妾知道夫主不是冷漠寡情、褊狭残忍的人，是修习仁义之道的儒生呐！"

可周春只一再拒绝："不、绝不能留你！你这贱妇，竟想要谋害我，我怎能留你！"

"妾此生凭依于夫主，怎敢生出这样的歹念？若君有不讳，妾哪里能够独活？定是孺子编造构陷的话吧！"

"巧言辩辞！那把刀定是你交通过盗不材者得来，欲要趁我寤眠时谋害人的。"

虞士闻此，终于停下哭泣辩解，面如死灰，似有所觉悟一般，拔出发间的象牙簪欲往颈间刺去。伏跪在侧的小婢尖叫着上前夺虞士手中之簪，一番拉扯下虞士暂停动作，臂上一串莹白的珍珠染作了血红，散在地上。

小婢转而拦在虞士身前，又向周春叩头："主人，饶了小夫人吧！如今小夫人可是有孕在身呐！"

周春怒气未止，推开小婢，更为用力地向虞士打过去，母亲却急忙上前喝止："你先前何不自言？"

虞士奄奄一息地伏在地上，只低声啜泣，是小婢在旁解释："小夫人受此不测之灾，哪里来得及辩解？至于那刀……那是小夫人看那《胎产书》

上'内象成子'的方术，说什么'欲产男，置弧矢刀兵'，因而才让乡下父母寻了这类刀兵来。小夫人是想为主人产下一子呐！"

原来竟是如此！周春如梦醒一般，颇为惊骇地丢下手中原本欲要杀人的用具。"啊，饶恕我！"周春心中喊道，全身颤抖着。不，这事与自己无关，是自己的妻，是这个鬼魅一般的女人，在试图引人往罪恶里去。可这罪恶是通过自己的手施行的，周春只能掩面避过，缄默不言。

母亲已喜不自禁地扶着虞士起来到内室歇息，又急忙唤人去请带下医前来诊治。那小婢所言果然不假，虞士大约正是在他离家前几日有孕的。经此折磨，胎儿无恙乃是万幸。可虞士仍是休养了七日，原本光洁的脸上留下了一道可怖的笞痕，人不复以往的娇俏，镇日只沉默着在室中静坐。

周春不欲再去见虞士，可看着妻的模样分明是在幸灾乐祸。这一日她来奉上酒食的时候，那难看的脸竟挂着几分温柔的笑："夫君，阿姑先前说，咱们周家有了子嗣，便交由为妻来养育呢。如今娸在想着，该早早物色好乳母了……至于那女人，如今毁伤了面容，生产后卖了倒也不可惜！"

这贤惠的妇人，在志得意满地为未来计划着。

【3】

又是数月过后，虞士终于有了将要生产的迹象。

周春这时候才想起去看看她。她直挺挺躺在榻上，头无钗泽、面无脂粉，早已毁伤的容颜更显枯槁，腹部巨大，更显得躯体瘦弱、形骸可哀。他们没有说话。周春觉得是妻害她成了这般模样，可他没有能力去干涉，他只是毛骨悚然，只是远看着微微叹一口气，便走了。

几个仆妇不分昼夜地守着虞士，逼着她饮食。终于在一天夜里，她挣扎着，到底还是产下了个男婴——可惜是死的。

周家诸人不由感叹："果然是个祸星！"虞士闻言倒是垂着头笑了。

她还活着，可连妻领来的中人都连连摆手，不愿转卖这样一个看着快要死去的女人。原先侍奉她的小婢倒是挺忠心地每日替她熬药，周春知道这毫无用处，但仍愿意给药钱，算是尽他的心。又挨了两月余，她还是死不了。

洛阳发生了大事，消息迅速传到荥阳来。

先是中宫梁皇后崩，接着皇帝便召诸尚书入宫，又集中符节，使黄门令领兵合围梁冀府邸，收缴梁冀大将军印绶，降为乡侯。梁冀与妻孙寿即日自杀，其余梁、孙宗亲皆送诏狱，无论老幼皆以弃市之刑处死。株连朝中官员数十、免黜梁家故吏宾客三百余人。

百姓无不额手称庆，可周家此时却是愁云密布——妻家原是依附于那梁冀逆臣的，又与襄城君孙寿沾亲带故，如若朝中见罪于此，该如何是好？

于是终于在一个秋热未消的傍晚，周春请告父母后，召来了妻，最后唤一声"夫人"。

妻倒并不如周春所预想的那般露出不胜惊愕的神情，只膝行上前，为周春斟一杯酒奉上："如今家大人因逆臣梁冀之事牵连至死，若夫君将妾休弃，妾无处再去……"

"已有个朝廷新封的乡侯，今日向我家递了名刺，明日便要来访。若你在，恐怕他会治我的罪啊！"

"为君作妻，中心恻悲。夜夜织作，不得下机。三日载匹，尚言吾迟！"夫人尚不死心，仍请求不止。

"你这贱妇，害得我周家还不够么！滚，快滚吧！"周春毫不同情地怒吼着。

她终于不再说话，紧咬着唇，两手交握着，默默退去。望着这嫁来周家多年的女人独自离开，周春竟连一句挽留也无。

既已休妻，诸事却未休止。

次日前来的那位新侯，竟然正是虞士之兄，因从五侯诛杀梁冀有功，由一介小黄门得封乡侯。兄妹两久别十多年，那相见哭泣的情景实在令人可怜，连周春与父母也在一侧助哀，又细述起虞士横遭毒妇嫉妒虐打之事。

"还好如今逆臣已被诛灭，我家终于得以休掉那跋扈的贱妇！"周春听母亲总结道。

如今虞士已是王侯之妹，归去洛阳侯第与自家父母相见，休养了半年，仍旧由周家占卜吉日，恭恭敬敬地娶进门。陪嫁的不只僮仆财货、车马服玩，竟还有洛阳的某座第舍。

虽是与宦官之亲约为婚姻，蒙时讥毁，可这位新妇倒是挺傲慢地回话：

"以往儒生总是托言故秦之事，编什么始皇帝焚书坑儒、赵高阉人乱政，欲称宦者贪墨，可先前公卿以下，莫不依附逆臣梁冀，又有几人清廉？助皇帝陛下诛灭逆臣者，难道不是我家阿兄那样的宦官？"

转头新妇又向周春言道："如今江山并未易姓，自当匡扶天子，何苦如彼等非往首阳山采薇以求高名不可？狂生欺世盗名、坐作声价，何益于用？"宴会上一众原本想来讥讽周春的儒生，顿时哑口无言。

蒙姻戚相劝，周春亦举家迁往洛阳。

虞士如今是如之前那位夫人一般，成为一位身份高贵、人人称赞的贤妇。只是虞士先前生育时落下病根，竟是再难产子。因而没过多少时日，周家又张罗起了纳妾之事。

虞士对此事未置一语。如今荥阳乡下的田地已归她所有，她也忙碌着安排诸多事务。今岁来洛阳报知收成的仆妇李吾自称是虞士旧友，虞士却避而不见，只吩咐好吃好喝地款待。周春出外时，只见李吾坐在堂下，一面如蝗虫般嚼复大嚼，一面笑言道："主人家茅田数项自有井水浇灌，四方纤纤不可整，虽今年收成只是尚可，但后年定然丰饶！"

周春往荥阳收拾旧宅中物，又听看门的老仆言道，荥阳城外的池中，有人捞出一个死去已久的女人。尸身上全爬着蛆虫，但仍有人不顾恶心，从颈上取得一串精雕细琢的青碧玫瑰宝石。

关于死者的来历，众说纷纭，没完没了。乡民们传言，这准是城中富贵人家美丽的女儿出行时为贼盗所害！一个头饰金钗、身衣丝帛、足踏锦履的女子，哪怕已在污泥中浸得腐烂发臭，可她生前怎能不美丽呢？

　　好事者甚至集钱为她修筑了坟墓。

　　没过多少时日，那里已为茸茸绿草所覆盖着了。

尾　声

三十年后。

洛阳坚不可摧的宫殿与固若金汤的城郭已被董卓点起的大火焚毁殆尽，曾经的南北宫殿、宗庙、府库、民家，如今都只剩残垣断壁。汉家天子因此不得不迁往长安。

从原是某处高官之家的废墟中，钻出一个相貌可怖的乞妇来。

几个欲要施舍她的流民正围着她，听她讲着往事。

"你们别看姎如今这般，昔日姎也是王侯之妹、高官之妻，也是被锦绮罗縠包裹着的贵妇人呐！"乞妇咳嗽了几声，随意唾了一口浓痰，又继续讲着，"今日要讲的，便是本处原先的那位夫人的事。这位夫人的名字，姎家本不愿讲作'妄稽'（无稽）的，也想着弄清此女姓甚名谁。不过孝桓皇帝的时候，梁氏孙氏的宗族，无少长皆弃市呀！这位夫人便牵连其中，因此名却不知，想必男人们亦不屑因这等琐事在竹帛上记上一笔呐。然则凡人凡事，正是咱们妇人兴趣所在。总之，当年有这么一位，咱们且呼为'妄稽'，这可是个貌丑、善妒的恶妇……"

说着说着，乞妇脸上横亘着的一道难看疤痕，因着愤怒皱在了一起。

【余话】为妇与为臣

　　《妄稽》是北京大学藏西汉竹书中的一篇。竹简入藏时已残断散乱，研究者依据文字内容、简背划痕、用韵情况对其进行整理和缀合后，文章的全貌才得以初步呈现出来：《妄稽》即为竹书原有篇题，所记述的正是西汉时代一个士人家庭中，妻妄稽、夫周春、妾虞士三人间的故事。

　　这里为了讲述故事的缘故，又对该篇部分竹简按照自己的理解重新进行了编连，将故事略述如下：

　　荥阳有一年轻人周春，品行佳好，相貌亦俊美。然而他的妻妄稽，身形面目丑陋无比。周春厌妄稽，于是周春夫母便打算为子买妾。

　　虽妄稽出言反对，但周春之母仍买了一名为虞士的美妾。纳妾之日，妄稽强作打扮，欲与虞士比美，又讨好周春，均以失败告终。周春极爱虞士，又怕妻妄稽为难她，便为爱妾另筑外宅，并设置重重防护。

　　不久周春因公务外出，守宅者懈怠。妄稽绁得虞士，对其鞭笞毒打。虞士伤重，众人朋友皆谴责妄稽而同情虞士。妄稽召来少母，假意忏悔之前所为；又召来虞士，希望以钱财换得她离开丈夫。虞士却丝毫不为所动。

　　妄稽大怒，欲杀虞士。谁知此时丈夫周春突然归来。妄稽转而向周春进谗言，称虞士在外与人通奸。周春信以为真，大为恐惧。

　　妄稽得以再次虐打虞士。周春见虞士之状，却不再起疑，约定相守。妄稽大哭大闹，却突然患病将死，临死前召来"吏"留下遗言，忏悔先前的嫉妒。

/

这篇故事叙述虽长，且以西汉时盛行的"赋"的文体写就，却有着大致齐整的四言句式，细细铺陈展开，是一篇便于传播的"俗赋"。它的作者，很可能正是故事结尾处所谓的"吏"。妄稽留下的遗言，正是"吏"在讲述了生动的故事之后，希望用以教化民间百姓的语句。

故事带有虚构的成分，未必实有这些人事，可是不同于史书对女性的忽略态度，《妄稽》详细记载了当时女性情感与生活的细节，揭开了彼时家庭、社会生活中的真实图景。

虽只是想把《妄稽》当作故事来读，但类似《妄稽》中记述的情形，也的确真实存在着，不妨对照史书作一番比较。如时代更晚的《后汉书》中记载的东汉时一个贵胄家庭，夫是当时的外戚权臣、大将军梁冀，妻是襄城君孙寿，妾为美人友通期：

> 梁冀与友通期居住在城西外宅，孙寿得知消息，趁梁冀外出，带领众多家奴，将友通期篡取回家，剪掉她的头发，刮破她的面容，并笞打她。梁冀大为恐惧，向孙寿母亲叩头请求，孙寿不得已才停止。梁冀又与友通期私通，生下儿子名为伯玉，藏起来不敢让他外出。孙寿不久知晓此事，让儿子梁胤诛杀友氏。梁冀担心妻子杀害伯玉，只得把他藏在墙壁夹层中。[1]

若再望深处看去，虽故事里讲的都是妻妾相争的微末琐事，在这里却实在可以说，东汉中后期的一段史事，竟与《妄稽》这个西汉时的故事并无大的区别。夫妇之爱，君臣之思，本难以划分得清楚。妾妇之道，也如当时的为臣之道一般。

自东汉和帝以来，即位的皇帝大多年小，太后临朝，外戚当权；皇帝成年后，又不甘心受外戚挟制，只能依靠亲近的宦官来收拾外戚，夺回大权。下一个皇帝即位，经历亦复如是。

外戚与宦官的争权夺势一直持续着。一众在朝的官员或在野的士人，有的存心攀附，有的为了大义（或所谓"士大夫的高名"），都不得不选择一方势力来支持以抗争另一方。宦官乱政，士人便站在外戚一边；外戚跋扈，士人又不得不援助宦官。

诛灭梁冀之后，情形也未曾好转，反而更加恶化。桓灵二帝时期，又接连发生了党锢之祸。第一次党锢之祸，官员、士人上书称宦官乱政，宦官则称士人结党营私，终以桓帝"大赦天下"告终。第二次党锢之祸，先是外戚窦武联合士人欲诛弃权祸国的宦官曹节等人，事泄失败；宦官复称士人结党，党人皆下狱死，牵连者不计其数。

后世史家往往将东汉的灭亡归结于宦官乱政。但正如最终宦官张让所言："天下愦愦，亦非独我曹罪也"，"卿言省内秽浊，公卿以下忠清者为谁？"[2] 实际上，在几派势力的博弈游戏中，天下既算不得治世，也算不得乱世。无论宦官、外戚抑或士人，其中都有深明大义的正人君子，有尸位素餐的庸人，有沽名钓誉的小人，更是不乏大奸大恶者。

儒生士大夫们说得再冠冕堂皇，但在绝对的权力与利益、偏执的道德与舆论诸元素的作用下，他们之中的绝大多数，同他们所鄙弃（却不得不选一方合作）的宦官与外戚一般，不约而同地团成了几丸灰色的、令东汉王朝走向灭亡的慢性毒药。

党人范滂就逮时对诸子遗言："吾欲使汝为恶，则恶不可为；使汝为善，则我不为恶。（我希望你多做恶事，以求高官厚禄，可恶事不得做；我希望你多做善事，可善事又做不得，做了善事恐怕会沦落到我这样下狱将死的结果吧！）"[3] 这样的两难，是汉朝为臣者的悲哀，更是汉朝妇人们的悲哀。

　　将《妾稽》故事置于这一段历史背景中，正是为了从历史的角度观察当时女性个体的命运。另一方面，也希望从女性的角度，来看看汉朝历史的走向。

　　早在西汉时，便有这样的故事：

　　人有嫁其子而教之曰："尔行矣，慎无为善！"曰："不为善，将为不善邪？"应之曰："善且由弗为，况不善乎！"[4]

　　汉成帝的后宫之中，当赵飞燕诬告班倢伃行媚道祝诅事时，班倢伃亦言：

　　妾闻"死生有命，富贵在天"。修正尚未蒙福，为邪欲以何望？使鬼神有知，不受不臣之愬；如其无知，愬之何益？故不为也。[5]

　　古之"正人君子"甚少讨论爱情，常见谈论的只是婚姻，其背后往往也充满道德的隐喻，"正夫妇"背后还要"正君臣"。夫妇若不正，人们责以妻、责以妾；君臣若不正，人们责以臣；臣属间若不正，人们责以外戚、责以宦官。

　　当夫与君角色重叠、涉及兴亡的时候，哪怕帝王们杀身亡国，也总是有"邦之咎也"的美人为之分谤：夏亡于妹喜，殷亡于妲己，周亡于褒姒；晋献公有骊姬，吴王夫差有西施，汉成帝有飞燕、合德姐妹……她们之所以存在，也许确有此人此事；但也可能，只是为了把曾经奉若神明的君王当作性情中人来原谅，有人硬生生杜撰出她们来。不管怎么说，在街谈巷议里，"大是大非"确已不可闻，唯有这些传闻把暗沉沉的古史搅出一点艳色。

　　殊不知，无论是妻妾相争，还是外戚宦官相争，并末有谁真正得胜；东汉终究是亡了，可其后隐而不显的夫与君、甚至掌握话语的士人们，他们所制造的悲剧，仍继续在漫长的古史中重复上演着。

【专题】婚于汉朝

汉朝的爱情

有所思，乃在大海南。

何用问遗君，双珠瑇瑁簪，用玉绍缭之。

闻君有他心，拉杂摧烧之。

摧烧之，当风扬其灰。

从今以往，勿复相思，相思与君绝！

鸡鸣狗吠，兄嫂当知之。

妃呼狶！

秋风肃肃晨风飔，东方须臾高知之。

这是一个汉朝女子的爱情故事。

她所思恋的良人，远在大海之南。准备赠送给他的信物，是装饰珍珠
的玳瑁簪，又以玉缠绕。当她听闻自己所爱之人已有他心，便决绝将自己
精心准备的信物折断、砸碎、烧毁，不复相思。却又转而忆起曾经恋爱时
的情景，悲叹一声，但觉秋晨风凉，要待到天亮再做最终决定。

良人再与她重逢，见她心生疑虑，就得赶紧发誓道：

上邪，

我欲与君相知，长命无绝衰。

山无陵，江水为竭。

冬雷震震，夏雨雪。

天地合，乃敢与君绝。

听良人如此赌咒发誓，她一颗悬着的心才终于安顿下来。

这样明朗爽直的爱情，在汉朝是普遍的。当时的男女，都不忌讳向所爱之人表达心意。我既媚君姿，君亦悦我颜，直接编作歌谣唱出来也不难为情。

汉朝寻常的成年男女，若是有了喜爱之人，经由主人、父母长辈安排，就可以嫁娶成婚。结婚仪式也未必拘于先秦时代儒家所要求的程式化且繁琐的"六礼"（即纳采、问名、纳吉、纳征、请期、亲迎），婚事简单实际。甚至男女为着恋爱，私奔的也不少。

依照先秦的传统，是"男三十而娶、女二十而嫁"，但汉朝时这大概只能算是上限，年轻人嫁娶的年岁通常都要早得多。朝廷也鼓励年轻人成婚，西汉惠帝时甚至一度规定，女子十五岁以上到三十岁不嫁，会被罚钱五算。[6]

不过，仍有不少女子因为美貌主动或被动地成为王侯贵胄家的姬妾；百姓家的男子拿不出聘礼娶妻的情况也很普遍。平民男子娶婢女为妻，或是平民女子嫁给奴仆，会被人骂作"臧"（男奴）和"获"（女婢）。

官吏贵胄的家庭嫁娶，要讲究许多。他们看重的是"财"与"势"，遵守结婚礼仪。婚姻之事由长辈来定，至于当事人的个人意愿，却并不重要，有的人要到成婚之日才知道对方的模样。

冠冕堂皇的说辞是"娶妻娶贤"，即要娶一个贤妇来侍奉起居、照料家庭，相貌并不重要。东汉时，名士梁鸿拒绝一众欲嫁女给他的势家大族，独娶了面貌丑陋的孟光。夫妇俩过着隐居生活，孟光为夫君奉上饭食时，不敢抬头正视，而是将食案高举至眉。这便是"举案齐眉"的故事。

实际情况多半是几家欢喜几家忧。如本篇故事里，周春第一次看到夫人妄稽，就无法直视，坐起叹息，出入流涕，甚至感叹道："必与妇生，不若早死！"可事已至此，也无法变更了。

汉朝的婚礼

讲究礼仪的汉朝富贵人家娶妇嫁女，都要经历一个复杂的过程。

想要结为婚姻，男方家长辈先得拜托介者（中介，媒人）向女家提亲。女家需要确认以下几点：

一、男方家族不是自家仇家。

二、男方不同姓。

三、男方家财、门第等条件足够。

东汉婚服形象的推测

若哪家有男儿容貌、品行优秀，也有不少人家主动提议嫁女。双方答应议婚之后，就可以进而开始安排一整套"六礼"婚仪了。

下面便带大家前往故事里周家娶妻的现场看看。出场的人物有女家的乌有公（妄稽之父）、少母（妄稽庶母）、妄稽（成年待嫁之女）、男家的周公周媪（周春父母）、周春（娶妇之男）。

一、纳采

首先是"纳采"，周家需要用雁作为礼物，去女家求婚。周家的使者穿着正式衣装来到女家，女家派人出门迎接宾客。

周家使者说："君有惠，赐室周春也。周公有先人之礼，使在下请纳采。"（承君以前惠许，把女儿赐与周春为妻。他的父亲周公有先人的礼节，派在下前来请行纳采的礼仪。）

乌有公说："乌有之子蠢愚，又弗能教。君命之，乌有不敢辞。"（我的女儿愚昧蠢笨，不能好好教诲。君有下命，我不敢辞谢。）

乌有公也穿着正式衣装，在门外对来宾行礼。使者为表谦虚，避不受礼。再三谦让之后，迎入堂前。

使者传达周家的话说："敢纳采。"（冒昧地前来纳采。）乌有公再次行礼，接受周家礼物，交给家人中地位最尊者。

同时也要对周家的使者奉上礼物，说："乌有奉酒肉若干，再拜反命。"（我奉上酒肉若干，请君回周家回复。）

二、问名

周家再次派遣使者前往女家，礼物也如纳采时一样。使者说："周公既受命，将加诸卜，敢请女为谁氏？"（周公已受君吩咐，将要占卜，冒昧请问君女之名。）

乌有公回答："君有命，以备数而择之，乌有不敢辞，曰妄稽。"（君有吩咐，将要以小女充数以选择，我不敢辞谢。小女名为妄稽。）

这时女家派人出来为周家使者奉上美酒，说："子为事故至于乌有室，在下有先人之礼，请醴从者。"（君因为这件事的缘故才到我这里来，我有先人的礼节，请勿见怪，请随行而来的侍者饮酒。）

使者则说："在下既得将事矣，敢辞。"（我既已将事完成，冒昧请求离去。）

那边仍旧劝酒："先人之礼，敢固以请。"（这是先人的礼节，冒昧地仍旧请君饮酒。）

使者只好接过酒："在下辞不得命，敢不从。"（我再推辞就是违背吩咐了，怎敢不喝。）

之后礼仪与纳采相同。

三、纳吉

周家占卜后得到吉兆，再派遣使者前往女家告知。纳吉的礼仪仍与纳采相同。

使者说："君有赐，命周公加诸卜，占曰吉，使在下也敢告。"（君曾经赐告君女之名，周公请人占卜后，得出卜辞为吉兆。派在下来冒昧地告知。）

乌有公回答说："乌有之子不教，唯恐不堪，子有吉，我与在，不敢辞。"（我的女儿没有好好教导，只怕不能胜任。君有吉兆，我与君同受，不敢辞谢。）

婚姻之事到这里才得以确定。

四、纳征

接下来，周家便需要向女家送上聘礼了。依照汉朝时的流行，官员之家送聘礼除了金钱之外，还有多达三十种的礼物。

礼节仍旧和前面几次一样，周家派遣使者来到女家，说："君有嘉命，赐室周春。周公有先人之礼，使在下也请纳征。"（君有关于婚事的嘉好吩咐，赐予周春妻室。周公有先人的礼节，派在下来请求行纳征的礼仪。）

乌有公回答说："君顺先典，赐乌有重礼，乌有不敢辞，敢不承命。"（君依照先人的办法，赐予我厚礼，我不敢辞谢，怎敢不接受吩咐。）

五、请期

女家纳聘之后，周家就可以开始占卜选择吉日婚期了。确定日期之后，周家并不能直接告知女家，而是派遣使者前往女家，请女家指定婚期。女家推辞之后，才将婚期告知。礼仪仍与前同。

使者说："君有赐命，在下既申受命矣。惟是三族之不虞，使在下请吉日。"（君有赐下吩咐，在下来也是再次答复。周家的家族内没有凶丧之事，所以派遣在下来请问婚期该如何确定。）

乌有公回答说："乌有既前受命矣，惟命是听。"（我先前既已接受吩咐，如今也听候安排。）

使者谦让："周公命在下听命于君。"（周公吩咐在下听候君的意见。）

乌有公答："乌有固惟命是听。"（我坚持听候周家安排。）

使者这才说明日期："周公使在下受命于君，君不许，在下敢不告期，曰某日。"（周公让在下听命于君，君不许在下这么做，在下只好告知周家拟定的日期，是某日。）

乌有公回答："乌有敢不敬须。"（我一定恭敬地待命。）

310

使者回到周家，向周公的答复是："在下既得将事矣，敢以礼告。"（在下已经将诸事完成，冒昧地依礼禀告。）

周公说："闻命矣。"（知道了。）

六、亲迎

正式的婚期将至，周春就得准备亲自前往女家迎接新妇了。

这一日黄昏将至，在周家，父亲周公训命周春说："往迎尔相，承我宗事。勖帅以敬，先妣之嗣，若则有常。"（去迎接你的贤内助，以继承我们的宗室之事。勉励引领她恭敬从事，以嗣续我们先人的美德。你的言行要有常法。）

周春说："诺。唯恐不堪，不敢忘命。"（是，只怕我不能胜任，但绝不敢忘记父亲的训诫。）

周春穿着盛装，乘坐两匹马拉着、立乘的轺车，前有随从手持火把开道照明，后有车队随行，来到女家门外。

女家接应宾客的人请入，周春向乌有公说："君命家父以兹初昏，使周春将请承命。"（君曾吩咐家父，在这个刚黄昏的时候，派我来迎娶新妇。）

乌有公回答："吾固敬具以须。"（我已恭敬地备办好了以等候迎娶。）

这边是翁婿谦让着进入堂上；与此同时，房中作为新妇的妟稽也已经盛饰丽服地等候着了，负责教习新妇的傅母也等候在侧。

等周春将作为礼物的雁放在地上，稽首再拜，新妇就可以跟着他出去了。

乌有公并不下堂送别，只是训诫她："戒之敬之，夙夜无违命！"（要谨慎、恭敬，早晚都不能违背舅姑的意思！）

嫡母则为女儿系好衣带，结好佩巾，告诫道："勉之敬之，夙夜无违宫

到长安去：汉朝简牍故事集

事。"（要勉励、恭敬，日夜都不能违反夫家的规定。）

少母送女儿到门前，为她系上鞶囊，重申父母之命，告诫她："敬恭听宗尔父母之言，夙夜无愆，视诸衿鞶。"（恭敬地听从你父母的话，日夜都不要犯错，经常看看这个丝囊作为留念。）

而新妇乘坐的，是张挂帷幕、坐乘的安车，先由周春亲自驾车。妾稽登车时，周春将拉手的引绳递给她，一旁的傅母辞谢道："未教，不足与为礼也。"（她尚未得到教导，不能接受这一礼节。）接着奉上矮几，使妾稽踏几登车。傅母为她披上避风尘的罩衣。

周春驱车前进，车轮滚动三圈后，就改由车夫代替他驾车。周春继续乘坐来时的轺车，先行到自家门外，等候新妇到来。

而女家这边，也为女儿妾稽准备了丰厚的嫁礼。汉朝的高官、富人嫁女儿，总是爱互相攀比，还有送上几十万钱甚至数百万钱作为嫁礼的。如今也是装送丰厚，有奴婢百人，皆被罗縠，辎軿数十，骑奴侍童，夹毂节引……极尽豪华。

等到新妇的车队到来，周春作揖行礼，请妾稽进门。周家早已打扫清洁干净，内外盛饰，装点一新。

此刻周家为婚礼举办的酒宴也正是热闹的时候，两家的亲族、朋友都来了。汉朝时已经不时兴先秦"昏礼不贺"的习惯，处处乐声不断，歌舞动人。在汉朝时，即便有时朝廷、官府严禁嫁娶以酒食相贺[7]，也不能抑制人们对于婚礼酒宴的热情。宾客还可以和新人戏谑取乐。在这之后，新夫妇俩才能进入寝门。

依照先秦时的礼仪，这时新婚的仪式有：

一、沃盥。即在仆婢侍奉下夫妇分别浇水洗手。

二、共牢而食，合卺而酳。夫妇就席对坐于食案两侧，共同进食。每进食一次，都需要用酒漱口，一共三次。夫妇所使用的盛酒器皿，是"卺"（由一个匏瓜剖为两半而成的瓢），夫妇各执一半。

三、夫妇换下先前的盛装，丈夫亲手解下新妇头上系发之缨。

到了这时，仆婢都退出门外，夫妇也就可以歇息了。

但这时候，妄稽也并不能算是成为周春之妻。到了第二日，新妇还得早早起身，拜见舅姑。等到三月之后，前往周家祖庙行礼，才正式成为周家的人。

一套漫长而繁琐的"六礼"过程大致如此。需要注意的是，六礼中所使用的文书，都需要封检好，再装在黑色橐囊里，盛在箧中。箧也是以一个黑色大囊包裹，上面要挂上一方小木牌"题检"，上书"谒箧某君门下"。

汉朝的官员之家娶妻，送与女家的礼物合三十种，并配以表面赠物吉祥寓意的"谒文"，同样是封检好，盛在箧中，上覆黑巾，盛于箱中。上面挂上的题检在书写"谒箧某君门下"的同时，还要题写关于箱中礼物内容的"赞文"。三十种礼物分别为：

玄（黑中泛赤色帛三四）、纁（赤黄色帛二四）、羊、雁、清酒、白酒、粳米、稷米、蒲、苇、卷柏、嘉禾、长命缕、胶、漆、五色丝、合欢铃、九子墨、金钱、禄得香草、凤皇、舍利兽、鸳鸯、受福兽、鱼、鹿、乌、九子妇、阳燧、女贞。

谒文与赞文为：

　　玄象天。缥法地。羊者祥也，群而不党（群而不党，跪乳有敬，礼以为赞，吉事之宜）。雁则随阳（雁候阴阳，待时乃举，冬南夏北，贵有其所）。清酒降福，白酒欢之由。粳米养食（粳米馥芬，婚礼之珍），稷米粢盛（稷为天官）。蒲众多性柔，苇柔忉之久，卷柏屈卷附生（蒲柏药草，附生山巅，屈卷成性，终无自伸）。嘉禾颂禄（嘉禾为谷，班禄是宜，吐秀五七，乃名为嘉）。长命缕缝衣延寿（长命之缕，女工所为）。胶能合异类，漆内外光好。五色丝章采屈伸不穷。合欢铃音声和谐。九子墨长生子孙（九子之墨，藏于松烟，本性长生，子孙图边）。金钱和明不止（金钱为质，所历长久。金取和明，钱用不止）。禄得香草为吉祥。凤皇雌雄伉合。舍利兽廉而谦（舍利为兽，廉而能谦。礼义乃食，口无讥慝）。鸳鸯，飞止须匹，鸣则相和（雌雄相类，飞止相匹）。受福兽体恭心慈。鱼处渊无射。鹿者禄也。乌知反哺，孝于父母。九子妇有四德。阳燧成明安身。（女贞之树，柯叶冬生，寒凉守节，险不能倾）。

　　又有丹为五色之荣，青为色首，东方始。[8]

婚后生活

　　汉朝的士人、豪富，多是众多亲族聚居；普通的百姓也往往是一家兄弟几人。所谓婚姻，在大部分汉朝人眼里，并不是简单两个人的事。其小可通二族之好，大可关一国兴亡。在宗法昌盛的同时，妇人们的生活也就越来越难过。

　　新妇嫁入夫家之后，就需要操持起一家之事。照料丈夫生活起居的同时，还得侍奉丈夫的父母，也就是汉朝人口中的"舅姑"。不孝舅姑，在汉朝是大罪。[9]而将舅姑伺候好了，不仅是当时道义上要求，更能显得自己贤惠有道、让丈夫满意。

她们如此辛苦劳碌一生，只有怀孕产子期间才能暂时结束谨小慎微的日子，得到暂时的休息。这期间所讲究的事项也很多。依照当时《胎产书》[10]的记载，有以下诸项：

一月名"流刑"，食饮必精，酸羹必熟，毋食辛腥，是谓哉贞。（胎儿形成的阶段，食物必须精细，且注意食用的种类。）

二月始膏，毋食辛臊，居处必静，男子勿劳，百节皆病，是谓始臧臧。（胎儿的肌肉开始生长，注意安静休养。）

三月始脂，果蓏宵效，当是之时，未有定仪，见物而化，是故君公大人，毋使朱侏儒，不观沐候猴，不食葱姜，不食兔羹；欲产男，置弧矢，射雄雉，乘牡马，观牡虎；欲产女，佩簪珥，绅朱珠子，是谓内象成子。（胎儿开始成型了，要多看看漂亮的人，不要看丑陋的东西。仍旧要注意饮食。想生男孩，就多做男子做的事；想生女孩，就多做女子做的事。）

四月而水授之，乃始成血，其食稻麦鱼雁，以清血而明目。

五月而火授之，乃始成气，晏起休沐，厚衣居堂，朝吸天光，避寒殃，其食稻麦，其羹牛羊，和以茱萸，以养气。

六月而金授之，乃始成筋，身欲微劳，出游于野，数观走犬马，必食鸷鸟猛兽之肉也，是谓变腠臑筋，以养其爪，劳其背膂。

七月而木授之，乃始成骨，居燥处，毋使定止，动作屈伸，居处必燥，饮食避寒，宜食稻粳，以密腠理，养骨劳齿。

八月而土授之，乃始成肤革，和心静息，无使气极，是谓密腠理。

九月而石授之，乃始成毫毛，六腑百节必备，饮醴食甘，缓带自持而待之。

（从四月到九月，胎儿逐渐形成了，五行也逐渐俱全，行事吃食仍旧有各种注意。）

即便在这时候，丈夫也未必能陪伴在妻的身边。如果是在官府工作，更是时常要为公务繁忙，只留下妻独守空房。有时候夫君出行到远方去，为妻的除了瞻望弗及、泣涕如雨，便只能以书简一封托人寄去聊表相思。东汉桓帝时候的秦嘉、徐淑夫妇，便留下了相互寄信赠物的佳话。二人相互赠答的信件与诗歌还被后代人传抄着[11]。

不过，在汉朝除了一般微贱的行伍黔首，男子很少有不纳妾的。要男人一辈子对妻保持忠贞，更是少见。无论是夫妻分隔参商两地，还是每日相见以致生厌，很多汉朝男人都会纳妾。

但妻妾之间嫡庶的分别很严格，男子因为宠爱妾而打乱妻妾位置，也是要坐罪的[12]。而作为继承父亲爵位而受到优待的"后子"，也是立嫡立长，不能随意以他子更替。

离婚与再嫁

"夫妇之道，义有离合"，汉朝的离婚事件也不少见。大多数情形都是男方休妻。这时候随着儒家经学的流行，有着"七出"的说法：

不顺父母，为其逆德也；无子，为其绝世也；淫，为其乱族也；妒，为其乱家也；有恶疾，为其不可与共粢盛也；多言，为其离亲也；窃盗，为其反义也。

妇人一旦有这些罪名，做丈夫的就能轻易休弃她。因为察举孝廉需要名声，当时还有故意强行为妻安上罪名，在众人面前休妻以博取赞誉的士人。

但与此同时，经学里也有"三不去"的说法，为妇人们留有若干可申诉的余地：

有所娶无所归（休妻后她便无家可归）；与更三年丧（妻随夫服过三年丧）；前贫贱后富贵。[13]

与后世不同的是，汉朝女子主动离婚并不算难事。汉朝时虽已对女子有了"贞"的观念，官府也对女子守节进行表彰，但人们仍视女子离婚、改嫁、再嫁为常事。

在西汉时，即便是帝王的后妃，也是有在民间离异后再嫁入宫的[14]。帝王死后，原先宠爱过的美人，在东汉人眼里也可以再嫁。[15]

但伴随而生的，又有在丈夫死后守贞的寡妇，遇到不仁不义的世叔兄弟，贪图钱财和聘礼，被逼着改嫁的情形。最终她们只能选择自缢而死或服毒自杀，留下孩子孤苦。掠卖他人之妻的事也不时发生。[16]

【特别篇】汉代冠服志

男性的衣冠

汉朝的女性和如今一样，总是对相貌英俊、风度翩翩的男子多加青睐。不仅如此，"容貌甚丽"仿佛也成了当时官场上一帆风顺的通行证。当时男性的理想形象，是体高大、肤白皙、目有神、面有须。不过，面貌美丑是生来既定。也有汉朝人常说："人貌荣名，岂有既乎？"（人的面貌和好名声，两者间有一定的关系吗？）[17]除了想表示内在比外在重要之外，还有一个更重要的方面，就是衣冠的风度。

要说汉朝的衣冠，不妨往当时王侯百官所在的朝堂之上看看。

秦朝一举消灭六国，统一天下，建立起新的制度。于男性的冠服，也建立了新制度。

先秦礼制中贵族男性作为正装的冕服，是一套复杂的服制体系。大略言其形象，是头戴顶上有平板的冠，冠前后悬挂若干珠玉串成的冕旒；上衣黑，其上绣、绘有若干彩色纹章；下裳浅绛。秦朝时冕服被废除，开始采用"衻玄"作为男子的正装。所谓衻玄，是上下全黑的长袍。

当时的男服，正式的式样都是上下相连、衣领延长可以绕到身后的袍服。

衣着层次仍旧是先秦之风。最内是贴身的内衣；其上则或是厚的袍、裘，或是薄的绤、绮，依照季节冷热而变；再外则加织绣有花纹的裼衣。日常生活中这便可以成为一整套衣服。但在更加正式的场合，或需要表示

一个西汉官员的衣装穿着层次
内衣：冬穿袍、裘（双层夹衣）；夏穿绤绤（单衣）
中衣：汉式绕襟袍（日常生活中作为外衣穿着）
外衣（上服）：单衣（正式场合穿着，武官着红，文官着黑）
配件：冠、革带（佩带钩）、丝带（挂剑）、鞶囊（盛官印）、垂绶（表明官阶）

谦逊态度的时候，还要在裼衣外再穿一件"上服"。这时候的裼衣又可称作
"中衣"。裼衣，对不穿"上服"而言，即露出衣上的织绣花纹，称作"见
美"；中衣，则对穿了"上服"而言，即掩合上服遮盖中衣华丽花纹，以
"袭"为"充美"。

汉承秦制，因此秦汉时代的皇帝并不像如今影视剧中所展现的那样总
是身着冕服。当时皇帝乃至王侯贵胄常穿的朝服，仍是"衣玄"。汉朝随着
五行学说的盛行，帝王的袍服又随着五时季节的变化更换服色（即春青、
夏朱、季夏黄、秋白、冬黑）。上服则多是以纱縠绮罗制成的单衣。皇帝也
是朝堂上唯一可以佩剑的人。当时的剑多以玉装饰，称作"玉具剑"，剑体
很长，装饰意义大于实用价值。

在汉朝人所作的《燕丹子》中，荆轲刺秦王之际，鼓琴的姬人便以秦

帛画中身着绛缘领袖中衣、构玄、头戴长冠的軑侯
马王堆三号汉墓出土
湖南省博物馆、湖南省文物考古研究所编著：《长沙马王堆二、三号汉墓·第1卷·田野考古发掘报告》，文物出版社，2004年，彩版二六《车马出行图》局部

齐王（新莽壁画），头戴高山冠，身着青色袍服，外罩纱縠单衣
陕西靖边杨桥畔汉墓出土，陕西考古研究院藏
徐光冀主编：《中国出土壁画全集·陕西（上）》，科学出版社，2012年，第44页

音向秦王献计，琴声曰："罗縠单衣，可掣而绝。八尺屏风，可超而越。鹿卢之剑，可负而拔"。荆轲不解音，秦王因此得以负剑而拔，奋袖越过屏风逃走。虽故事未必真实，描述的秦王衣着却是写实的。

官吏们的上服则依据文武加以区分。文官衣皂（黑衣），武官衣绛（红衣）。西汉末年，长安城中出现一群刺杀官员的闾里少年，甚至制作红、黑、白三色球来抓阄决定任务，得到红丸的杀武吏，得到黑丸的杀文吏，得到白丸的负责丧事。[18]

具体起着区分官职作用的，是头上戴的冠。

这也仍得从秦始皇说起，秦始皇统一六国之后，便将有着各国特色的冠服集于一处，自己挑选了一批留用，余下的则赐给百官。[19]皇帝所冠是"通天冠"。獬豸冠本是楚国王冠，赐御史戴；远游冠也是楚冠，赐太子、诸王戴；高山冠是齐冠，赐谒者戴；惠文冠是赵冠，赐侍中戴；骏𫘤冠也是赵冠，成了侍中、郎中之冠……

文官所用进贤冠的演变（西汉前期—西汉元帝以后—新莽以后）

武官所用搭配平巾帻（帻色赤）的武弁大冠
线图引自孙机：《汉代物质文化资料图说》（增订本），上海古籍出版社，2011年，第270页，图59-3

除此之外，文官戴进贤冠、武官戴武弁大冠是较为普遍的情形。汉朝时，又将开国皇帝刘邦卑微时所戴的长冠限定为爵位在公乘以上的才有资格使用。

在汉朝，冠的形态也发生过几次大的变动。在汉元帝之前，冠只是"贯韬发"的用具，只是一个覆盖发髻的发罩，而不会覆盖整个头顶。如进贤冠，主要作用是以其冠梁对身份进一步区分。"公侯三梁，中二千石以下至博士两梁，自博士以下至小史私学弟子，皆一梁。宗室刘氏亦两梁冠，示加服也。"（《续汉书·舆服志》）

但汉元帝额有壮发，不愿让人看见，于是在头上系了一条"帻"以挡住额头。后来新朝时王莽却为秃头所困扰，又在帻上加巾以掩饰。之后的冠便与巾帻联系到了一起，形成一顶覆盖整个头顶的帽子。文官使用的是呈屋顶状隆起的"介帻",武官使用的是平顶的"平上帻"。

绶则起着进一步区分身份等级的作用。绶是一条悬挂在腰间、宽宽的组带。等级不同,能够使用的绶织法、色彩、长度都有不同。绶的尾端则随着佩戴的印章一起装入腰上的鞶囊。

西汉末至新朝,王莽曾"制礼作乐"、"服周之冕",使用被秦朝废除的冕服;东汉时,汉明帝又进行冕制复古,先秦的一套冠冕衣裳制度,经儒家的二次重构,再度卷土重来,取代先前的长冠袀玄,成为"郊天地、祠宗庙"的法定礼服。不过冕服等级很高,穿用的场合也很少。

女性的服饰

至于汉朝的女性,她们只要有财力、有精力,穿衣打扮便随着时尚亦步亦趋。于是从西汉初建到东汉灭亡的四百余年里,男性服装式样基本保持稳定,女性服饰却发生了众多变化。

西汉初年,女性形象带着浓郁的战国时楚地风气,是将长袍重叠穿着,又作出宽宽的领缘,以成角的衣襟绕至身后。发髻简单地束起末端,低垂于背后。腰带往往也束系得很低。因为这是遵从黄老学说、清静无为的时代,于是女子也颔首含胸,将身体曲线隐藏在重重长衣之后。

然而制作这类"楚服"颇为耗费衣料,与朝廷倡导节俭的导向不符。于是又出现了用衣料更为节俭的新式"汉服",衣襟不再耗费衣料作出长角,只略绕到身后便直垂而下。为着节用的精神,衣不能曳地,但文景时期的爱美女性仍有解决办法。她们直接对外衣加以改造,把衣裾背后的一

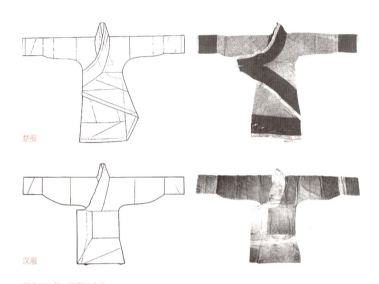

楚服

汉服

西汉初楚服、汉服的实物
马王堆一号汉墓出土
线图引自湖南省博物馆、中国科学院考古研究所编：《长沙马王堆一号汉墓》，文物出版社，1973年，
第66页、第67页

片衣料挖作短后，补为下摆处展开的一剪交输的燕尾，以期使身形显得更为修长。

　　随着汉朝国力的上升、用度的富足，清静无为的黄老思想渐为更为积极的治国态度取代。于是在汉武帝时，女性的服饰时尚产生了新气象。汉武帝时代宫中的时尚女性，是将丰饶的青丝盘在头后，簪着南海玳瑁的簪子，颈间垂有西域珠玑的项链；衣领重重交叠，腰间系带也已悄然升高，衣裾的燕尾长曳在身后。

　　接下去，汉宣帝时代的女性，发髻已盘在了头顶，身后也能拖出褒博的衣摆。女性甚至使用过去用于男子士卒戎服的曲领式衣装作为内衣。到了汉成帝时，女性的美以一种更为明艳华丽的方式被表达出来。她们发髻高大、妆容夸张、衣袖宽博，乃至有了"城中好高髻，四方高一尺；城中

西汉前期女性形象（阳陵陪葬墓出土陶俑）
陕西省考古研究所编：《汉阳陵》，重庆出版社，2001年，第46页、第50页

美人四人，其二楚服，其二汉服

遣策中关于楚服与汉服的记载
马王堆三号汉墓出土
裘锡圭主编，湖南省博物馆、
复旦大学出土文献与古文字研
究中心编纂：《长沙马王堆汉
墓简帛集成（二）》，中华书局，
2014年，第260页

西汉中期女性形象（徐州北洞山楚王墓出土陶俑）
中国国家博物馆编：《大汉楚王：徐州西汉楚王陵墓文物辑萃》，中国社会科
学出版社，2005年，第169页、第173页

好广眉，四方且半额；城中好大袖，四方全匹帛”[20]的民谣。衣领也被再度延长，用以缠裹出纤细的腰肢。

这时候深衣作为贵妇人的礼服而存在，其中上等的服装名为"袿衣"。所谓袿衣，特指其衣裾而言。初始形态原是战国时代穿衣时内外衣襟交叠绕至身后而垂下的衣角。文景时代又流行直接在衣后裁出燕尾。贵妇人们将其重重穿着，又于燕尾上缀连长长的飘带，使深衣走

西汉晚期的女性形象（西安翠竹园西汉墓壁画）
西安市文物保护考古所：《西安曲江翠竹园西汉壁画墓发掘简报》，《文物》2010年第1期

西汉末的女性形象（西安理工大学汉墓壁画）
西安市文物保护考古所：《西安理工大学西汉壁画墓发掘简报》，《文物》2006年第5期

向了华丽繁复的巅峰。

到了东汉，女性奢华的时尚再度引起朝廷的警觉。后宫中以皇后为首，也常常提倡俭约。最终朝廷甚至直接以一道禁令，禁止了原先西汉末所流行的华丽女服款式。[21]

然而禁令仍旧不能阻止女性对美的追求。先是有了在领缘、衣裾装饰层叠花边的做法；接下来的东汉中后期，女性甚至直接舍弃了原先长袍式的深衣，流行起上下两截穿衣式的襦裙衣裳。虽不及深衣端庄典雅，层叠衣裙却显得更加清雅秀美。

东汉桓帝时大出风头的，是让士大夫们大呼"服妖"的颓废派。这是权臣梁冀之妻孙寿发明的妆容：愁眉（细而曲折的眉）、啼妆（用胭脂轻拭眼下作出啼痕）、堕马髻（发髻倾倒在一侧）。笑的时候要像牙疼一样，行步时要像腰折了一般。献帝时，女性间又流行起长裙短衣的服装款式。[22]

东汉前期的女性形象（南阳麒麟岗汉墓画像石）
黄雅峰主编：《南阳麒麟岗汉画像石墓》，三秦出版社，
2008年，第214页

东汉后期女性形象（荥阳苌村东汉墓壁画）
徐光冀主编：《中国出土壁画全集·河南》，科学
出版社，2012年，第96页

东汉后期女性形象（密县打虎亭汉墓画像石）
安金槐、王与刚：《密县打虎亭汉代画象石墓和壁画墓》，《文物》1972 年第 10 期

1　《后汉书》卷三四《梁冀传》

2　《后汉书》卷六九《何进传》

3　《后汉书》卷六七《党锢列传》

4　《淮南子》卷一六《说山训》

5　《汉书》卷九七《外戚传》

6　《汉书》卷二《惠帝纪》。

7　如《汉书》卷八《宣帝纪》中提到一些地方"禁民嫁娶不得具酒食相贺召"。

8　谒文为《通典》卷五八所记。释文参考杨树达先生所辑，见杨树达：《汉代婚丧礼俗考》，上海古籍出版社，2007 年，第 10 页。

9　如张家山汉简《二年律令·贼律》："妇贼伤、殴詈夫之泰父母、父母、主母、后母，皆弃市。"

10　帛书图见裘锡圭主编；湖南省博物馆、复旦大学出土文献与古文字研究中心编纂:《长沙马王堆汉墓简帛集成2》,中华书局,2014年,第138页。

11　秦嘉、徐淑夫妇事迹,如《玉台新咏》卷一《秦嘉赠妇诗三首》序所言:"秦嘉,字士会,陇西人也。为郡上掾,其妻徐淑,寝疾还家,不获面别,赠诗云尔。"传世晋唐文献中多有撮录夫妇赠答书信、诗文。敦煌藏经洞出有内容较为完整的写本残卷,今藏俄罗斯科学院东方研究所圣彼得堡分所,写本图版及释文见:[俄]孟列夫、钱伯城主编:《俄罗斯科学院东方研究所圣彼得堡分所藏敦煌文献16》,上海古籍出版社,2001年。

12　《汉书》卷一八《外戚恩泽侯表》记孔乡侯傅晏"坐乱妻妾位,免,徙合浦"。

13　《大戴礼记·本命》。

14　如汉景帝王皇后,《史记》卷四九《外戚世家》:"臧儿长女嫁为金王孙妇,生一女矣,而臧儿卜筮之,曰两女皆当贵。因欲奇两女,乃夺金氏。金氏怒,不肯予决,乃内之太子宫。太子幸爱之,生三女一男。"

15　《群书治要》引仲长统《昌言》:"虽父之美人,可有所嫁者也。"

16　《潜夫论》卷五《断讼》。

17　《史记》卷一二四《游侠列传》引谚。

18　见《汉书》卷九〇《尹赏传》。

19　《续汉书·百官志》:"(战国)竞修奇丽之服……及秦并天下,揽其舆服,上选以供御,其次以锡百官。"

20　《后汉书》卷二四《马援传》记马援上疏皇太后引长安语。

21　《续汉书·舆服志下》:"自皇后以下,皆不得服诸古丽圭襡闺缘加上之服。建武、永平禁绝之,建初、永元又复中重,于是世莫能有制其裁者,乃遂绝矣。"

22　《续汉书·五行志一》。

附录一 本书相关事件编年表

左栏为两汉史料中有确切记录的历史事件。右栏为本书故事所发生的事件，其中一部分为出土文献上所记、真实发生的内容；一部分为汉朝人所记录的故事，没有确切可对应的年代，书中为叙事所需，添加了具体的历史背景。

大历史（正史记载）	小人物（故事讲述）
前202年，刘邦称帝，西汉建立。	
汉高祖七年（前200），匈奴攻韩王信马邑，信因与谋反太原。白土曼丘臣、王黄立故赵将赵利为王以反，高祖自往击之。会天寒，士卒堕指者什二三，遂至平城。	媚父因残疾之故，免于征兵。
汉高祖九年（前198），徙贵族楚昭、屈、景、怀、齐田氏关中。	汉高祖十年（前197）齐国族田氏女南，与爱人临淄狱史阑欲私奔逃回齐国临淄，在函谷关被抓获。同年阑被判处黥城旦刑。
汉惠帝元年（前194），吕太后征赵王如意到长安，鸩杀之。淮阳王刘友徙为赵王。	媚被卖入赵王宫中。
高后七年（前181），刘友以诸吕女为王后，不爱，爱它姬。诸吕女怒去，向太后谗言称赵王在太后死后将击吕氏。太后怒，以故召赵王，幽禁饿死赵王。梁王刘恢徙为赵王，吕产女为赵王后。爱姬为王后鸩杀，赵王悲思，六月自杀。	《得微难狱》故事发生。
高后八年（前180）七月，高后崩。九月，诸吕为乱危刘氏。大臣共诛之，迎代王即天子位（汉文帝）。	史猷前往长安任官，媚相随同去。

大历史（正史记载）	小人物（故事讲述）
汉文帝十三年（前167）五月，齐太仓令淳于意有罪当刑，被捕至长安。太仓公少女缇萦随父西行，上书申冤。天子怜悲其意，是年废除肉刑法。	
汉景帝三年（前154），天子用晁错《削藩策》致吴楚七国反。正月叛乱开始，三月被平定。	
汉武帝建元三年（前138），张骞第一次出使西域，希望联合大月氏夹击匈奴。	
汉武帝元光二年（前133），马邑之围伏击匈奴失利，汉朝与匈奴正式开启大规模交战。	
汉武帝元朔二年（前127），匈奴入上谷、渔阳，杀略吏民千余人。将军卫青、李息出云中，至高阙，遂西至符离，获首虏数千级。收河南地，置朔方、五原郡。	
汉武帝元朔二年（前127），夏，徙郡国豪杰及訾三百万以上于茂陵。	田千秋与来自齐地的南在长安宴会上相见。元朔三年（前126），千秋与南结为夫妻。 《一曲难忘》故事发生。
汉武帝元狩二年（前121）春，骠骑将军霍去病出陇西，至皋兰，斩首八千余级；夏，将军去病、公孙敖出北地二千余里，过居延，斩首虏三万余级。秋，匈奴昆邪王杀休屠王，并将其众合四万余人来降，置五属国以处之。以其地为武威、酒泉郡。	
汉武帝元狩四年（前119）大将军卫青将四将军出定襄，将军霍去病出代，各将五万骑。步兵踵军后数十万人。青至幕北围单于，斩首万九千级，至阗颜山乃还。去病与左贤王战，斩获首虏七万余级，封狼居胥山乃还。是后匈奴远遁，而幕南无王庭。汉度河自朔方以西至令居，往往通渠置田，官吏卒五六万人，稍蚕食，地接匈奴以北。	
汉武帝元鼎六年（前111）分武威、酒泉地置张掖、敦煌郡，徙民以实之。	张掖郡居延候长某，救一楼兰女子。后二人成婚，育有一子王舒。候长于战争中死去。
汉武帝元封（前110~前105）中，遣江都王刘建女细君为公主，和亲乌孙，妻昆莫。细君公主死，汉复以楚王戊之孙解忧为公主，和亲乌孙，妻岑陬。公主侍女冯嫽为乌孙右大将妻，常持汉节为公主使，号冯夫人。	
汉武帝征和二年（前91），阳陵朱安世告丞相公孙贺子敬声为巫蛊事，与阳石公主奸，贺父子下狱死，诸邑、阳石公主坐诛。武帝以江充为使者治巫蛊，江充与太子有隙，遂以巫蛊事谗害太子。太子被迫诛充发兵，败，卫后、卫太子先后自杀。太子家人遇害，宾客坐诛。有遗孙一人幸存。	外人（字中夫）初嫁，夫为卫太子守宫门奴婴齐。婴齐受巫蛊之祸牵连，徙敦煌郡途中病死。外人随母捐之、弟偃居鄂邑公主马市里第。 高寝郎田千秋上急变讼太子冤。武帝拜千秋为大鸿胪，数月，拜为丞相，封富民侯。

大历史（正史记载）	小人物（故事讲述）
汉武帝后元二年（前87）武帝崩，武帝少子刘弗陵即皇帝位。霍光、金日磾、上官桀、桑弘羊辅政。帝姊鄂邑公主为长公主，共养省中。公主有情夫名丁外人。	外人再嫁，丈夫名游。外人改名丽戎，又随鄂邑长公主往宫中侍奉。
汉昭帝始元四年（前83），上官安（上官桀之子）女立为皇后，年甫六岁。	
汉昭帝始元六年（前81），盐铁会议召开。	
汉昭帝元凤元年（前80），鄂邑长公主（盖主）、桑弘羊、上官桀、丁外人欲谋杀霍光，废少帝，迎立燕王为天子。事发觉，光尽诛桀、安、弘羊、外人宗族。燕王、盖主自杀。	盖主死，绝户，奴婢没入诣宫。在田千秋帮助下，游与丽戎夫妇保护盖主之孙丁子沱逃往河西。游死于途中。汉昭帝元凤二年（前79），王舒与丽戎相遇。《居延之秋》故事发生。
汉昭帝元凤四年（前77），霍光遣傅介子斩楼兰王安归。立尉屠耆为王，更国名为鄯善。赐以宫女为夫人。	
汉昭帝元平元年（前74），昭帝崩而无嗣。六月，霍光拥立昌邑王刘贺。刘贺登基二十七天后，被废黜为民。 是年七月，卫太子遗孙即皇帝位（汉宣帝）。十一月，立微时妻许平君为皇后。	昌邑国王后严罗紨怀胎将产，为劝登基为帝的丈夫刘贺谨慎，为女取名"持辔"，难产而死。
汉宣帝本始三年（前71），霍光夫人显私使女医淳于衍行毒药杀许皇后。	
汉宣帝地节二年（前68），霍光死，宣帝亲掌朝政。	
汉宣帝地节三年（前67），山阳太守张敞探察昌邑国故宫中刘贺情形。刘贺已患重病。	
汉宣帝地节四年（前66），霍家谋反事泄，霍氏族诛。	
汉宣帝元康三年（前63），诏封故昌邑王刘贺为海昏侯。	持辔随父前往封地海昏侯国。《到长安去》故事发生。是岁持辔出嫁。
汉宣帝神爵二年（前60），匈奴日逐王降汉，护鄯善以西南道使者、卫司马郑吉发兵迎之。西域北道通，遂以郑吉为骑都尉，兼护车师以西北道。西域都护之置自郑吉始。	
汉宣帝神爵三年（前59），刘贺死。	持辔与夫归海昏侯国治刘贺丧。
汉宣帝五凤四年（前54），广陵王使巫祝诅事发，自杀。	丽戎同产姊惠为广陵王御者（近幸妾侍），犯有大逆无道罪。汉宣帝甘露二年（前52）下诏寻找丽戎。
汉宣帝甘露三年（前51），解忧公主自乌孙归汉。后二岁卒。	

续　表

大历史（正史记载）	小人物（故事讲述）
汉元帝初元五年（前44），汉遣使谷吉送匈奴侍子归，郅支单于怒杀汉使谷吉，自知负汉，又闻呼韩邪单于益强，恐见袭击，西奔康居。	龟兹国王绛宾与王后弟史（乌孙解忧公主之女）生有一子名为承德，与精绝国王女春君约为婚姻。 汉元帝永光二年（前42），龟兹国太子承德为康居国王女逃婚。龟兹国王病。 春君改嫁鄯善国太子，后为鄯善王夫人。
康居王以王女妻郅支，郅支亦以女予康居王。康居甚尊敬郅支，欲倚其威以胁诸国。郅支数借兵击乌孙，深入至赤谷城，杀略民人，驱畜产，乌孙不敢追，西边空虚，不居者且千里。郅支单于自以大国，威名尊重，又乘胜骄，不为康居王礼，怒杀康居王女及贵人、人民数百，或支解投都赖水中。	汉元帝永光五年（前39），于阗国王率领的西域诸国贵人、使节，正从长安返回西域；康居国派出使者往汉地贡献；承德自汉返归龟兹。 《悬泉微澜》故事发生。
汉元帝建昭三年（前36），西域都护甘延寿、副校尉陈汤发戍己校尉西域诸国兵至康居，诛灭郅支单于。	建昭元年（前38），汉派遣为龟兹国王绛宾治病的医工返归长安。承德即位成为龟兹国王。 汉元帝建昭三年（前36），承德随陈汤出征。
汉成帝河平二年（前27），太后王氏外戚一门得封五侯。王氏专权自此始。	汉成帝阳朔年间（前24~前21），东海郡大儒东公死，妻凌惠平绝食同死，余一幼女由东公侧室养育。
汉成帝鸿嘉三年（前18），后宫赵飞燕潜告许皇后、班婕妤挟媚道、祝诅后宫，詈及主上。许皇后坐废。	东海郡兰陵县师饶任游徼一职，取妻小字阿横，育有一女名为遗羽。阿横母季姁随女同住。
汉成帝永始三年（前14），十二月，山阳铁官徒苏令等二百二十八人攻杀长吏，盗库兵，自称将军，经历郡国十九。	师饶被郡太守举为孝廉，与上计官吏偕往长安。战乱殃及东海郡，阿横身中流矢而亡。 师饶归家，悲痛重病，辞官。太守征辟师饶任属吏。 东公女嫁琅琊郡海曲县游侠吕某。后其夫受铁官徒事牵连而死，妻没为官奴婢。
汉成帝元延元年（前12），大司马卫将军王商死，王氏依旧专权。赵飞燕残害皇子。	元延二年（前11），六月，师饶于楚国公务完成，归东海郡家中。 《神乌遗恨》故事发生。 女遗羽许嫁师饶弟子宪丘骄孺。众人协助吕母归家与子团聚。 十二月，季姁死。 元延三年（前10），师饶死。

续 表

大历史（正史记载）	小人物（故事讲述）
8年，王莽代汉，新朝建立。	
王莽天凤元年（前14），琅琊吕母子为县吏，为宰所冤杀。母散家财，以酤酒买兵弩，阴厚贫穷少年，得百余人，遂攻海曲县，杀其宰以祭子墓。引兵入海，其众浸多，后皆万数。天凤五年（前18），吕母病故，余众散入抗新义军。	宪丘骄孺、遗羽夫妇随从吕母起义。其后二人子女加入刘秀复汉队伍。
25年，刘秀称帝，东汉建立。	
先后降服窦融、隗嚣、公孙述等割据势力，汉光武帝建武十三年（37），统一天下。	
汉光武帝建武二十四年（48），伏波将军马援自请率军南征五陵蛮，时年六十二。次年，军困壶头，马援病死。	
汉章帝建初五年（80），颁布《轻侮法》，对孝义复仇宽大处理。	
汉和帝永元九年（96），和帝从尚书张敏议，废止《轻侮法》。虽法禁复仇，形同具文，民间复仇之风仍盛。	永元五年（93），长沙郡临湘县王于、王纯兄弟自船匪处救越女翡翠。王于落水，下落不明。王纯与翡翠结为夫妻。朱郢救王于。王于成为朱郢属史，同往武陵郡伏波营。
	永元十五年（103），王于因军粮事重返临湘。王纯杀死逃犯，逃犯亲属欲复仇。《公无渡河》故事发生。
汉和帝元兴元年（105），和帝死。子刘隆即位（殇帝），邓太后临朝，太后兄邓骘执政。次年八月殇帝死，太后立和帝侄刘祐（安帝），邓太后继续临朝。	
汉安帝延光四年（125），安帝死，阎后立幼主刘懿（少帝），阎太后临朝，太后兄阎显执政。数月少帝死，宦官孙程等密谋拥立安帝废太子刘保（顺帝）。阎显死，阎太后幽禁。宦官专权。	
汉顺帝永和六年（141），梁商死，其子梁冀服孝期间，与姜友期通私居城西。梁冀妻孙寿知晓，虐打友氏。	
汉顺帝建康元年（144），顺帝死，太子刘炳即位（冲帝）。梁太后临朝，太后兄梁冀任大将军。次年冲帝死，立幼主刘缵（质帝），梁太后临朝，梁冀秉政。汉质帝亲母虞美人抑而不登，宫中但称"虞大家"。	
汉质帝本初元年（146），梁冀毒杀质帝，拥立刘志为帝（桓帝），梁太后临朝，梁冀执政。	

续　表

大历史（正史记载）	小人物（故事讲述）
汉桓帝和平元年（150），梁冀妻孙寿封襄城君。	
汉桓帝永兴元年（153），三十二郡国蝗灾，黄河泛滥，百姓饥饿，流冗道路至有数十万户。	虞士被卖入荥阳富户，习歌舞，将被送往洛阳梁家。
汉桓帝永寿元年（155），司隶、豫州大饥，人相食。	虞士之兄腐身入宫为宦，侍奉虞大家。虞大家谋划为子报仇。 周春娶妻。
汉桓帝延熹元年（158），日食。梁冀复与友氏私通，生子伯玉。孙寿得知，使子梁胤诛灭友氏。孙寿与监奴秦宫私通。	周春母为子买妾虞士。 《妄稽之死》故事发生。
汉桓帝延熹二年（159），桓帝与宦官密谋诛杀梁冀。梁冀、孙寿自杀，诸梁、孙氏内外宗亲下诏狱，无长少皆弃市。牵连官员、故吏宾客死或免黜，朝廷为空。宦官接连封侯，专权。	周夫人死。 虞士兄从五侯诛灭梁冀有功，得封乡侯。 周春再娶虞士。
汉桓帝延熹九年（165），第一次党锢之祸。官员、士人上书指责宦官乱政。宦官诬陷士人结党，诸多党人下黄门北寺狱。外戚窦武上书求情，加上宦官子弟牵连其中。桓帝大赦天下。	
汉桓帝永康元年（167），桓帝死，窦后立刘宏即位（灵帝）。窦太后临朝，维护宦官；太后父窦武秉政，起用名士，谋除宦官。	
汉灵帝建宁元年（168）九月，窦武计划泄露，宦官抢先行动报复。窦武等人自杀，诸多士人被杀。	
汉灵帝建宁二年（169），第二次党锢之祸。宦官构陷士人结党。被捕党人皆下狱死。	
汉灵帝熹平五年（176），太守曹鸾上书为党人鸣冤。灵帝怒杀曹鸾，清查党人门生故吏、父子兄弟在位者，皆免官禁锢。	
汉灵帝中平元年（184）黄巾起义爆发。大赦天下。	
汉献帝初平元年（190），董卓惧山东袁绍等人起兵，胁迫献帝迁都长安。撤出洛阳时，部兵烧洛阳城外百里，自将兵烧南北宫及宗庙府库民家，城内扫地殄尽。	
220年，曹丕代汉，东汉灭亡。	

附录二　本书历史观

一、历史的重层

首先，请容我略讲讲对"历史"的两重认识。

其一，是真实客观的、发生过的事件，是唯一而不可重复的历史进程；其二，是之后的历史记录者、历史学家对前者的追述和研究，它们可以无限趋近于客观历史现实，但完全"客观"的可能性是值得质疑的。

一部分历史记录者是某一事件的亲历者，他们往往并不讳言自己非中立的历史叙述立场，记录的是自身的所见所闻；而更多的历史记录者和历史学家，记录的则是自身经验以外的时期或地点发生的事件，他们依靠的是他人的历史记录。即便他们能够去伪存真，记录的事件都是真实发生过的，但这些事件已成为"当时"，之后的真实（如各事件的组合、因果逻辑的重构与价值判断的附加）便完全操之于讲述者之口或记录者之笔。

二、历史的进程

对于历史本身，曾经存在这样的看法：历史的进程早已注定，所有人都处在命运之中。人们无法违背命运，只能为其推动、传承它的使命。唯有通过巫术或占卜，从天上的星象、甲骨烧出的裂痕得到征兆，借以揣测未来。

了解科学的现代人往往难以理解古人这一态度。但可以说，正是这种命运的必然，为历史填上了底色。拨开命运的神秘主义色彩，我们可以理解为是当时真实的物质、文化、社会构成等诸多条件所限。它决定了人们身处于特定的历史时期与地域空间时，会如何思考行事；小到个体的喜怒哀乐，大到王朝的兴衰更迭，都无法摆脱它。我们已经历与即将经历的历史，都是在它的引导下展开。随时随地都面临着无数选择，有着无穷的可能性，但命运却早已注定，从起点到终点只有一条唯一的道路。

然而，这种命运是难以认知、缺乏既定的规律可循的，人们在投身于其中的时候，只能为其推动，不能作为旁观者而抽身其外。在未来历史既定之前，人们能够直接感受到不确定性；之后，又因其巧合而大感神异。因此，古人才"假威鬼神，以欺远方"。

《得微难狱》的年代位于汉初。此故事关于三个汉朝女性的命运之路，或许有助于了解历史自我补正的方式——某人出现在某时某地，作出某一与历史进程相关决策，是偶然现象。但如果没有这个特定的人，时代总会创造出另一人来替代他/她。

《一曲难忘》是一个爱情故事。它源于汉高祖与汉武帝这两位帝王偶然的决定带来的蝴蝶效应。即便如帝王高高在上，他们的决策或许能加速或延缓历史的进程，但历史发展的趋势是不能被阻止的。

三、史料的重层

我们了解历史，简单直接的办法，是通过阅读传世的历史文献。其中又以后世编纂的"正史"或"官修史书"居多。但在此之外，还存在着"一次史料"，即同时代人甚至事件当事人留下的记载，它们往往比后世编纂的史料可信度更高。

对于同样的历史大事件或历史重要人物，利用几种史料对照比较，有时会发现一些混乱，甚至矛盾之处。比如，以《史记》、《汉书》二书来对照看西汉武帝以前的史事，就能发现不少针对同一事件的不同叙述方式。

再如成书更晚的《资治通鉴》，有学者质疑其中部分关于汉朝时期的历史记录，怀疑它们经过了润色加工，材料来源也不是真正意义上的信史，因此不足为训，学术价值有限。

据此理念，二十世纪以来，研究汉代历史的学者又寻求起更为直接（甚至隐含着被理解为"更为客观"意思的情况）的研究材料。其中一部分是出土的简帛文献，是最为直接的"一次史料"。其内容非常丰富，很难一次概括清楚——其中既有著书立说的典籍，也有法律的篇目、官府上行下行的公文、官吏经手的案件，更不乏与寻常百姓衣食住行密切相关的小事。另一部分，是与简帛文献联系很大的各遗址或墓葬及其出土的考古遗物。通过地下出土的实物材料与文字材料相对照，我们有了对传统史籍缺乏记载的平民百姓进一步了解的机会，对汉代历史的研究得以更加细致深入。

但这样的做法依旧存在相应的问题。"一次史料"直观、具体，同时也琐碎、微观、片面，有着"即时性"。《居延之秋》即是我在面对这样的矛盾与差异时构思的故事。同时代的两个人，作为事件亲历者或旁观者，因为立场与利益的相关，他/她对同样历史事件的看法完全不同。

此外，究竟是同时代当局者个人的判断可信，还是诸多事件尘埃落定后旁观者的记录可信呢？我们能否依据考古出土的"一次史料"，将后世的记载判伪、推翻呢？这也是值得思考的。《到长安去》是海昏侯刘贺的故事，就与这些问题相关。

四、历史初步被叙述

任何被叙述的历史，都经历了从正在发生的事件转换为记忆、从口耳相传的话语转化为书面文本的过程。

历史初步被叙述，是一种故事的交流形式。任何汉朝人都可以叙述他们自身的经历，或是听来的传闻。但时隔千百余年，我们已没有了这样直接的对话对象，以下只能大致说说当时的情形。

由亲历者或旁观者的记忆，产生了宫廷的流言与乡野的传闻，它们再以"故事"甚至"神话"的方式流传。对于传播者而言，叙述历史的重要作用之一是保留历史留下的经验，因此这类故事大多或明或暗地蕴含着某些当时人认为有价值的东西，世态人情沉浸其中，有着道德方面的教训或实用性资讯。

其叙述者大致可分为两类：

一类是"客从远方来"，游子带来了来自远方的见闻与传说。《悬泉微澜》即是一个发生在汉帝国西北商道交通枢纽"悬泉置"中的故事，所有的异乡人汇集在此，分享彼此的人生，使整个故事得以圆满。

另一类是"人生寄一世"，上到朝堂中老谋深算的大臣，下到乡里的老者，他们都有在各自生存领域中获得的丰富的知识和经验，熟知旧闻与掌故。其中既有能够对外来者娓娓道来的，又有不足为外人道的秘辛。《神乌遗恨》讲的是一个普通小吏一年中所经历的重重波折，是关于他个人的历史。

五、历史再次被叙述

所谓"修史"，是历史再次被叙述。原先的故事与传说被史家收集起来，落实为文字，其文本不可避免地经过了润色加工。

有时史家是吝惜笔墨的。早期的史书为编年体，如《春秋》之所以名"春秋"，盖因记事以编年为序；而所需要记录的国之大事，在祀与戎，大多发生于春秋二季。细微的情节被舍去，只有以编年串起的大事记，超然于时间之上。我们读这类史书，应学会从无字处读出字、读出故事来。所谓"微言"，如《春秋》起首一句"元年、春，王正月"，寥寥数字而已。好在可对照《左传》知其"大义"："王周正月，不书即位，摄也。"（隐公只是摄政，因此史书不记载其即位）。这是所谓春秋笔法——史家是将意思隐在了不言中。

直到《史记》以后，史书承接先秦时就有的讲述故事传说的方式，出现了情节丰富、关乎个人的纪传体。其中包括面目活现的人物，脉络贯通、有始有终的故事情节。这时我们又必须要了解，这些人物传记既扎根于历史，又超越了历史本身。模拟或虚构的细节，为原本已在回忆中枯干成骨的历史再度添上了血肉，赋予历史意味深长的涵义。如太史公描述鸿门宴的剑拔弩张，这不仅是历史的记录，更是文学的杰作。问题是：某些事件的细节，甚至具体到某个人物的某句话被记载，并非因为它们真实发生过，而在于它们能赋予历史某些涵义，其中当然包含了修史者自身的态度。

总之，我们在使用历史材料时，探究历史的最初真相是极其艰难，甚至是不可能的。历史被书写时，史官的个人好恶、道德判断、知识水平以及外界政治压力、社会道义导向，都可能会影响到文本。但我们可以通过研究历史材料去无限靠近真相，或退而求其次去分析"历史书写"的模式，探寻这种历史叙述方式是如何形成的。

《公无渡河》是关于一个侠客的故事，看起来是光怪陆离的传奇，背后真实的人、事却苍白而悲伤。

《安稽之死》或许算是以故事形式进行的一次粗浅的"史料批判"。它关乎长久被史家忽略的汉朝女性，我又在其历史背景中重构了东汉末年朝堂上的政治动荡。这或许也有助于了解修史者对历史的重构方式。

主要参考书目

一、传世历史文献

（汉）司马迁撰，（南朝宋）裴骃集解，（唐）司马贞索隐，（唐）张守节正义：《史记》，中华书局，1982年点校本

（汉）班固撰，（唐）颜师古注：《汉书》，中华书局，1962年点校本

（南朝宋）范晔撰，（唐）李贤等注：《后汉书》，中华书局，1965年点校本

（西晋）司马彪撰，（南朝梁）刘昭注补：《续汉书》，附于《后汉书》后

（汉）刘珍等：《东观汉记》，吴树平《东观汉记校注》本，中州古籍出版社，1987年

（汉）荀悦：《汉纪》，张烈点校《两汉纪》本，中华书局，2002年

（晋）袁宏：《后汉纪》，张烈点校《两汉纪》本，中华书局，2002年

周天游：《八家后汉书辑注》，上海古籍出版社，1986年

（南朝梁）沈约：《宋书》，中华书局，1974年

（唐）房玄龄等：《晋书》，中华书局，1974年

上海古籍出版社编：《十三经注疏》，上海古籍出版社，1997年

《孔子家语》，廖名春、邹新明校点本，辽宁教育出版社，1997年

《韩非子》，（清）王先慎《韩非子集解》本，中华书局，1998年

《考工记译注》，闻人军译注本，上海古籍出版社，2008年

（秦）吕不韦编：《吕氏春秋》，许维遹《吕氏春秋集释》本，中华书局，2009年

（汉）刘安编：《淮南子》，何宁撰《淮南子集释》本，中华书局，1998年

（汉）陆贾：《新语》，王利器《新语校注》本，中华书局，2012年

（汉）贾谊：《新书》，阎振益、钟夏《新书校注》本，中华书局，2000年

（汉）桓宽：《盐铁论》，王利器《盐铁论校注》本，中华书局，1992年

（汉）许慎：《说文解字》，（清）段玉裁《说文解字注》本，上海古籍出版社，1981年

（汉）刘熙：《释名》，（清）毕沅疏证，（清）王先谦补，祝敏彻、孙玉文点校《释名疏证补》本，中华书局，2008年

（汉）班固：《白虎通》，（清）陈立撰，吴则虞点校《白虎通疏证》本，中华书局，1994年

（汉）史游：《急就章》，《四库全书》本

（汉）扬雄：《方言》，（清）钱绎撰集，李发舜、黄建中点校《方言笺疏》本，中华书局，1991年

（汉）扬雄：《法言》，汪荣宝《法言义疏》本，中华书局，1987年

（汉）应劭：《风俗通义》，王利器《风俗通义校注》本，中华书局，1981年

（汉）蔡邕：《独断》，上海古籍出版社，1990年

（汉）王充：《论衡》，黄晖《论衡校释》本，中华书局，1990年

（汉）王符：《潜夫论》，上海古籍出版社，1978年

（汉）崔寔：《政论》，孙启治校注本，中华书局，2012年

《三辅黄图》，何清谷《三辅黄图校释》本，中华书局，2005年

（晋）常璩：《华阳国志》，齐鲁书社，2010年

（晋）葛洪：《西京杂记》，三秦出版社，2006年

（北魏）贾思勰：《齐民要术》，中华书局，1956年

（北魏）郦道元：《水经注》，谭属春、陈爱平点校本，岳麓书社，1995年

（南朝梁）萧统编，（唐）李善注：《文选》，中华书局，1977年

（陈）徐陵编，（清）吴兆宜注：《玉台新咏》，上海书店出版社，1988年

（隋）虞世南：《北堂书钞》，天津古籍出版社，1988年

（唐）魏徵：《群书治要》，中华书局，2014年

（唐）杜佑：《通典》，中华书局，1984年

（唐）欧阳询：《艺文类聚》，汪绍楹校本，上海古籍出版社，1982年

（宋）郭茂倩：《乐府诗集》，中华书局，1979年

（清）孙星衍等辑：《汉官六种》，周天游点校本，中华书局，1990年

二、出土文献研究

李学勤主编：《清华大学藏战国竹简》（三），中西书局，2012年

张家山二四七号汉墓竹简整理小组编著：《张家山汉墓竹简〔二四七号墓〕》，文物出版社，2001年

北京大学出土文献研究所：《北京大学藏西汉竹书》（三），上海古籍出版社，2015年

北京大学出土文献研究所：《北京大学藏西汉竹书》（四），上海古籍出版社，2016年

裘锡圭主编，湖南省博物馆、复旦大学出土文献与古文字研究中心编纂：《长沙马王堆汉墓简帛集成》，中华书局，2014年

郑曙斌、张春龙、宋少华编著：《湖南出土简牍选编》，岳麓书社，2013年

朱凤瀚：《北大秦简〈公子从军〉的编连与初读》，《简帛》（第八辑），上海古籍出版社，2013年

裘锡圭：《汉简中所见韩朋故事的新资料》，《复旦学报》（社会科学版）1999年第3期

上海古籍出版社、法国国家图书馆编：《法国国家图书馆藏敦煌西域文献17》，上海古籍出版社，2001年

杨振红：《出土简牍与秦汉社会》，广西师范大学出版社，2009年

于振波：《简牍与秦汉社会》，湖南大学出版社，2012年

谢桂华、李均明编：《居延汉简释文合校》，文物出版社，1987年

陈直：《居延汉简研究》，中华书局，2009年

李振宏：《居延汉简与汉代社会》，中华书局，2003年

甘肃简牍保护研究中心、甘肃省文物考古研究所、甘肃省博物馆、中国文化遗产研究院古文献研究室、中国社会科学院简帛研究中心编：《肩水金关汉简》（一），中西书局，2011年

嘉峪关市文物保管所：《玉门花海汉代烽燧遗址出土的简牍》，《汉简研究文集》，甘肃人民出版社，1983年

胡平生、张德芳：《敦煌悬泉汉简释粹》，上海古籍出版社，2000年

国家文物局古文献研究室、大通上孙家寨汉简整理小组：《大通上孙家寨汉简释文》，《文物》1981年第2期

王意乐、徐长青、杨军、管理：《海昏侯刘贺墓出土孔子衣镜》，《南方文物》2016年第3期

连云港市博物馆等编：《尹湾汉墓简牍》，中华书局，1997年

裘锡圭：《〈神乌赋〉初探》，《文物》1997年第1期

裘锡圭：《中国出土古文献十讲》，复旦大学出版社，2004年

扬之水：《〈神乌赋〉谰论》，《中国文化》1996年第14期

长沙市文物考古研究所：《湖南长沙五一广场东汉简牍发掘简报》，《文物》2013年第6期

王子今：《长沙五一广场出土待事掾王纯白事木牍考议》，《简帛》（第九辑），上海古籍出版社，2014年

李学勤：《放马滩简中的志怪故事》，《文物》1990年第4期

李零：《北大秦牍〈泰原有死者〉简介》，《文物》2012年第6期

〔俄〕孟列夫、钱伯城主编：《俄罗斯科学院东方研究所圣彼得堡分所藏敦煌文献16》，上海古籍出版社，2001年

〔英〕T·贝罗著，王广智译：《新疆出土佉卢文残卷译文集》，载《尼雅考古资

料》，中国社科院新疆分院民族研究所，1988年

三、历史、文物研究论著

孙机：《汉代物质文化资料图说》（增订本），上海古籍出版社，2011年

孙机：《中国古舆服论丛》，上海古籍出版社，2013年

扬之水：《古诗文名物新证合编》，天津教育出版社，2012年

扬之水、孙机、杨泓、林莉娜：《燕衍之暇：中国古代家具论文》，香港中文大学文物馆，2007年

〔日〕大庭修著，林剑鸣等译：《秦汉法制史研究》，上海人民出版社，1991年

田余庆：《秦汉魏晋史探微》（重订本），中华书局，2004年

王子今：《秦汉社会史论考》，商务印书馆，2006年

王子今：《秦汉交通史稿》（增订版），中国人民大学出版社，2013年

安作璋、熊铁基：《秦汉官制史稿》，齐鲁书社，1984年

彭卫：《游侠与汉代社会》，安徽人民出版社，2013年

彭卫：《汉代社会风尚研究》，三秦出版社，1998年

彭卫、杨振红：《中国风俗通史·秦汉卷》，上海文艺出版社，2002年

彭卫、杨振红：《中国妇女通史·秦汉卷》，杭州出版社，2010年

彭卫：《汉代婚姻形态》，中国人民大学出版社，2010年

杨树达：《汉代婚丧礼俗考》，上海古籍出版社，2007年

阎步克：《察举制度变迁史稿》，辽宁大学出版社，1991年

阎步克：《士大夫政治演生史稿》，北京大学出版社，2015年

阎步克：《服周之冕：〈周礼〉六冕礼制的兴衰变异》，中华书局，2009年

黄今言：《秦汉军制史论》，江西人民出版社，1993年

朱绍侯：《军功爵制考论》，商务印书馆，2008年

杨宽：《中国古代都城制度史研究》，上海人民出版社，2016年

辛德勇：《古代交通与地理文献研究》，中华书局，1996年

鲁西奇：《何草不黄：〈汉书〉断章解义》，广西师范大学出版社，2015年

张小锋：《西汉中后期政局演变探微》，天津古籍出版社，2007年

惠翔宇、辛艳：《汉代少史与社会研究》，四川大学出版社，2015年

四、考古资料

湖南省博物馆、中国科学院考古研究所编：《长沙马王堆一号汉墓》，文物出版社，1973年

何介钧主编，湖南省博物馆、湖南省文物考古研究所编著：《长沙马王堆二、三号汉墓·第1卷：田野考古发掘报告》，文物出版社，2004年

中国社会科学院考古研究所、河北省文物管理处编：《满城汉墓发掘报告》，文物出版社，1980年

南京博物院编：《长毋相忘：读盱眙大云山江都王陵》，译林出版社，2013年

江西省文物考古研究所、首都博物馆编：《五色炫曜：南昌汉代海昏侯国考古成果》，江西人民出版社，2016年

中国社会科学院考古研究所编著：《汉长安城未央宫1980—1989年考古发掘报告》，中国大百科全书出版社，1996年

刘庆柱、李毓芳：《汉长安城》，文物出版社，2003年

洛阳市文物局、洛阳白马寺汉魏故城文物保管所编：《汉魏洛阳故城研究》，科学出版社，2000年

吴礽骧：《河西汉塞调查与研究》，文物出版社，2005年

图书在版编目（CIP）数据

到长安去：汉朝简牍故事集 / 左丘萌著；负笈道
人绘 . — 上海：上海古籍出版社，2018.7
ISBN 978-7-5325-8905-0

Ⅰ.①到… Ⅱ.①左… ②负… Ⅲ.①故事—作品集
—中国—当代 Ⅳ.①I247.81

中国版本图书馆CIP数据核字（2018）第134028号

选题策划　闵　捷
责任编辑　闵　捷
整体设计　黄　琛
技术编辑　耿莹祎

到长安去：汉朝简牍故事集

左丘萌　著
负笈道人　绘

上海古籍出版社出版发行
（上海瑞金二路272号　邮政编码200020）
（1）网址：www.guji.com.cn
（2）E-mail：guji1@guji.com.cn
（3）易文网网址：www.ewen.co

制版印刷　上海丽佳制版印刷有限公司
开本　787×1092　1/16
印张　22.5　插页4　字数242,000
印数　1—5,300
版次　2018年7月第1版
　　　2018年7月第1次印刷
ISBN　978-7-5325-8905-0/I·3298
定价　88.00元